J. R. Ward

Vampirherz

Ein BLACK DAGGER-Roman

WILHELM HEYNE VERLAG
MÜNCHEN

Titel der Originalausgabe
LOVER REVEALED (PART 2)

Aus dem Amerikanischen übersetzt von Astrid Finke

Verlagsgruppe Random House FSC-DEU-0100
Das für dieses Buch verwendete FSC®-zertifizierte Papier
Holmen Book Cream
liefert Holmen Paper, Hallstavik, Schweden.

10. Auflage
Deutsche Erstausgabe 11/08
Redaktion: Natalja Schmidt
Copyright © 2007 by Jessica Bird
Copyright © 2008 der deutschen Ausgabe und der
Übersetzung by Wilhelm Heyne Verlag, München
in der Verlagsgruppe Random House GmbH
Printed in Germany 2012
Umschlagbild: Dirk Schulz
Umschlaggestaltung: Animagic, Bielefeld
Satz: Buch-Werkstatt GmbH, Bad Aibling
Druck und Bindung: GGP Media GmbH, Pößneck

ISBN: 978-3-453-53292-2

www.heyne.de
www.heyne-magische-bestseller.de

Gewidmet: Dir.
Mann, du warst von Anfang an der Hammer, ehrlich.
Aber dann kamst du mit deinem
Schau mir in die Augen, Kleines ...
Ich liebe dich wie verrückt.

Danksagung

Mit unendlicher Dankbarkeit den Lesern der Black Dagger und ein Hoch auf die Cellies – auf welcher Couch sind wir jetzt?

Ich danke euch so sehr:
Karen Solem, Kara Cesare, Claire Zion, Kara Welsh.

Dank an Cap'n Bunny alias Pink Beast und PythAngie the Pitbull Mod – im Ernst, Dorine und Angie, ihr kümmert euch so gut um mich.

Dank an die Viererbande: Ich knutsch euch zu Tode … knu-tsche euch zu To-de. Ich wüsste nicht, was ich ohne euch machen würde.

An DLB: Vergiss nicht, dass deine Mami dich lieb hat. Immer.
An NTM: Was ich am meisten an du-weißt-schon-wo liebe … bist du. Ich habe so ein Glück, dich zu kennen.

Und wie immer heißen Dank an meinen Exekutivausschuss:
Sue Grafton, Dr. Jessica Andersen, Betsey Vaughan.
Und mit dem größten Respekt an die unvergleichliche Suzanne Brockmann.

Glossar der Begriffe und Eigennamen

Bannung – Status, der einer Vampirin der Aristokratie auf Gesuch ihrer Familie durch den König auferlegt werden kann. Unterstellt die Vampirin der alleinigen Aufsicht ihres Hüters, üblicherweise der älteste Mann des Haushalts. Ihr Hüter besitzt damit das gesetzlich verbriefte Recht, sämtliche Aspekte ihres Lebens zu bestimmen und nach eigenem Gutdünken jeglichen Umgang zwischen ihr und der Außenwelt zu regulieren.

Die Bruderschaft der Black Dagger – Die Brüder des Schwarzen Dolches. Speziell ausgebildete Vampirkrieger, die ihre Spezies vor der Gesellschaft der *Lesser* beschützen. Infolge selektiver Züchtung innerhalb der Rasse besitzen die Brüder ungeheure physische und mentale Stärke sowie die Fähigkeit zur extrem raschen Heilung. Die meisten von ihnen sind keine leiblichen Geschwister; neue Anwärter werden von den anderen Brüdern vorgeschlagen und daraufhin in die Bruderschaft aufgenommen. Die Mitglieder der Bruderschaft sind Einzelgänger, aggressiv und verschlossen. Sie pflegen wenig Kontakt zu Menschen und anderen Vampiren, außer um Blut zu trinken. Viele Legenden ranken sich um diese Krieger, und sie werden von ihresgleichen mit höchster Ehrfurcht behandelt. Sie können getötet werden, aber nur durch sehr schwere Wunden, wie zum Beispiel eine Kugel oder einen Messerstich ins Herz.

Blutsklave – Männlicher oder weiblicher Vampir, der unterworfen wurde, um das Blutbedürfnis eines anderen zu stillen. Die Haltung von Blutsklaven ist heute zwar nicht mehr üblich, aber nicht ungesetzlich.

Die Auserwählten – Vampirinnen, deren Aufgabe es ist, der Jungfrau der Schrift zu dienen. Sie werden als Angehörige der Aristokratie betrachtet, obwohl sie eher spirituell als weltlich orientiert sind. Normalerweise pflegen sie wenig bis gar keinen Kontakt zu männlichen Vampiren; auf Weisung der Jungfrau der Schrift können sie sich aber mit einem Krieger vereinigen, um den Fortbestand ihres Standes zu sichern. Sie besitzen die Fähigkeit zur Prophezeiung. In der Vergangenheit dienten sie alleinstehenden Brüdern zum Stillen ihres Blutbedürfnisses, aber diese Praxis wurde von den Brüdern aufgegeben.

Dhunhd – Hölle.

Doggen – Angehörige(r) der Dienerklasse innerhalb der Vampirwelt. *Doggen* pflegen im Dienst an ihrer Herrschaft altertümliche, konservative Sitten und folgen einem formellen Bekleidungs- und Verhaltenskodex. Sie können tagsüber aus dem Haus gehen, altern aber relativ rasch. Die Lebenserwartung liegt bei etwa fünfhundert Jahren.

Gesellschaft der Lesser – Orden von Vampirjägern, der von Omega zum Zwecke der Auslöschung der Vampirspezies gegründet wurde.

Glymera – Das soziale Herzstück der Aristokratie, sozusagen die »oberen Zehntausend« unter den Vampiren.

Gruft – Heiliges Gewölbe der Bruderschaft der Black Dagger. Sowohl Ort für zeremonielle Handlungen wie auch Aufbewahrungsort für die erbeuteten Kanopen der *Lesser*. Hier werden unter anderem Aufnahmerituale, Begräbnisse und Disziplinarmaßnahmen gegen Brüder durchgeführt. Niemand außer Angehörigen der Bruderschaft, der Jungfrau der Schrift und Aspiranten hat Zutritt zur Gruft.

Hellren – Männlicher Vampir, der eine Partnerschaft mit einer Vampirin eingegangen ist. Männliche Vampire können mehr als eine Vampirin als Partnerin nehmen.

Hohe Familie – König und Königin der Vampire sowie all ihre Kinder.

Hüter – Vormund eines Vampirs oder einer Vampirin. Hüter können unterschiedlich viel Autorität besitzen, die größte Macht übt der Hüter einer gebannten Vampirin aus.

Jungfrau der Schrift – Mystische Macht, die dem König als Beraterin dient sowie die Vampirarchive hütet und Privilegien erteilt. Existiert in einer jenseitigen Sphäre und besitzt umfangreiche Kräfte. Hatte die Befähigung zu einem einzigen Schöpfungsakt, den sie zur Erschaffung der Vampire nutzte.

Leahdyre – Eine mächtige und einflussreiche Person.

Lesser – Ein seiner Seele beraubter Mensch, der als Mitglied der Gesellschaft der *Lesser* Jagd auf Vampire macht, um sie auszurotten. Die *Lesser* müssen durch einen Stich in die Brust getötet werden. Sie altern nicht, essen und trinken nicht und sind impotent. Im Laufe der Jahre verlieren ihre Haare, Haut und Iris ihre Pigmentierung, bis sie blond, bleich und weißäugig sind. Sie riechen nach Talkum. Aufgenommen in die Gesellschaft werden sie durch Omega. Daraufhin erhalten sie ihre Kanope, ein Keramikgefäß, in dem sie ihr aus der Brust entferntes Herz aufbewahren.

Lheage – Respektsbezeichnung einer sexuell devoten Person gegenüber einem dominanten Partner.

Lielan – Ein Kosewort, frei übersetzt in etwa »mein Liebstes«.

Mahmen – Mutter. Dient sowohl als Bezeichnung als auch als Anrede und Kosewort.

Mhis – Die Verhüllung eines Ortes oder einer Gegend; die Schaffung einer Illusion.

Nalla – Kosewort. In etwa »Geliebte«.

Novizin – Eine Jungfrau.

Omega – Unheilvolle mystische Gestalt, die sich aus Groll gegen die Jungfrau der Schrift die Ausrottung der Vampire zum Ziel gesetzt hat. Existiert in einer jenseitigen Sphäre und hat weitreichende Kräfte, wenn auch nicht die Kraft zur Schöpfung.

Phearsom – Begriff, der sich auf die Funktionstüchtigkeit der männlichen Geschlechtsorgane bezieht. Die wörtliche Übersetzung lautet in etwa »würdig, in eine Frau einzudringen«.

Princeps – Höchste Stufe der Vampiraristokratie, untergeben nur den Mitgliedern der Hohen Familie und den Auserwählten der Jungfrau der Schrift. Dieser Titel wird vererbt; er kann nicht verliehen werden.

Pyrokant – Bezeichnet die entscheidende Schwachstelle eines Individuums, sozusagen seine Achillesverse. Diese Schwachstelle kann innerlich sein, wie zum Beispiel eine Sucht, oder äußerlich, wie ein geliebter Mensch.

Rythos – Rituelle Prozedur, um verlorene Ehre wiederherzustellen. Der Rythos wird von dem Vampir gewährt, der einen anderen beleidigt hat. Wird er angenommen, wählt der Gekränkte eine Waffe und tritt damit dem unbewaffneten Beleidiger entgegen.

Schleier – Jenseitige Sphäre, in der die Toten wieder mit ihrer Familie und ihren Freunden zusammentreffen und die Ewigkeit verbringen.

Shellan – Vampirin, die eine Partnerschaft mit einem Vampir eingegangen ist. Vampirinnen nehmen sich in der Regel nicht mehr als einen Partner, da gebundene männliche Vampire ein ausgeprägtes Revierverhalten zeigen.

Symphath – Eigene Spezies innerhalb der Vampirrasse, deren Merkmale die Fähigkeit und das Verlangen sind, Gefühle in anderen zu manipulieren (zum Zwecke eines Energieaustauschs). Historisch wurden die Symphathen oft mit Misstrauen betrachtet und in bestimmten Epochen auch von den Vampiren gejagt. Sind heute nahezu ausgestorben.

Tahlly – Kosewort. Entspricht in etwa »Süße«.

Trahyner – Respekts- und Zuneigungsbezeichnung unter männlichen Vampiren. Bedeutet ungefähr »geliebter Freund«.

Transition – Entscheidender Moment im Leben eines Vampirs, wenn er oder sie ins Erwachsenenleben eintritt. Ab diesem Punkt müssen sie das Blut des jeweils anderen Geschlechts trinken, um zu überleben und vertragen kein Sonnenlicht mehr. Findet normalerweise mit etwa Mitte zwanzig statt. Manche Vampire überleben ihre Transition nicht, vor allem männliche Vampire. Vor ihrem Transition sind Vampire von schwächlicher Konstitution und sexuell unreif und desinteressiert. Außerdem können sie sich noch nicht dematerialisieren.

Triebigkeit – Fruchtbare Phase einer Vampirin. Üblicherweise dauert sie zwei Tage und wird von heftigem sexuellen Verlangen begleitet. Zum ersten Mal tritt sie etwa fünf Jahre nach der Transition eines weiblichen Vampirs auf, danach im Abstand von etwa zehn Jahren. Alle männlichen Vampire reagieren bis zu einem gewissen Grad auf eine triebige Vampirin, deshalb ist dies eine gefährliche Zeit. Zwischen konkurrierenden männlichen Vampiren können Konflikte und Kämpfe ausbrechen, besonders, wenn die Vampirin keinen Partner hat.

Vampir – Angehöriger einer gesonderten Spezies neben dem Homo sapiens. Vampire sind darauf angewiesen, das Blut des jeweils anderen Geschlechts zu trinken. Menschliches Blut kann ihnen zwar auch das Überleben sichern, aber die daraus gewonnene Kraft hält nicht lange vor. Nach ihrer Transition, die üblicherweise etwa mit Mitte zwanzig stattfindet, dürfen sie sich nicht mehr dem Sonnenlicht aussetzen und müssen sich in regelmäßigen Abständen aus der Vene ernähren. Entgegen einer weit verbreiteten Annahme können Vampire Menschen nicht durch einen Biss oder eine Blutübertragung »verwandeln«; in seltenen Fällen aber können sich die beiden Spezies zusammen fortpflanzen. Vampire können sich nach Belieben dematerialisieren, dazu müssen sie aber ganz ruhig werden und sich konzentrieren; außerdem dürfen sie nichts Schweres bei sich tragen. Sie können Menschen ihre Erinnerung nehmen, allerdings nur, solange diese Erinnerungen im Kurzzeitgedächtnis abgespeichert sind. Manche Vampire können auch Gedanken lesen. Die Lebenserwartung liegt bei über eintausend Jahren, in manchen Fällen auch höher.

Vergeltung – Akt tödlicher Rache, typischerweise ausgeführt von einem Mann im Dienste seiner Liebe.

Wanderer – Ein Verstorbener, der aus dem Schleier zu den Lebenden zurückgekehrt ist. Wanderern wird großer Respekt entgegengebracht, und sie werden für das, was sie durchmachen mussten, verehrt.

Zwiestreit – Konflikt zwischen zwei männlichen Vampiren, die Rivalen um die Gunst einer Vampirin sind.

1

Marissa materialisierte sich auf der Terrasse vor Rehvenges Penthouse und kollabierte fast. Als sie auf die Schiebetür zutaumelte, riss er sie von innen weit auf.

»Gütige Jungfrau der Schrift. Marissa.« Hastig legte er den Arm um sie und zog sie hinein.

Von Blutlust übermannt umklammerte sie seinen Bizeps. Der Durst in ihr war so stark, dass sie kurz davor stand, ihn hier auf der Stelle und im Stehen zu beißen. Um sich davon abzuhalten, ihm die Kehle aufzureißen, entwand sie sich seinem Griff. Doch er fing sie wieder ein und wirbelte sie herum.

»Komm sofort hierher!« Er schleuderte sie beinahe auf die Couch. »Du wirst noch zusammenklappen.«

Erschöpft sank sie auf den Polstern zusammen, sie wusste, dass er recht hatte. Ihr Körper war völlig aus dem Gleichgewicht, in ihrem Kopf drehte sich alles, Hände und Füße waren taub. Ihr Magen war nur mehr ein hohles, knirschendes Loch, die Fänge pochten, die Kehle war so trocken wie der Winter, so heiß wie der August.

Doch als er hektisch seine Krawatte löste und die Knöpfe an seinem Hemd aufmachte, murmelte sie: »Nicht an deinem Hals. Das ertrage ich nicht ... nicht dein ...«

»Für das Handgelenk bist du schon zu entkräftet. Du könntest nicht genug heraussaugen, und uns bleibt nicht mehr viel Zeit.«

Wie auf dieses Stichwort hin trübte sich ihre Sicht, und ihr schwanden langsam die Sinne. Sie hörte ihn noch fluchen, dann zog er sie auf sich, drückte ihr Gesicht an seinen Hals und ...

Die Biologie übernahm das Kommando. Sie biss ihn so heftig, dass sie seinen Körper zucken fühlte, und der pure Instinkt ließ sie saugen. Mit einem donnernden Brüllen strömte seine Kraft in ihre Eingeweide, breitete sich in ihren Gliedmaßen aus und ließ das Leben in ihren Körper zurückkehren.

Während sie verzweifelt schluckte, flossen ihre Tränen so heiß wie sein Blut.

Rehvenge hielt Marissa nur locker fest. Er war erschüttert, wie ausgehungert sie war. Dabei war sie so ein zerbrechliches, zartes Wesen.

Sie sollte niemals so leiden müssen. Er strich ihr mit der Hand beruhigend über den schlanken Rücken. Innerlich wurde er immer wütender. Verdammt, was war nur mit dem Kerl los, auf den sie so stand? Wie konnte er sie zwingen, zu einem anderen zu gehen?

Zehn Minuten später hob sie den Kopf. Auf ihrer Unterlippe war ein schmaler Blutstreifen zu sehen, und Rehv musste sich mit der Hand an der Sofalehne festklammern, um ihn nicht abzulecken.

Endlich gesättigt, aber mit tränennassem Gesicht lehnte sich Marissa anmutig gegen die ledernen Polster am anderen Ende der Couch und schlang die schmalen Arme um sich. Sie schloss die Augen, und er beobachtete, wie die Farbe in ihre feuchten Wangen zurückkehrte.

Schon ihr Haar allein. So samtig. So üppig. So vollkommen. Er wollte nackt und ohne Medikamente und hart wie Stein sein, und diese blonde Pracht überall auf seinem Körper ausgebreitet fühlen. Und wenn er all das nicht haben konnte, dann wollte er sie wenigstens küssen. Und zwar sofort.

Doch er streckte nur den Arm nach seinem Anzugsakko aus, holte ein Taschentuch heraus und beugte sich zu ihr herüber. Sie zuckte zusammen, als er ihre Tränen abtupfte und nahm ihm rasch das Stück Leinen aus der Hand.

Sofort rutschte er zurück in seine Sofaecke. »Marissa, zieh doch zu mir. Ich möchte für dich sorgen.«

In der folgenden Stille dachte er an den Ort, an dem sie derzeit untergeschlüpft war – und kam zu dem Schluss, dass der Mann, den sie begehrte, sich auf dem Anwesen der Bruderschaft befinden musste. »Du liebst Wrath noch immer, habe ich recht?«

Ihre Augenlider schnellten nach oben. »Was?«

»Du hast gesagt, du könntest dich nicht bei dem Mann, den du liebst, nähren. Wrath hat jetzt eine Partnerin ...«

»Es ist nicht Wrath.«

»Dann Phury? Da er im Zölibat lebt ...«

»Nein. Und ich – ich kann jetzt nicht darüber sprechen, tut mir leid.« Sie senkte den Blick auf sein Taschentuch. »Rehvenge, ich hätte jetzt wirklich sehr gern ein wenig Zeit für mich. Darf ich hier ein bisschen sitzen bleiben? Allein?«

Auch wenn er nicht gewöhnt war, fortgeschickt zu werden – schon gar nicht aus seiner eigenen Wohnung –, war er ihr gegenüber zu jeder Form von Nachsicht bereit. »Bleib, so lange du möchtest, *Tahlly*. Schließ einfach nur die Tür hinter dir, wenn du gehst. Ich aktiviere die Alarmanlage dann per Fernbedienung.«

Er zog die Anzugjacke über, ließ aber die Krawatte gelockert und den Hemdkragen geöffnet, denn die Bisswunden an seinem Hals waren zu empfindlich, um sie zu bedecken. Nicht, dass ihm das auch nur das Geringste ausgemacht hätte.

»Du bist so gut zu mir«, sagte sie, den Blick starr auf seine Schuhe gerichtet.

»Nein, das bin ich nicht.«

»Wie kannst du so etwas sagen? Niemals bittest du mich um eine Gegenleistung …«

»Marissa, sieh mich an. *Sieh mich an.*« Gütige Jungfrau im Schleier, sie war so wunderschön. Besonders mit seinem Blut in ihren Adern. »Mach dir doch nichts vor. Ich möchte dich als meine *Shellan*. Ich möchte dich nackt in meinem Bett haben. Ich möchte deinen Leib mit meinem Kind anschwellen sehen. Ich möchte von dir … das volle Programm. Ich tue das alles nicht, um nett zu dir zu sein, sondern um dir nahezukommen. Ich tue es, weil ich hoffe, dass ich dich irgendwann, irgendwie dahin bringen kann, wo ich dich haben will.«

Als ihre Augen sich weiteten, behielt er den Rest lieber für sich. Es war besser, nicht damit herauszurücken, dass der Symphath in ihm in ihrem Kopf herumwühlen und jede Emotion besitzen wollte, die sie jemals empfunden hatte. Oder ihr anzuvertrauen, dass Sex mit ihm … kompliziert wäre.

Ach ja, die Freuden seiner Veranlagung. Und seiner Anomalie.

»Aber auf eines kannst du dich unbedingt verlassen, Marissa. Ich werde niemals die Grenze überschreiten, wenn du es nicht willst.«

Außerdem hatte Xhex vermutlich recht. Mischlinge wie er blieben besser solo. Selbst wenn Symphathen nicht diskriminiert würden und leben und lieben dürften wie Normale, sollten sie niemals mit jemandem zusammen sein, der gegenüber ihrer dunklen Seite wehrlos war.

Er zog seinen bodenlangen Zobelmantel an. »Dein Mann ... sollte besser mal langsam die Kurve kriegen. Verdammt schade um eine so wertvolle Frau wie dich.« Rehv schnappte sich seinen Stock und ging zur Tür. »Wenn du mich brauchst, ruf mich.«

Butch marschierte ins *ZeroSum*, ging nach hinten zum Stammtisch der Bruderschaft und zog seinen Aquascutum-Regenmantel aus. Er hatte vor, ein Weilchen zu bleiben. Was nicht gerade sensationell neu war. Am besten sollte er hier sein Zelt aufschlagen und gleich einziehen.

Als die Kellnerin mit einem Scotch kam, fragte er: »Wäre es unter Umständen möglich, einfach eine Flasche zu bekommen?«

»Das geht leider nicht.«

»Na gut, dann komm mal her.« Er krümmte den Zeigefinger. Als sie sich nach unten beugte, legte er ihr einen Hunderter auf das Tablett. »Das ist für dich. Pass schön auf, dass mein Glas immer voll ist.«

»Geht klar.«

Wieder allein am Tisch betastete Butch die kreisrunden Bisswunden an seinem Hals. Er versuchte, sich nicht vorzustellen, was Marissa jetzt in diesem Augenblick mit einem anderen tat. Einem Aristokraten. Einem Kerl aus gutem Hause, der besser als er selbst war; Platin im Vergleich zu seinem armseligen Eisen. *O nein.*

Wie ein Mantra wiederholte er im Kopf, was V zu ihm gesagt hatte. Dass das Trinken nicht unbedingt etwas Sexuelles haben musste. Dass es eine biologische Notwendigkeit war. Dass Marissa keine Wahl hatte. Dass es ... nicht sexuell sein musste. Er hoffte, wenn er die Litanei nur oft genug im Geiste aufsagte, dann würden seine Empfindungen sich beruhigen, und er könnte die Unausweichlichkeit dieser Sache akzeptieren. Marissa war ja nicht absichtlich grausam zu ihm. Sie war ebenso verstört gewesen wie er selbst.

Lebhaft blitzte ihr nackter Körper vor seinem geistigen Auge auf, und er konnte das Bild eines anderen Mannes, der ihre Brüste streichelte, einfach nicht abschütteln. Eines anderen Mannes, dessen Lippen über ihre Haut wanderten. Der ihr die Unschuld raubte, während er sie nährte; dessen harter Körper sich auf ihr, in ihr bewegte.

Und die gesamte Zeit über trank sie … trank, bis sie genug hatte, bis sie gesättigt war.

Ein anderer sorgte für sie.

Butch kippte seinen doppelten Whiskey in einem Zug hinunter.

O Mann, er würde noch kaputtgehen. Er würde hier und jetzt zusammenbrechen, sein wundes Innerstes würde sich auf den Boden ergießen, seine Organe zusammen mit heruntergefallenen Servietten und Kreditkartenbons unter den Füßen von Fremden zermalmt werden.

Die Kellnerin, die gute Seele, kam mit Nachschub.

Als er das zweite Glas hob, predigte er sich selbst: *O'Neal, kneif die Arschbacken zusammen und zeig etwas Selbstachtung. Hab Vertrauen zu ihr. Sie würde niemals mit einem anderen Mann schlafen. Das würde sie einfach nicht tun.*

Doch der Sex war ja nur ein Teil davon.

Das wurde ihm bewusst, als er das Glas leerte. Dieser Albtraum hatte noch eine weitere Dimension. Sie würde sich in regelmäßigen Abständen nähren müssen. Sie beide müssten das wieder und wieder und wieder durchstehen.

Mist. Er betrachtete sich selbst gern als einen Mann, der erwachsen genug war, selbstbewusst genug, um mit seinem Leben klarzukommen. Doch er war auch besitzergreifend und selbstsüchtig. Und beim nächsten Mal würde es wieder genau dasselbe sein: sie in den Armen eines anderen Mannes, er allein in einer Kneipe saufend und kurz davor, sich aufzuhängen. Nur wäre es dann noch schlimmer. Und danach noch schlimmer.

Er liebte sie so sehr, so tief, dass er sie beide zerstören würde. Und es würde nicht lange dauern.

Abgesehen davon – was für eine gemeinsame Zukunft konnten sie schon haben? Bei seinem Whiskeykonsum würde seine Leber das Spiel wahrscheinlich nur noch zehn Jahre mitmachen. Marissas Spezies lebte jahrhundertelang. Er wäre lediglich eine Fußnote in ihrem ewigen Leben, ein Schlagloch auf der Straße zu ihrem endgültigen Partner, der zu ihr passte, der ihr geben konnte, was sie brauchte.

Als die Kellnerin mit dem dritten Doppelten kam, hielt Butch seinen Zeigefinger hoch, damit sie neben ihm stehen blieb. Er leerte das Glas in einem Zug und gab es ihr zurück.

Kurz darauf kam sie mit Nummer Vier. Gleichzeitig bemühte sich dieses dürre blonde Jüngelchen mit seinem Trio von stiernackigen Bodyguard-Typen zwei Tische weiter, ihre Aufmerksamkeit zu erregen.

Der kleine Scheißer schien jeden verdammten Abend hier zu sein. Oder vielleicht kam Butch das auch nur so vor, weil man den Idioten einfach nicht übersehen konnte.

»Hey!«, rief der Bursche. »Wir wollen was bestellen. Bewegung.«

»Ich komme gleich«, sagte die Kellnerin.

»Sofort«, zischte der Widerling. »Nicht gleich.«

Widerstrebend ging sie an den Tisch, und Butch beobachtete, wie sie übel belästigt wurde. Verfluchte, großmäulige Angeber, die ganze Bande. Und sie würden ihr Verhalten mit Sicherheit im Laufe des Abends nicht bessern.

So wenig wie seine Laune sich bessern würde.

»Du wirkst ein bisschen aggressiv, Butch O'Neal.«

Er kniff die Augen zu. Als er sie wieder aufschlug, stand

die Vampirin mit dem Männerhaarschnitt und dem Männerkörper immer noch vor ihm.

»Wirst du uns heute Abend Ärger machen, Butch O'Neal?«

Er wünschte, sie würde aufhören, seinen Namen zu sagen. »Ich kann mich gerade noch beherrschen.«

Ein erotisches Leuchten blitzte in ihren Augen auf. »Oh, das weiß ich. Aber jetzt red mal Tacheles. Machst du heute Abend noch Probleme?«

»Nein.«

Sie sah ihn lange und intensiv an. Dann lächelte sie kaum merklich. »Ich werde dich im Auge behalten. Denk dran.«

2

Joyce O'Neal Rafferty versperrte ihrem Mann mit dem Baby auf der Hüfte und einem bösen Funkeln in den Augen den Weg. Man sah Mike an, dass er von seinen Doppelschichten bei den Verkehrsbetrieben erschöpft war, aber das war ihr vollkommen egal. »Mein Bruder hat heute angerufen. Butch. Du hast ihm von der Taufe erzählt, stimmt's?«

Ihr Mann küsste den kleinen Sean, versuchte es aber bei seiner Frau erst gar nicht. »Ach, komm schon, Liebling ...«

»Das geht dich nichts an!«

Mike schloss die Haustür hinter sich. »Warum hasst ihr ihn alle so?«

»Darüber werde ich nicht mit dir diskutieren.«

Als sie sich abwandte, sagte er: »Er hat deine Schwester nicht umgebracht, Jo. Er war zwölf Jahre alt. Was hätte er tun können?«

Sie setzte sich ihren Sohn auf die andere Hüfte, drehte sich aber nicht um. »Es geht nicht um Janie. Butch hat seiner Familie vor Jahren den Rücken gekehrt. Es war seine eigene Entscheidung, es hatte nichts mit dem zu tun, was passiert ist.«

»Vielleicht habt ja auch ihr alle ihm den Rücken gekehrt.«

Sie blitzte ihn über die Schulter hinweg wütend an. »Warum verteidigst du ihn?«

»Er war mein Freund. Bevor ich dich kennengelernt habe, und wir ein Paar wurden, war er mein Freund.«

»Toller Freund. Wann hast du zum letzten Mal was von ihm gehört?«

»Das spielt keine Rolle. Er war ein guter Freund.«

»Du bist ja so eine sentimentale Seele.« Sie stapfte zur Treppe. »Ich gehe Sean stillen. Dein Essen steht im Kühlschrank.«

Als sie im oberen Stock ankam, warf sie dem Kruzifix an der Wand einen finsteren Blick zu. Dann wandte sie sich ab, ging in Seans Zimmer und setzte sich in den Schaukelstuhl neben seiner Wiege. Sie entblößte eine Brust, legte ihren Sohn daran, und er saugte sich sofort fest. Sein Händchen quetschte die Haut neben seinem Gesicht. Der kleine Körper war warm und mollig und gesund, die Wimpern lagen auf den rosigen Wangen.

Joyce holte ein paar Mal tief Luft.

Mist. Jetzt hatte sie ein schlechtes Gewissen, weil sie laut geworden war. Und weil sie das Kreuz des Heilands missachtet hatte. Sie sprach ein Ave Maria und versuchte sich zu entspannen, indem sie Seans perfekte kleine Zehen zählte.

Mein Gott – sollte ihm jemals etwas zustoßen, dann würde sie sterben. Ihr Herz würde buchstäblich nie mehr so schlagen wie vorher. Wie hatte ihre Mutter das ertragen? Wie hatte sie den Verlust eines Kindes überlebt?

Und Odell hatte sogar zwei Kinder verloren, wenn man es genau nahm. Zuerst Janie. Dann Butch. Es war ein Glück, dass die Frau sie nicht mehr alle beisammen hatte. Die Erlösung von ihren Erinnerungen musste ein Segen sein.

Joyce strich über Seans weiches, dunkles Haar. Zum ersten Mal wurde ihr bewusst, dass ihre Mutter sich nie von Janie hatte verabschieden können. Die Leiche war zu zerstört gewesen, um sie für einen offenen Sarg zu präparieren. Eddie O'Neal als ihr Vater hatte sie identifiziert.

Ach, hätte doch nur Butch an jenem furchtbaren Nachmittag die Geistesgegenwart besessen, ins Haus zu laufen und einem Erwachsenen zu erzählen, dass Janie weggefahren war ... vielleicht hätte man sie retten können. Eigentlich war es Janie untersagt gewesen, zu Jungs ins Auto zu steigen, und jeder kannte die Regeln. Butch kannte die Regeln. Hätte er nur ...

Ach, was sollte das alles? Ihr Mann hatte recht. Die gesamte Familie hasste Butch. Kein Wunder, dass er sich aus dem Staub gemacht hatte.

Seans Mund zuckte leicht und wurde dann schlaff, sein Händchen ließ ihre Brust los. Doch dann wurde er mit einem Ruck wieder wach und nuckelte weiter.

Apropos aus dem Staub machen ... ihre Mutter würde sich auch von Butch nicht verabschieden können. Ihre lichten Momente waren inzwischen extrem kurz und selten. Selbst wenn Butch sich an diesem Sonntag in der Kirche blicken ließ, könnte es gut passieren, dass sie ihn nicht einmal erkannte.

Joyce hörte ihren Mann mit langsamen Schritten die Treppe hinaufkommen.

»Mike?«, rief sie.

Der Mann, den sie liebte und geheiratet hatte, tauchte im Türrahmen auf. Er wurde allmählich rundlich um die Mitte, und die Haare fielen ihm aus, obwohl er erst siebenunddreißig war. Doch als sie ihn jetzt anblickte, sah sie sein jüngeres Selbst durchscheinen: den lässigen Typen aus der Schule. Den Freund ihres älteren Bruders Butch. Den Spitzen-Footballspieler, in den sie jahrelang heimlich verknallt gewesen war.

»Ja?«, fragte er.

»Es tut mir leid, dass ich so sauer geworden bin.«

Er lächelte schwach. »Das alles ist ganz schön hart. Das verstehe ich.«

»Und du hast recht. Wahrscheinlich hätte man Butch wirklich einladen sollen. Ich wollte – ich wollte nur, dass der Tag der Taufe *rein* ist, verstehst du? Es ist Seans Start ins Leben, und ich möchte nicht, dass ein Schatten darauf fällt. Butch trägt einen Schatten mit sich herum, und alle anderen würden sich in seiner Nähe verkrampfen. Und wo Mutter so krank ist, will ich mich damit nicht befassen.«

»Hat er gesagt, dass er kommt?«

»Nein. Er ...« Sie dachte an das Gespräch. Komisch, er hatte geklungen wie immer. Ihr Bruder hatte schon immer eine merkwürdige Stimme gehabt, so heiser und rau. Als wäre entweder seine Kehle deformiert, oder als ob es zu viel gäbe, was er nicht erzählte. »Er sagte, er freue sich für uns. Hat mir für den Anruf gedankt. Sagte, er hoffe, Mom und Dad gehe es gut.«

Ihr Mann betrachtete Sean, der wieder eingeschlummert war. »Butch weiß nicht, dass eure Mutter krank ist, oder?«

»Nein.« Anfangs, als Odell einfach nur vergesslich wurde, hatten Joyce und ihre Schwester beschlossen, es Butch erst zu erzählen, wenn sie Genaueres wüssten. Doch das war inzwischen zwei Jahre her. Und sie wussten längst genau, was los war. Alzheimer.

Niemand konnte sagen, wie lange ihre Mutter noch da wäre. Die Krankheit schritt unerbittlich fort.

»Ich bin eine Diebin, weil ich es Butch nicht erzähle«, sagte sie leise. »Stimmt's?«

»Ich liebe dich«, murmelte Mike.

Ihre Augen füllten sich mit Tränen, als sie vom Gesicht ihres Söhnchens hoch in das seines Vaters blickte. Michael Rafferty war ein guter Mann. Ein verlässlicher Mann. Er würde nie so gut aussehen wie Hugh Jackman oder so reich sein wie Bill Gates oder so mächtig wie der Präsident. Aber er gehörte ihr, und er gehörte Sean, und das war mehr als genug. Besonders an Abenden wie diesem, während Gesprächen wie diesem.

»Ich liebe dich auch«, sagte sie.

Vishous materialisierte sich hinter dem *ZeroSum* und lief dann durch die Seitengasse zum Vordereingang des Clubs. Als er den Escalade auf der Tenth Street parken sah, atmete er erleichtert auf. Phury hatte gesagt, Butch habe wie ein geölter Blitz das Anwesen der Bruderschaft verlassen, und er habe nicht gerade fröhlich ausgesehen.

Jetzt betrat V den Club und marschierte schnurstracks zum VIP-Bereich. Aber so weit kam er gar nicht.

Die Sicherheitschefin baute sich vor ihm auf und versperrte ihm den Weg. Als er sie rasch von oben bis unten musterte, überlegte er kurz, wie es wohl wäre, sie zu fesseln. Wahrscheinlich würde sie ihre Krallen einsetzen. Aber das wäre doch ein angenehmer Zeitvertreib für ein oder zwei Stündchen.

»Dein Freund muss gehen«, sagte sie.

»Sitzt er an unserem Tisch?«

»Ja, und du solltest ihn besser hier rausschaffen. Sofort.«

»Was hat er angestellt?«

»Noch nichts.« Beide machten sich auf den Weg nach hinten. »Aber ich möchte, dass es gar nicht erst so weit kommt, und viel fehlt dazu nicht mehr.«

Während sie sich durch die Menge schlängelten, betrachtete V ihre muskulösen Arme und dachte an den Job, den sie hier im Club machte. Der wäre für jeden beinhart, aber vor allem für eine Frau. Warum sie das wohl machte?

»Macht es dich an, Männer zu verprügeln?«, fragte er.

»Manchmal ja, aber bei O'Neal ziehe ich den Sex vor.«

V blieb wie angewurzelt stehen.

Sie warf einen Blick über die Schulter. »Ist was?«

»Wann hast du es mit ihm gemacht?« Wobei er aus irgendeinem Grund wusste, dass es noch nicht lange her war.

»Die Frage ist doch: Wann werde ich es wieder tun?« Sie deutete mit dem Kopf auf die Sicherheitskontrolle des VIP-Bereichs. »Heute Nacht jedenfalls nicht. Jetzt hol ihn dir und schaff ihn raus.«

V verengte die Augen. »Das mag ja altmodisch klingen, aber Butch ist schon besetzt.«

»Ach ja? Sitzt er deshalb fast jeden Abend hier und dröhnt sich zu? Seine Partnerin muss ja ein richtiges Schätzchen sein.«

»Lass ihn in Ruhe.«

Ihre Miene verhärtete sich. »Bruder hin oder her, du sagst mir *nicht*, was ich zu tun habe.«

V beugte sich ganz nah zu ihr und fletschte die Fänge. »Wie gesagt: Du hältst dich von ihm fern.«

Den Bruchteil einer Sekunde glaubte er tatsächlich, sie würden aufeinander losgehen. Er hatte sich noch nie mit einer Frau geschlagen, aber diese hier ... na ja, sie wirkte nicht gerade eingeschüchtert von ihm. Besonders, als sie seinen Kiefer beäugte, als schätzte sie den Abstand für einen Aufwärtshaken ein.

»Wollt ihr zwei ein Zimmer oder einen Boxring?«

Hinter ihnen stand Rehvenge, keinen Meter entfernt. Die Amethystaugen des Vampirs leuchteten im Dämmerlicht. In der schummrigen Beleuchtung wirkte sein Irokese genauso dunkel wie der bodenlange Zobelmantel, den er trug.

»Haben wir ein Problem?« Rehvenge blickte von einem zum anderen, während er seinen Pelz auszog und einem Ordner gab.

»Aber nicht doch«, sagte V. Er warf der Frau einen Blick zu. »Alles in bester Ordnung, oder?«

»Ja«, bestätigte sie lässig, die Arme vor der Brust verschränkt. »Absolut.«

Damit drängte sich V an den Türstehern vorbei und zum Tisch der Bruderschaft – *ach du Scheiße*.

Butch sah völlig fertig aus, und das nicht nur, weil er betrunken war. Tiefe Furchen zogen sich über sein Gesicht, die Augen waren halb geschlossen. Seine Krawatte hing schief, das Hemd war aufgeknöpft ... und am Hals hatte er eine Bisswunde, aus der ein wenig Blut auf seinen Kragen getropft war.

Und ganz recht, er suchte Streit, stierte die großkotzigen Krawallbrüder zwei Tischreihen weiter unbeweglich an. Jeden Moment konnte er sich auf sie stürzen.

»Hallo, mein Freund.« V ließ sich betont langsam auf dem Stuhl nieder. Jetzt bloß keine plötzlichen Bewegungen. »Was geht ab?«

Butch kippte seinen Scotch, ohne die erstklassigen Arschlöcher nebenan aus den Augen zu lassen. »Wie läuft's, V?«

»Gut, gut. Wie viele von den Lagavulins hattest du denn schon?«

»Nicht genug. Ich bin immer noch in der Vertikalen.«

»Willst du mir erzählen, was los ist?«

»Nicht unbedingt.«

»Du wurdest gebissen, Kumpel.«

Als die Kellnerin vorbeikam und das leere Glas abräumte, tastete Butch nach der Wunde an seinem Hals. »Nur, weil ich sie dazu gezwungen habe. Und sie hat sofort wieder aufgehört. Sie wollte mich nicht nehmen, nicht richtig. Also ist sie bei einem anderen. Und zwar genau in dieser Sekunde.«

»Verdammt.«

»So kann man es zusammenfassen. Während wir hier sitzen, ist meine Frau bei einem anderen Kerl. Er ist übrigens ein Aristokrat. Hatte ich das bereits erwähnt? Supermann begrapscht ... ist ja auch egal ... Wer auch immer er sein mag, er ist stärker als ich. Er gibt ihr, was sie braucht. Er nährt sie. Er ...« Butch brach ab. »Und, wie läuft es bei dir so?«

»Ich hab dir doch erklärt, dass das Trinken nicht unbedingt etwas Sexuelles haben muss.«

»Ja, das weiß ich ja.« Der Ex-Cop lehnte sich zurück, als sein nächster Whiskey serviert wurde. »Willst du einen Wodka? Nein? Okay ... dann sauf ich für uns beide.« Noch bevor die Kellnerin sich umgedreht hatte, war das Glas schon wieder halb geleert. »Aber es geht nicht nur um den Sex. Ich kann die Vorstellung nicht ertragen, dass das Blut eines anderen in ihr ist. *Ich* möchte sie nähren. *Ich* möchte sie am Leben erhalten.«

»Das ist unlogisch, mein Freund.«

»Scheiß auf die Logik.« Butch starrte in seinen Whiskey. »Hatten wir das nicht gerade erst?«

»Wie bitte?«

»Ich meine ... wir waren doch erst letzte Nacht hier. Selbes Getränk. Selber Tisch. Selbes ... alles. Es ist, als wäre ich in einer Endlosschleife gefangen, und es hängt mir zum Hals raus. *Ich* hänge mir zum Hals raus.«

»Wie wäre es, wenn ich dich nach Hause bringe?«

»Ich will nicht nach ...« Butchs Stimme erstarb, und er versteinerte auf seinem Sitz. Ganz langsam stellte er das Glas auf dem Tisch ab.

Sofort war V in höchster Alarmbereitschaft. Beim letzten Mal, als sein Freund diesen starren Gesichtsausdruck bekommen hatte, hatten *Lesser* auf sie gelauert.

Doch er konnte nichts Besonderes entdecken, nur den Reverend, der durch den VIP-Bereich zu seinem Büro lief.

»Butch? Kumpel?«

Butch stand auf.

Er war so schnell, dass V keine Zeit blieb, ihn festzuhalten.

3

Butchs Körper befand sich außerhalb seines Kontrollbereichs und agierte scheinbar völlig selbstständig, als er quer durch den Raum auf Rehvenge zuschoss. Er wusste nur, dass er Marissas Duft aufgeschnappt und ihn zu dem Vampir mit dem Irokesenschnitt zurückverfolgt hatte. Woraufhin er auf ihn zustürzte, als wäre er ein Massenmörder.

Er riss den Reverend heftig zu Boden. Das Überraschungsmoment war auf seiner Seite. Als die beiden auf den Holzdielen auftrafen, fluchte der Vampir lautstark: »Was zum Henker!«, und sofort rasten Rausschmeißer aus allen Richtungen herbei. Bevor Butch von seinem Gegner weggezerrt wurde, gelang es ihm noch, Rehvenges Hemdkragen aufzureißen.

Da waren sie. Bisswunden direkt an der Kehle.

»Nein … verflucht, *nein* …« Butch wehrte sich gegen die stählernen Hände, die ihn umklammerten, er trat und schlug um sich, bis jemand vor ihm auftauchte, eine Faust hob und sie ihm mitten ins Gesicht donnerte. Während in seinem linken Auge ein irrsinniger Schmerz explodierte, stellte er fest, dass es die krasse Vampirin gewesen war, die ihm den Hieb verpasst hatte.

Rehvenge bohrte seinen Stock in den Fußboden und erhob sich, die Augen glitzerten in einem bösartigen Violett. »In mein Büro. Sofort.«

Jetzt fand eine Art Gespräch statt, der Butch allerdings nicht ganz folgen konnte. Er konnte sich nur auf den Kerl vor sich und den sichtbaren Beweis an seinem Hals konzentrieren. Er stellte sich diesen massigen Körper unter Marissa vor, ihr Gesicht an seiner Kehle, während ihre Fänge die Haut durchbohrten.

Ohne jeden Zweifel hatte Rehvenge sie befriedigt. Ohne jeden Zweifel.

»Warum ausgerechnet du?«, schrie Butch. »*Ich mag dich, verdammt noch mal.* Warum du?«

»Zeit zu gehen.« Energisch nahm V Butch in den Schwitzkasten. »Ich bringe dich jetzt nach Hause.«

»O nein, noch nicht«, zischte Rehvenge. »Er hat sich in *meinem* eigenen Laden auf mich gestürzt. Ich will verflucht noch mal wissen, was er sich dabei gedacht hat. Und dann wirst du mir einen guten Grund nennen müssen, warum ich ihm nicht beide Kniescheiben zertrümmern sollte.«

Butch erhob laut und vernehmlich die Stimme. »*Du hast sie genährt.*«

Rehvenge blinzelte. Hob die Hand an den Hals. »Wie bitte?«

Butch knurrte die Bisswunden an, er versuchte bereits wieder, sich loszureißen. Es war, als gäbe es zwei Hälften von ihm. Die eine war einigermaßen vernunftbegabt, und die andere war vollkommen jenseits von Gut und Böse. Nicht schwer zu erraten, welche sich gerade durchsetzte.

»Marissa«, schnaubte er. »Du hast sie genährt.«

Rehv riss die Augen weit auf. »Du bist es? Du bist der, den sie liebt?«

»Ja.«

Der Reverend keuchte geschockt. Dann rieb er sich das Gesicht und zog seinen Hemdkragen zusammen, um die Wunde zu verdecken. »Ach ... Scheiße. Verdammter Mist.« Er wandte sich ab. »Vishous, schaff ihn hier raus und sieh zu, dass du ihn nüchtern kriegst. Gütige Jungfrau, die Welt ist heute Nacht viel zu klein.«

Jetzt verwandelten sich Butchs Knie plötzlich in Gummi und der Raum begann, sich wild um ihn zu drehen. Mannomann, er war doch um einiges betrunkener, als er gedacht hatte, und der Schlag ins Gesicht hatte ihm auch nicht gerade gut getan.

Unmittelbar, bevor er bewusstlos wurde, stöhnte er: »*Ich hätte es sein sollen. Sie hätte mich benutzen sollen ...*«

Mr X parkte seinen Minivan in einer Seitenstraße der Tenth Street und stieg aus. Die Stadt schaltete schon einen Gang höher, die Kneipen drehten die Musik auf und füllten sich mit den Betrunkenen und anderweitig Berauschten.

Zeit, auf die Jagd nach den Brüdern zu gehen.

Während Mr X die Autotür schloss und seine Waffen überprüfte, warf er einen Blick über die Motorhaube zu Van.

Er war immer noch höllisch enttäuscht von seinem Auftritt im Ring. Auch erschrocken. Andererseits würde es sicherlich ein Weilchen dauern, bis die Macht verschmolz. Kein *Lesser* ging sofort mit der vollen Kraft aus seiner Initiation hervor, und nur weil Van der Mann aus der Weissagung war, gab es keinen Grund zu glauben, dass er eine Ausnahme bildete.

Trotzdem Scheiße.

»Woran erkenne ich, wer ein Vampir ist?«, fragte Van.

Richtig. Konzentration auf ihre Arbeit. X räusperte sich. »Die Zivilisten werden Ihren Geruch entdecken. Und Ihnen werden sie auffallen, weil sie Angst bekommen. Was die Brüder angeht: Die kann man nicht übersehen. Sie sind größer und aggressiver als alles, was Sie je erlebt haben, und sie schlagen immer zuerst zu. Wenn sie uns entdecken, werden sie angreifen.«

Nebeneinander marschierten sie auf die Trade Street. Die Nacht war eisig, genau die Mischung aus kalt und feucht, die X früher immer zum Kampf angestachelt hatte. Doch jetzt hatte sich sein Fokus verschoben. Er musste unterwegs sein, weil er der Haupt-*Lesser* war; aber ihm ging es einzig und allein darum, sich und Van auf dieser Seite der Wirklichkeit zu halten, bis der Kerl zu dem gereift war, was er sein sollte.

Gerade wollten sie sich in eine kleine Gasse ducken, als Mr X stehen blieb. Er wandte den Kopf um und blickte hinter sich. Dann auf die andere Straßenseite.

»Was ist denn ...«

»Klappe.« Mr X schloss die Augen und ließ seinen Instinkten freien Lauf. Er atmete ruhig und sammelte sich, ließ seine mentalen Fühler durch die Nacht schweifen.

Omega war in der Nähe.

Dann öffnete er die Lider hoch und dachte, dass das unmöglich sein konnte. Der Meister konnte ohne den Haupt-*Lesser* nicht auf diese Seite kommen.

Und doch war das Böse nah.

Auf den Absätzen seiner Springerstiefel wirbelte Mr X herum. Ein Auto fuhr auf der Trade Street vorbei. Er blickte darüber hinweg zum *ZeroSum,* diesem Technoschuppen. Der Meister war da drin. Eindeutig.

Ach, du Scheiße, hatte es schon wieder einen Machtwechsel an der Spitze der Gesellschaft gegeben?

Nein, in diesem Fall wäre Mr X nach Hause gerufen worden. Dann hatte Omega vielleicht einen anderen benutzt, um herüberzukommen? War das überhaupt möglich?

Ohne ein Wort zu verlieren trabte Mr X über die Straße auf den Club zu, und Van folgte ihm dicht auf den Fersen.

Er war zwar völlig ahnungslos, aber zu allen Schandtaten bereit.

Vor dem *ZeroSum* stand eine lange Schlange von Menschen in grellen Klamotten. Alle bibberten vor Kälte, rauchten oder telefonierten mit ihren Handys. Mr X hielt inne. Dahinter ... der Meister war hinter dem Gebäude.

Mit der Hüfte schob Vishous die Feuerschutztür des *ZeroSum* auf und schleppte Butch zum Escalade. Als er seinen Freund wie eine bleischwere Teppichrolle auf den Rücksitz hievte, betete er, der Bursche würde nicht aufwachen und um sich schlagen.

V klemmte sich gerade hinter das Lenkrad, als er etwas kommen spürte. Seine Instinkte erwachten und heizten die Adrenalinproduktion an. Obwohl die Bruderschaft weder dazu veranlagt noch darauf trainiert war, jemals einem Konflikt aus dem Weg zu gehen, befahl ihm sein sechster Sinn jetzt, Butch hier wegzuschaffen. Und zwar so schnell wie möglich.

Er ließ den Motor an und fuhr los. An der Mündung der Straße entdeckte er zwei Männer, die auf den SUV zuliefen. Einer der beiden war hellhaarig. *Lesser.* Nur – woher hatten sie gewusst, dass er und Butch hier waren?

V trat das Gaspedal durch. Brachte sich und seinen Kumpel aus der Schusslinie.

Sobald er sich davon überzeugt hatte, dass sie nicht verfolgt wurden, warf er einen Blick auf den Rücksitz. Der Ex-Cop rührte sich nicht. Total ausgeknockt. O Mann, diese Sicherheitschefin hatte einen ganz schönen Schlag drauf. Andererseits galt das auch für den ganzen Lagavulin.

Die gesamte Fahrt über gab Butch keinen Mucks von sich. Erst als V ihn in die Höhle trug und auf seinem Bett ablegte, öffnete er die Augen.

»Alles dreht sich.«

»Das kann ich mir lebhaft vorstellen.«

»Gesicht tut weh.«

»Warte, bis du in einen Spiegel gesehen hast, dann weißt du, warum.«

Butch schloss die Lider wieder. »Danke, dass du mich nach Hause gebracht hast.«

Vishous wollte ihm gerade aus dem Anzug helfen, als es an der Tür klingelte.

Schimpfend ging er zum Vordereingang und warf einen Blick auf die Monitore. Ihn überraschte nicht, wen er da sah, aber Butch war momentan wirklich nicht in der Verfassung für ein großes Publikum.

V trat in die Vorhalle und schloss die Tür hinter sich, bevor er die Haustür öffnete. Sie sah zu ihm auf, und er konnte die Traurigkeit und die Sorge an ihr riechen, ein Duft wie getrockneter Rosen.

Sie sprach leise. »Ich habe den Wagen vorfahren sehen, deshalb weiß ich, dass er jetzt zu Hause ist. Ich muss ihn sehen.«

»Heute nicht. Komm morgen wieder.«

Ihr Gesichtsausdruck wurde hart, sie sah aus wie die Marmorstatue einer Göttin. »Ich gehe erst, wenn er mich selbst wegschickt.«

»Marissa ...«

Ihre Augen blitzten auf. »Erst, wenn er es mir selbst sagt, Krieger.«

V musterte sie. In ihrer Entschlossenheit wirkte sie angriffslustig – ähnlich wie die muskulöse Vampirin vorhin im Club, nur ohne die Faust.

Das war offenbar die Nacht der weiblichen Kerle.

V schüttelte den Kopf. »Lass mich ihn wenigstens erst mal ein bisschen herrichten, okay?«

Panik flackerte in ihren Augen auf. »Warum ist das denn nötig?«

»Du lieber Himmel, Marissa. Was hast du denn gedacht, was passieren würde, wenn du dich bei Rehvenge nährst?«

Ihr fiel die Kinnlade herunter. »Woher weißt du das?«

»Butch hat sich im Club auf ihn gestürzt.«

»Was? Er ... lieber Himmel.« Unvermittelt verengten sich ihre Augen zu Schlitzen. »Du lässt mich jetzt ins Haus. Und zwar auf der Stelle.«

V hielt die Hände hoch und murmelte: »Scheiße«, als er die Tür öffnete.

4

Marissa stapfte an Vishous vorbei, und der Bruder sprang zur Seite. Was bewies, dass er so klug war, wie man allgemein annahm.

Vor der geöffneten Tür zu Butchs Zimmer blieb sie stehen. Im Schein des Flurlichts sah sie ihn auf dem Rücken im Bett liegen. Sein Anzug war völlig zerknittert, und auf seinem Hemd war Blut. Auf dem Gesicht ebenfalls.

Sie ging zum Bett und musste sich die Hand vor den Mund halten. »Gütige Jungfrau im Schleier …«

Das eine Auge war geschwollen und färbte sich bereits blau und grün. Auf dem Nasenrücken war die Haut aufgeplatzt, was das Blut erklärte. Und er roch nach Scotch.

Hinter ihr ertönte Vishous' Stimme, untypisch sanft. »Du solltest wirklich besser morgen wiederkommen. Er wird stinksauer sein, dass du ihn so gesehen hast.«

»Wer hat das mit ihm gemacht? Und wenn du jetzt wieder sagst, es sei nur ein kurzer Kampf gewesen, dann schreie ich.«

»Wie ich schon sagte, er ist Rehvenge an die Gurgel gegangen. Und Rehv hat ganz zufällig einen Haufen Bodyguards.«

»Das müssen große Männer sein«, raunte sie benommen.

»Um genau zu sein, war es eine Frau, die ihm den Schlag verpasst hat.«

»Eine Frau?« Ach, Schluss jetzt, was spielten die Einzelheiten schon für eine Rolle? »Kannst du mir ein paar Handtücher und ein wenig heiße Seifenlauge bringen?« Sie zog Butch die Schuhe aus. »Ich möchte ihn waschen.«

Nachdem V im Flur verschwunden war, zog sie Butch bis auf die Boxershorts aus und setzte sich neben ihn. Das schwere Goldkreuz auf seiner Brust überraschte sie. In der ganzen Aufregung, die früher am Abend im oberen Wohnzimmer geherrscht hatte, war ihr das Ding gar nicht aufgefallen. Jetzt fragte sie sich, woher er es wohl hatte.

Dann ließ sie den Blick weiter nach unten zu der Narbe auf seinem Bauch wandern. Die weder besser noch schlimmer aussah als vorher.

Als V mit einer Schüssel und einem Stapel Frotteetücher wieder auftauchte, sagte sie: »Stell alles auf dem Tischchen ab, und dann lass uns bitte allein. Und mach die Tür hinter dir zu.«

Es entstand eine kurze Pause. Was kein Wunder war. Man kommandierte ein Mitglied der Black Dagger nicht einfach so herum, ganz besonders nicht in seinem eigenen Haus. Aber ihre Nerven lagen blank, und ihr brach das Herz. Und es war ihr wirklich völlig gleichgültig, was irgendjemand von ihr hielt.

So lautete ihre neue oberste Regel.

Nach kurzem Schweigen wurden die Gegenstände dort deponiert, wo sie sie haben wollte, und danach hörte sie die Tür ins Schloss fallen. Seufzend machte sie sich an die Arbeit. Sie befeuchtete einen der Waschlappen. Als sie Butchs

Gesicht damit berührte, zuckte er zusammen und murmelte etwas.

»Es tut mir so leid, Butch ... aber jetzt ist es vorbei.« Wieder tauchte sie das Tuch in die Schüssel und wrang es kurz aus. Das Geräusch des heraustropfenden Wassers kam ihr sehr laut vor. »Und ich habe bloß getrunken, sonst ist nichts passiert. Ich schwöre es dir.«

Sie wusch ihm das Blut vom Gesicht, dann streichelte sie ihm übers Haar. Die dicken Strähnen waren feucht. Seine Reaktion auf ihre Berührung war, den Kopf zu drehen und sich an ihre Hand zu schmiegen. Trotzdem war unübersehbar, dass er sturzbetrunken war und nicht so bald wieder zu sich kommen würde.

»Wirst du mir Glauben schenken?«, flüsterte sie.

In jedem Fall konnte sie es ja beweisen. Wenn sie als Novizin zu ihm käme, dann wüsste er, dass kein anderer Mann ...

»Ich kann ihn an dir riechen.«

Beim harten Klang seiner Stimme schrak sie zurück.

Butchs Augen öffneten sich ganz langsam, und sie sahen schwarz aus, nicht haselnussbraun. »Ich kann ihn überall an dir riechen. Weil du nicht am Handgelenk von ihm getrunken hast.«

Sie wusste nicht, was sie entgegnen sollte. Vor allem, da er die Augen auf ihren Mund richtete und sagte: »Ich habe die Wunden an seinem Hals gesehen. Und dein Duft war auch überall an ihm.«

Als Butch die Hand ausstreckte, zuckte sie zusammen. Doch er strich ihr nur so leicht wie die Berührung einer Feder mit dem Zeigefinger über die Wange.

»Wie lange hat es gedauert?«, fragte er.

Sie schwieg weiter, instinktiv ahnte sie, dass es besser war, wenn er so wenige Details wie möglich erfuhr.

Dann zog er seine Hand zurück, die Miene hart und müde. Emotionslos. »Ich glaube dir. Was den Sex betrifft.«

»Das sieht man dir aber nicht an.«

»Tut mir leid, ich bin etwas abgelenkt. Ich versuche mir einzureden, dass ich mit der heutigen Nacht klarkomme.«

Sie betrachtete ihre Hände. »Für mich hat es sich auch ganz falsch angefühlt. Ich habe die ganze Zeit geweint.«

Butch atmete heftig ein, plötzlich wich alle Anspannung aus der Luft zwischen ihnen. Er setzte sich auf und legte ihr die Hände auf die Schultern. »Ach, Baby, entschuldige, dass ich so eine Nervensäge bin …«

»Nein, mir tut es leid, dass ich das tun muss.«

»Sch-sch, Marissa. Es ist doch nicht deine Schuld. Es ist nicht deine Schuld.«

»Aber so fühlt es sich an.«

»Es ist doch meine Unzulänglichkeit, nicht deine.« Seine Arme, diese wunderbaren, schweren Arme umschlangen sie und zogen sie fest an seine nackte Brust. Im Gegenzug klammerte sie sich an ihn, als hinge ihr Leben davon ab.

Er küsste sie auf die Schläfe und murmelte: »Es ist nicht deine Schuld. Niemals. Und ich wünschte, ich käme besser damit zurecht, ehrlich. Ich weiß nicht, warum mir das alles so schwerfällt.«

Unvermittelt entzog sie sich seiner Umarmung, erfüllt von einem Drang, dem sie sich nicht länger entziehen konnte. »Butch, leg dich zu mir. Vereinige dich mit mir. Jetzt gleich.«

»Ach … Marissa … das würde ich wahnsinnig gerne, wirklich.« Sanft strich er ihr das Haar glatt. »Aber nicht so. Ich bin betrunken, und dein erstes Mal sollte …«

Sie unterbrach ihn mit ihrem Mund, schmeckte den Scotch und den Mann auf seinen Lippen, während sie ihn auf die Matratze drückte. Als sie die Hand zwischen seine Beine schob, stöhnte er auf und wurde sofort hart.

»Ich brauche dich in mir«, keuchte sie. »Wenn schon nicht dein Blut, dann deinen Körper. In mir. Schnell.«

Wieder küsste sie ihn, und als seine Zunge in ihren Mund schoss, wusste sie, dass sie gewonnen hatte. Und o, war er gut. Er drehte sie auf den Rücken, ließ die Hand von ihrem Hals zu den Brüsten wandern und folgte der Spur dann mit seinen Lippen. Als er das Mieder ihres Kleides erreichte, hielt er kurz inne, sein Gesicht bekam wieder einen harten Ausdruck. Mit einem wilden Ruck packte er die Seide und riss die Vorderseite der Robe einfach auseinander. Und er hörte nicht in der Taille auf. Immer weiter zerteilten seine Hände den Stoff, bis zum Saum.

»Zieh das aus«, forderte er.

Sie streifte sich die Überreste von den Schultern, und als sie die Hüften anhob, zerrte er das Kleid unter ihr hervor, zerknüllte es und schleuderte es quer durch den Raum.

Mit grimmigem Blick kam er zu ihr zurück, zog das Unterkleid nach oben und spreizte ihre Schenkel. Mit rauer Stimme sagte er zu ihr: »Trag dieses Ding nie wieder.«

Als sie nickte, schob er ihre Unterhose zur Seite und legte den Mund direkt auf ihre Mitte. Der Orgasmus, den er ihr schenkte, war die Kennzeichnung eines Partners, und er dehnte ihn so lange aus, bis sie vor Ermattung zitterte.

Dann brachte er zärtlich ihre Beine wieder zusammen. Obwohl sie diejenige war, die einen Höhepunkt gehabt hatte, war er jetzt so viel entspannter, als er sich an ihrem Körper hochschob. Benommen von dem, was er mit ihr gemacht hatte, war sie schwach und leistete keinen Widerstand dagegen, dass er sie nackt auszog und danach aufstand und seine Boxershorts ablegte.

Seine schiere Größe und die Erwartung des Kommenden jagten ihr einen flüchtigen Angstschauer über den Rücken. Doch sie war so beseelt, dass es ihr nicht viel ausmachte.

Er stieg zurück aufs Bett, sein Geschlecht hart und dick, bereit, in sie einzudringen. Sie öffnete die Schenkel für ihn, doch er legte sich neben sie statt auf sie.

Er nahm sich Zeit. Küsste sie träge und liebevoll, mit der Handfläche über ihre Brüste streichend, sie vorsichtig betastend. Atemlos umfing sie seine Schultern und spürte das Muskelspiel unter der warmen, geschmeidigen Haut, während er ihre Hüften und die Oberschenkel liebkoste.

Ganz zart und ohne jede Eile berührte er sie zwischen den Beinen. Er nahm sich Zeit, bis einer seiner Finger in sie eindrang. Er hörte auf, genau, als ein seltsames innerliches Ziehen sie aufschrecken und die Hüften zurückziehen ließ.

»Weißt du, was jetzt kommt?«, fragte er an ihrer Brust, die Stimme leise, weich.

»Äh ... ja, ich denke schon.« Aber dann sah sie wieder die Größe seiner Erektion vor sich. Wie in Gottes Namen sollte er in sie hineinpassen?

»Ich werde so sanft sein, wie ich nur kann, aber es ... wird dir wehtun. Ich hatte gehofft, dass du vielleicht ...«

»Ich weiß, dass das dazugehört.« Sie hatte gehört, dass ein leichtes Stechen zu erwarten war. Aber danach folgte eine wunderbare Verzückung. »Ich bin bereit.«

Jetzt rollte er sich auf sie, und sein Körper glitt zwischen ihre Beine.

Urplötzlich fühlte sie alles überdeutlich: seine heiße Haut, den Druck seines Gewichts und die Kraft seiner Muskeln ... und das Kissen unter ihrem Kopf, die Matratze unter ihrem Rücken, und wie weit genau ihre Schenkel gespreizt waren. Sie blickte an die Decke. Ein Lichtkegel huschte über sie hinweg, als wäre gerade ein Auto in die Einfahrt gebogen.

Sie war angespannt; sie konnte nichts dagegen machen. Obwohl es Butch war, und sie ihn liebte, fühlte sie sich von der drohenden Erfahrung, dem überwältigenden Wesen dieser Sache bedrängt. Dreihundert Jahre, und jetzt war es plötzlich so weit.

Aus irgendeinem albernen Grund stiegen ihr Tränen in die Augen.

»Süße, wir müssen das nicht tun, wirklich nicht.« Mit den Daumen wischte er ihr die Tränen von den Wangen und zog die Hüften zurück, als wollte er von ihr heruntersteigen.

»Ich will nicht aufhören.« Sie umschlang seinen Rücken. »Nicht, Butch, bleib. Ich will es. Ich will.«

Er schloss die Augen. Dann ließ er den Kopf auf ihren Hals sinken und schlang die Arme um sie. Er drehte sich leicht zur Seite und zog sie fest an seinen harten Körper. So blieben sie lange Zeit liegen, sein Gewicht so verlagert, dass sie atmen konnte, seine Erregung heiß und brennend auf ihrem Oberschenkel. Allmählich fragte sie sich, ob er überhaupt noch etwas tun würde.

Sie wollte ihn schon fragen, da regte er sich, und seine Hüften rutschten wieder zwischen ihre Beine.

Er küsste sie; eine tiefe, berauschende Verführung, die sie innerlich zum Lodern brachte, bis sie sich unter ihm wand, sich an ihm rieb, sich noch näher an ihn herandrängte.

Und dann geschah es. Er bewegte sich ein wenig nach links, und sie spürte seine Erektion zwischen ihren Schenkeln, ganz hart und glatt. Dann folgten ein seidiges Streicheln und ein leichter Druck.

Butch schluckte so heftig, dass sie ihn hören konnte, dann brach ihm der Schweiß zwischen den Schultern aus und rann ihm über den Rücken. Je stärker der Druck zwischen ihren Beinen wurde, desto heftiger ging sein Atem, bis er bei jedem Ausatmen aufstöhnte. Als sie deutlich zusammenzuckte, wich er zurück.

»Was ist denn?«, fragte sie.

»Du bist sehr eng.«

»Und du bist sehr groß.«

Er lachte kurz auf. »Die nettesten Sachen ... sagst du immer. Die nettesten Sachen.«

»Hörst du auf?«

»Nur, wenn du das willst.«

Da nichts dergleichen von ihr zu hören war, spannte er sich an, und seine Spitze fand erneut ihren Eingang. Seine Hand tauchte neben ihrem Gesicht auf und strich ihr das Haar hinters Ohr.

»Wenn es geht, Marissa, dann entspann dich. Das macht es einfacher für dich.« Er begann eine schaukelnde Bewegung, seine Hüften schoben sich zwischen ihre und wieder zurück. Doch jedes Mal, wenn er sich ein winziges Stückchen in sie hineindrängen wollte, setzte sich ihr Körper zur Wehr.

»Alles okay?«, presste er zwischen den Zähnen hervor.

Sie nickte, obwohl sie zitterte. Alles fühlte sich so merkwürdig an, vor allem, da sie keine echten Fortschritte machten ...

Ganz plötzlich glitt er in sie hinein, vorbei an einigen äußeren Muskeln, bis er an die Barriere stieß, die sein Finger erspürt hatte. Als sie ganz steif wurde, stöhnte Butch wieder auf und ließ das Gesicht neben ihrem Kopf aufs Kissen fallen.

Sie lächelte vorsichtig, sie hatte nicht damit gerechnet, so ausgefüllt zu werden. »Ich ... äh, habe das Gefühl, ich sollte dich fragen, ob bei dir alles in Ordnung ist.«

»Machst du Witze? Ich platze gleich.« Wieder schluckte er, ein verzweifeltes Geräusch. »Aber die Vorstellung, dir wehzutun, ist schrecklich für mich.«

»Dann bringen wir diesen Teil endlich hinter uns.«

Sie spürte sein Nicken mehr, als sie es sah. »Ich liebe dich.«

Mit einem schnellen Ruck zog er die Hüften zurück und stieß zu.

Der Schmerz war rau und unvermittelt, und sie keuchte, drückte gegen seine Schultern um ihn daran zu hindern, noch weiter einzudringen. Ihr Körper wehrte sich instinktiv gegen ihn, wollte fliehen oder doch zumindest etwas Abstand zwischen sie bringen.

Beide atmeten schwer. Butch hob seinen Oberkörper etwas an, so dass sein schweres goldenes Kreuz an der Kette zwischen ihnen hin und her schwang. Sie stieß einen unterdrückten Fluch aus. Bisher hatte der Druck nur ein Unbehagen verursacht. Jetzt nicht mehr. Jetzt tat es weh.

Und sie fühlte sich von ihm so bedrängt, so belagert. Dieses ganze Gerede anderer Vampirinnen, das sie mit angehört hatte, wie wundervoll alles sei, wie magisch das erste Mal, wie alles quasi ganz von allein gehe – nichts davon bewahrheitete sich für sie.

Panik stieg in ihr auf. Was, wenn sie wirklich innerlich nicht in Ordnung war? War dies der Defekt, den die Männer der *Glymera* an ihr gespürt hatten? Was wenn ...

»Marissa?«

... sie es nie durchstände? Was, wenn es jedes Mal so schmerzen würde? O gütige Jungfrau, Butch war sehr männlich und sehr körperlich. Was, wenn er sich eine andere suchte, um ...

»Marissa, sieh mich an.«

Widerstrebend gehorchte sie, doch sie konnte sich nur auf die Stimme in ihrem Kopf konzentrieren. Lieber Himmel, es war doch nicht normal, dass es so wehtat, oder? Sie ... war defekt ...

»Wie geht es dir?«, fragte er brüsk. »Sprich mit mir. Behalt nicht alles für dich.«

»Was, wenn ich es nicht aushalten kann?«, platzte sie heraus.

Seine Miene wurde vollkommen ausdruckslos, eine Maske bemühter Ruhe. »Ich glaube nicht, dass vielen Frauen ihr erstes Mal gefällt. Diese romantische Version vom Verlust der Unschuld ist eine Lüge«

Oder auch nicht. Vielleicht lag das Problem bei ihr.

Das Wort *defekt* kreiste immer schneller und lauter durch ihren Kopf.

»Marissa?«

»Ich wollte, dass es schön wird«, flüsterte sie verzagt.

Ein schreckliches Schweigen entstand ... währenddessen sie nichts wahrnahm außer dem Druck seiner Erektion in sich. Dann sagte Butch: »Es tut mir leid, dass du enttäuscht bist. Aber überrascht bin ich nicht gerade.«

Er zog sich heraus, und in diesem Moment änderte sich etwas. Seine Bewegung sandte ein Kribbeln durch ihren ganzen Körper.

»Warte noch.« Sie hielt seine Hüften fest. »Das war noch nicht alles, oder?«

»Mehr oder weniger. Es wird nur noch zudringlicher.«

»Aber du bist noch nicht fertig ...«

»Das muss ich auch nicht werden.«

Als seine Erektion aus ihr herausschlüpfte, fühlte sie sich merkwürdig leer. Dann rutschte er von ihr herunter, und sie spürte eine unvermittelte Kälte. Er warf ihr eine Decke über, und sie spürte seine Erregung flüchtig über ihren Oberschenkel streifen. Der Schaft war feucht und jetzt etwas weicher.

Er legte sich neben sie auf den Rücken, die Unterarme über das Gesicht gelegt.

Lieber Gott ... was für ein Reinfall. Jetzt, wo sie wieder zu Atem gekommen war, hätte sie ihn gern gebeten, weiterzumachen. Aber sie kannte seine Antwort schon im Voraus. Das »Nein« lag in der Erstarrung seines Körpers.

Während sie so nebeneinanderlagen, glaubte sie, etwas sagen zu müssen. »Butch ...«

»Ich bin wirklich müde und stehe ein bisschen neben mir. Lass uns einfach schlafen, okay?« Er drehte sich weg, zerknautschte ein Kissen und stieß einen gedehnten, ungleichmäßigen Atemzug aus.

5

Marissa wachte später auf, erstaunt, dass sie überhaupt geschlafen hatte. Doch so war das mit dem Nähren. Danach musste sie immer ausruhen.

Sie betrachtete die rot leuchtenden Zahlen des Weckers. Noch vier Stunden bis zum Morgengrauen, und sie hatte Dinge zu erledigen, die sie nur nachts tun konnte.

Sie blickte über die Schulter. Butch lag auf dem Rücken, die Hand über der nackten Brust, die Augen unter seinen Lidern hin und her flatternd im tiefen Schlaf. Ihm waren Bartstoppeln gewachsen, seine Haare standen in alle Richtungen ab, und er wirkte um einige Jahre jünger. Und er war attraktiv in seinem Schlummer.

Warum hatte es nicht besser klappen können? Wenn sie doch nur ein wenig länger ausgehalten, mehr Geduld gehabt hätte. Und jetzt musste sie gehen.

Sie schlüpfte unter der Decke hervor, und die Luft war kühl auf ihrer Haut. Leise sammelte sie ihre Kleider ein, das Unterkleid, das Korsett, die Unterhose ... wo war die Unterhose?

Plötzlich stockte sie und sah verblüfft an sich herunter. Auf der Innenseite eines ihrer Schenkel spürte sie ein warmes Rinnsal – Blut. Weil er sie genommen hatte.

»Komm her«, hörte sie Butch wispern.

Beinahe ließ sie ihre Sachen fallen. »Ich – äh, ich wusste nicht, dass du wach bist.«

Er streckte ihr seine Hand entgegen, und sie ging zu ihm. Als sie nah genug war, wickelte er seinen Arm um ihr Bein und zog sie auf die Matratze, so dass ihr Gewicht auf einem Knie ruhte. Dann beugte er sich vor und mit einem leisen Keuchen nahm sie seine Zunge an der Innenseite ihres Oberschenkels wahr. Sacht küsste er die Reste ihrer Jungfräulichkeit weg.

Sie fragte sich, woher er diese Tradition wohl kannte. Schwer vorstellbar, dass Menschen das ebenfalls bei ihren Frauen taten, wenn sie sich zum ersten Mal mit ihnen vereinigt hatten.

Für ihre Spezies hingegen galt das als heiliger Moment in einer Beziehung.

Ach, Mist, sie hätte schon wieder heulen können.

Butch ließ sie los und legte sich wieder hin. Er beobachtete sie mit einer Miene, die nicht zu deuten war. Aus irgendeinem Grund fühlte sie sich so furchtbar nackt vor ihm, obwohl sie sich den Unterrock vor die Brüste hielt.

»Nimm meinen Morgenmantel«, sagte er.

»Wo ist er?«

»Hängt an der Schranktür.«

Sie wandte sich um. Sein Morgenmantel war tiefrot und von seinem Duft gekennzeichnet. Unbeholfen zog sie ihn über. Die schwere Seide fiel bis auf den Boden und bedeckte ihre Füße, mit dem Gürtel hätte sie ihre Taille vier Mal umwickeln können.

Sie schielte zu dem ruinierten Kleid auf dem Fußboden.

»Lass es liegen«, meinte er. »Ich werfe es weg.«

Sie nickte. Ging zur Tür. Griff nach der Klinke.

Was konnte sie sagen, um das hier besser zu machen? Sie hatte das Gefühl, nichts als Chaos verursacht zu haben: Erst hatte ihre biologische Notwendigkeit einen Keil zwischen sie getrieben, dann war ihre sexuelle Unzulänglichkeit enthüllt worden.

»Es ist schon okay, Marissa. Du kannst einfach gehen. Du musst nichts sagen.«

Sie ließ den Kopf sinken. »Sehen wir uns beim Ersten Mahl?«

»Ja ... klar.«

Wie in einem Nebel lief sie vom Pförtnerhäuschen zum Haupthaus. Als ein *Doggen* die Tür der Vorhalle für sie öffnete, musste sie den Saum von Butchs Morgenmantel raffen, um nicht zu stolpern ... wodurch ihr einfiel, dass sie ja überhaupt nichts anzuziehen hatte.

Zeit, sich mit Fritz zu unterhalten.

Nachdem sie den Butler in der Küche gefunden hatte, fragte sie ihn nach dem Weg zur Garage.

»Sucht Ihr nach Euren Kleidern, Herrin? Soll ich Euch nicht welche aufs Zimmer bringen?«

»Ich würde lieber selbst ein paar Dinge aussuchen.« Da er nervös zu einer Tür rechts von sich schielte, ging sie in diese Richtung. »Ich verspreche, mich zu melden, wenn ich Hilfe brauche.«

Der *Doggen* nickte, nicht im Mindesten beschwichtigt.

Sobald sie die Garage betrat, blieb sie stocksteif stehen. Wo war sie denn hier hineingeraten? Da standen keine Autos in den sechs Parkbuchten. Dafür war kein Platz. Du liebe Güte ... Kisten. Nein, keine Kisten. Särge? Was war das?

»Herrin, Eure Habseligkeiten sind hier drüben.« Fritz' Stimme hinter ihr war respektvoll, aber sehr fest, als gingen sie die ganzen Kiefernholzbehälter nichts an. »Würdet Ihr mir bitte folgen?«

Er führte sie zu ihren vier Schrankkoffern, ihren Reisetaschen und Schachteln. »Seid Ihr sicher, dass ich Euch keine Kleider aufs Zimmer bringen soll?«

»Ja.« Sie berührte das Messingschloss an einer ihrer Louis-Vuitton-Taschen. »Würdest du mich bitte allein lassen?«

»Selbstverständlich, Herrin.«

Sie wartete, bis sie die Tür zufallen hörte, dann löste sie den Riegel an dem Schrankkoffer vor sich. Als sie die beiden Hälften auseinanderzog, quollen Röcke hervor, farbenprächtig, üppig, wunderschön. Sie erinnerte sich, die Kleider zu Bällen und Treffen des *Princeps*-Rates getragen zu haben und anlässlich der Abendgesellschaften ihres Bruders und ...

Sie bekam eine Gänsehaut.

Rasch wandte sie sich dem nächsten Koffer zu. Und dem nächsten. Und dem letzten. Dann fing sie wieder beim ersten an und nahm jeden einzelnen erneut in Augenschein. Und dann wiederholte sie das Ganze noch einmal.

Das war doch lächerlich. Was spielte es schon für eine Rolle, was sie trug? *Such dir einfach eins aus.*

Sie streckte die Hand aus und nahm sich ... Nein, das hatte sie getragen, als sie sich damals zum ersten Mal von Rehvenge genährt hatte. Wie wäre es mit diesem? Nein, das Kleid hatte sie bei einer Geburtstagsfeier ihres Bruders getragen. Aber das hier ...

Wie ein Feuer spürte Marissa die Wut in sich auflodern. Der Zorn durchströmte sie, erhitzte sie innerlich, flammte durch ihren Körper. Wahllos riss sie Kleider von den gepolsterten Bügeln, auf der Suche nach einem, das keine bösen Erinnerungen auslöste. Immer war sie unterworfen gewesen, eingekerkert, absichtlich verletzlich gehalten im goldenen Käfig. Sie ging zum nächsten Schrank, und noch mehr feinste Stoffe flogen durch die Luft. Ihre Hände wüteten, zerrten, zerrissen.

Dann flossen die Tränen, und sie wischte sie ungeduldig weg, bis sie nichts mehr sehen konnte und aufhören musste. Sie rieb sich mit beiden Händen über das Gesicht, dann ließ sie die Arme sinken und stand einfach nur still inmitten des regenbogenfarbenen Durcheinanders, das sie angerichtet hatte.

In diesem Moment fiel ihr die Tür in der hinteren Ecke auf.

Und jenseits davon konnte sie durch die Glasscheibe den Rasen hinter dem Haus erkennen.

Marissa starrte auf die Schneeflecken. Dann blickte sie nach links, wo der Rasenmäher neben der Tür stand – und daneben eine rote Dose. Weiter wanderte ihr Blick, über Vertikutierer und Eimer mit Düngemitteln bis hin zu einem Gasgrill, auf dessen Deckel eine kleine Schachtel stand.

Dann betrachtete sie die Haute Couture im Wert von hundert- und aberhunderttausend Dollar.

Sie brauchte gute zwanzig Minuten, um jedes einzelne ihrer Kleider in den Garten zu schleppen. Und auch die Korsetts und die Umhänge wurden nicht verschont. Als sie endlich fertig war, schimmerten ihre Roben geisterhaft im Mondlicht, stumme Schatten eines Lebens, zu dem sie nie zurückkehren würde, einem Leben voller Privilegien ... voller Beschränkungen ... und golden verbrämter Herabsetzungen.

Sie zog eine Schärpe aus dem Haufen und ging mit dem schmalen rosa Seidenstreifen zurück in die Garage. Dann nahm sie ohne weiteres Zögern den Benzinkanister und die Streichholzschachtel mit nach draußen und stellte sich vor die unbezahlbare Flut aus Chiffon und Seide, tränkte sie mit dem durchsichtigen, süßlichen Brandbeschleuniger und nahm ein Streichholz heraus.

Sie zündete die Schärpe an. Dann warf sie das Stoffstück auf den Kleiderberg.

Die Explosion war heftiger, als sie erwartet hatte, und der plötzliche Druck schleuderte sie nach hinten, versengte ihr das Gesicht, flammte zu einem riesigen Feuerball auf.

Orangefarbener und schwarzer Qualm stieg auf, und sie schrie im Angesicht des Infernos.

Butch lag auf dem Rücken und starrte an die Decke, als der Alarm losging. Er schoss aus dem Bett, zog sich seine Boxershorts über und knallte dann gegen Vishous, der ebenfalls aus seinem Zimmer und in den Flur gestürzt kam. Zusammen torkelten sie zu den Computern.

»Verflucht noch mal!«, brüllte V. »Es brennt im Garten!«

Ein sechster Sinn ließ Butch ohne weitere Überlegung aus der Tür stürmen. Barfuß raste er über den Hof, er spürte die kalte Luft und die Kiesel unter den Sohlen nicht einmal. Dann nahm er die Abkürzung um die Front des Haupthauses herum und rannte in die Garage. *Ach du Scheiße!* Durch die Fenster am hinteren Ende konnte er ein grelles Flammenmeer im Garten erkennen.

Und dann hörte er die Schreie.

Als er durch die hintere Tür preschte, wurde Butch von Hitze und dem schweren Geruch von Benzin und brennendem Stoff empfangen. Und er war der Feuersbrunst nicht einmal halb so nah wie die Gestalt unmittelbar davor.

»Marissa!«

Ihr Körper war nach vorn zum Feuer geneigt, ihr Mund weit offen, ihr gellender Schrei durchschnitt die Nacht so deutlich wie die Flammen. Sie war wie rasend, taumelte am äußeren Rand entlang ... und dann rannte sie.

Nein! Der Morgenmantel! Sie würde stolpern ...

Entsetzt sah er es geschehen. Sein langer, blutroter Morgenmantel wickelte sich um Marissas Bein und brachte sie zum Straucheln. Sie stürzte nach vorn, mit dem Gesicht voran auf das Feuer zu.

Als die Panik auf Marissas Miene sichtbar wurde, und ihre Arme hoch in die Luft flogen, spielte sich plötzlich alles in Zeitlupe ab: Butch rannte, so schnell er konnte, und schien sich dennoch überhaupt nicht zu bewegen.

»*Nein!*«, schrie er.

Im letzten Moment, kurz bevor sie den Flammen zum Opfer fiel, materialisierte sich Wrath hinter ihr und riss sie in seine Arme. Rettete sie.

Butch kam schlitternd zum Stehen, eine lähmende Schwäche verwandelte seine Beine in Pudding. Er hatte keinen Hauch von Luft mehr in den Lungen und sank zu Boden … brach einfach zusammen.

So lag er auf den Knien und starrte zu Wrath empor, der die kraftlose Marissa in den Armen hielt.

»Gott sei Dank war mein Bruder rechtzeitig da«, murmelte V irgendwo in der Nähe.

Butch kam mühsam auf die Füße, er wankte, als schwanke der Boden unter ihm.

»Alles klar bei dir?« V hielt ihm die Hand hin.

»Ja.« Butch taumelte zurück in die Garage und lief einfach weiter, stolperte über irgendwelche Türschwellen, stieß gegen Wände. Wo war er? Ach ja, in der Küche. Fahrig sah er sich um … und machte die Speisekammer aus. Er schob sich in den kleinen Raum, lehnte sich mit dem Rücken an die Regale und schloss sich mit all den Konservendosen, dem Mehl und dem Zucker ein.

Dann erst begann sein gesamter Körper zu zittern, bis seine Zähne klapperten. Die Arme flatterten wie Flügel. Alles, woran er denken konnte, war eine brennende Marissa. In Flammen stehend. Hilflos. Qualen leidend.

Hätte nur er sie zu erreichen versucht, hätte Wrath nicht irgendwie rechtzeitig erkannt, was geschah und sich unmittelbar zu ihr materialisiert, dann wäre sie jetzt tot.

Butch wäre nicht in der Lage gewesen, sie zu retten.

Natürlich versetzte ihn diese Vorstellung auf direktem Weg in die Vergangenheit. Mit grausiger Klarheit blitzten Bilder seiner Schwester vor ihm auf, wie sie vor fünfundzwanzig Jahren in dieses Auto gestiegen war. Janie hatte er auch nicht retten können. Hatte sie nicht rechtzeitig aus diesem Chevy ziehen können.

Verflucht, wenn Wrath damals da gewesen wäre, dann hätte der König vielleicht auch Janie retten können.

Butch rieb sich die Augen und redete sich ein, dass der Schleier davor nur die Nachwirkungen des ganzen Rauchs waren.

Eine halbe Stunde später saß Marissa auf dem Bett in dem blau tapezierten Raum und schämte sich zutiefst. Sie hatte ihre neue oberste Regel ein bisschen zu weit getrieben.

»Das ist mir so peinlich.«

Wrath, der im Türrahmen stand, schüttelte den Kopf. »Das muss es nicht sein.«

»Ist es aber.« Sie versuchte zu lächeln, was ihr beispiellos misslang. Ihr Gesicht fühlte sich unbeweglich an, die Haut straff von der sengenden Hitze. Und ihr Haar roch nach Benzin und Rauch. Wie auch der Morgenmantel.

Verstohlen schielte sie zu Butch. Er stand draußen im Flur, mit dem Rücken an die Wand gelehnt. Seit er vor einigen Minuten aufgetaucht war, hatte er kein Wort gesagt, und er wirkte auch nicht so, als wollte er ins Zimmer kommen. Wahrscheinlich hielt er sie für völlig durchgedreht. Mit gutem Grund. Sie hielt sich ja selbst für durchgedreht.

»Ich weiß nicht, warum ich das getan habe.«

»Du stehst unter gewaltiger Anspannung«, sagte Wrath, obwohl sie ihn dabei gar nicht angeschaut hatte.

»Das ist keine Entschuldigung.«

»Marissa, versteh das jetzt nicht falsch. Aber das interessiert keine Menschenseele. Wir wollen nur, dass es dir gut geht, und dass du in Sicherheit bist. Der blöde Rasen ist uns scheißegal.«

Als sie immer weiter an Wrath vorbei Butch anstarrte, warf der König einen kurzen Blick über die Schulter. »Ja, ich sollte euch zwei wohl besser allein lassen. Versucht, ein bisschen zu schlafen, ja?«

Wrath drehte sich um, und Butch sagte etwas, das sie nicht hören konnte. Als Antwort gab der König dem Mann einen freundschaftlichen Schlag in den Nacken. Weitere leise Worte wurden gewechselt.

Nachdem Wrath gegangen war, trat Butch vor, aber nur bis zur Schwelle. »Kommst du klar?«

»Ähm, ja. Ich brauche nur eine Dusche.« Und eine Lobotomie.

»Alles klar, dann gehe ich zurück in die Höhle.«

»Butch, es tut mir so leid, was ich getan habe. Es war nur ... ich konnte einfach kein einziges Kleid finden, das nicht von Erinnerungen verseucht war.«

»Das verstehe ich.« Was eindeutig nicht stimmte. Seine Miene war völlig starr, als hätte er sich von allem losgelöst. Vor allem von ihr. »Also dann ... pass gut auf dich auf, Marissa.«

Sie sprang auf die Füße, als er sich zurückzog. »Butch?«

»Mach dir mal keine Sorgen.«

Was zum Teufel sollte denn das bedeuten?

Sie wollte ihm nachlaufen, aber da erschien Beth im Türrahmen, ein Bündel in der Hand. »Äh, hallo, ihr beiden. Hättest du mal ein Momentchen Zeit, Marissa?«

»Butch, geh nicht.«

Er nickte Beth zur Begrüßung zu, dann blickte er den Flur hinunter. »Ich muss endlich mal ausnüchtern.«

»Butch«, sagte Marissa in scharfem Ton. »Ist das ein Abschied?«

Sein Lächeln war schwermütig. »Du wirst immer bei mir sein, Baby.«

Dann ging er ganz langsam fort, als wäre der Boden unter seinen Füßen rutschig.

O ... Himmel ...

Beth räusperte sich. »Also, tja, Wrath meinte, du könntest vielleicht ein paar Klamotten gebrauchen? Ich hab dir ein paar Sachen mitgebracht, falls du etwas anprobieren möchtest.«

Marissa wollte unbedingt Butch nachlaufen, aber sie hatte sich heute Nacht schon genug blamiert. Außerdem hatte er ausgesehen, als bräuchte er wirklich dringend eine Pause von den Dramen. Was sie wirklich gut nachvollziehen konnte. Nur, dass es für sie keine Flucht gab. *Sie selbst* war das Problem.

Jetzt sah sie Beth in dem Bewusstsein an, dass dies gut und gern die schlimmsten vierundzwanzig Stunden ihres Lebens sein könnten. »Hat Wrath dir erzählt, dass ich meine gesamte Garderobe verbrannt habe?«

»Na ja, er hat da so was erwähnt.«

»Außerdem habe ich einen Krater in den Rasen gebrannt. Es sieht aus, als wäre ein UFO gelandet. Ich kann nicht fassen, dass er nicht böse auf mich ist.«

Das Lächeln der Königin war sanft. »Das Einzige, was ihn nicht so begeistert, ist die Tatsache, dass du Fritz dein Armband hast verkaufen lassen.«

»Ich kann doch nicht zulassen, dass ihr beide mir eine Wohnung mietet.«

»Eigentlich wäre es uns am liebsten, du würdest hierbleiben.«

»O ... nein, ihr wart schon viel zu freundlich zu mir. Ursprünglich hatte ich heute Nacht vorgehabt ... also, bevor ich von der Sache mit dem Benzin und den Streichhölzern abgelenkt wurde ... wollte ich mich in dem neuen Haus umsehen. Und überlegen, was ich für Möbel kaufen muss.«

Nämlich alle.

Beth runzelte die Stirn. »Was dieses Haus betrifft: Wrath möchte, dass Vishous zuerst die Sicherheitsvorkehrungen dort checkt. Es könnte gut sein, dass V die Alarmanlage noch nachrüsten will.«

»Das ist doch bestimmt nicht nötig ...«

»Darüber gibt es keine Diskussion. Probiers erst gar nicht. Wrath möchte, dass du zumindest so lange hierbleibst, bis das erledigt ist. Okay? Marissa?«

Sie dachte an Bellas Entführung. So sehr sie sich die Unabhängigkeit auch wünschte – Leichtsinn war auch keine Lösung. »Ja ... ich ... ist gut. Danke.«

»Möchtest du jetzt ein paar Sachen anprobieren?« Beth deutete mit dem Kopf auf den Stapel auf ihrem Arm. »Ich habe nicht viele Kleider, aber Fritz kann dir noch welche besorgen.«

»Weißt du was?« Marissa beäugte die Jeans, die die Königin trug. »Ich habe noch nie eine Hose getragen.«

»Ich habe zwei dabei, falls du sie anprobieren willst.«

Heute Nacht war wohl die Nacht der ersten Male. Erster Sex. Erste Brandstiftung. Erste Hose. »Ich glaube, ich würde gern ...«

Doch unvermittelt brach Marissa in Tränen aus. Verlor völlig die Fassung. Und zwar so restlos, dass sie nur auf dem Bett sitzen und weinen konnte.

Als Beth die Tür schloss und sich vor sie kniete, wischte sich Marissa rasch das Gesicht ab. Was für ein Alptraum. »Du bist die Königin. Du solltest nicht vor mir knien.«

»Richtig, ich bin die Königin, also kann ich wohl machen, was ich will.« Beth legte die Kleider zur Seite. »Was ist denn los?«

Puh, die Liste war ziemlich lang.

»Marissa?«

»Ich glaube ... ich glaube, ich könnte jemanden zum Reden brauchen.«

»So ein Jemand sitzt vor dir. Möchtest du es nicht mal ausprobieren?«

Ach je, es gab so vieles, was ihr auf der Seele lag. Aber eine Sache wog schwerer als der ganze Rest. »Nur zur Vorwarnung, meine Königin, es handelt sich nicht um ein schickliches Thema. Sex, um genau zu sein. Es geht um ... Sex.«

Beth lehnte sich zurück und setzte sich im Schneidersitz auf den Boden. »Leg los.«

Marissa öffnete den Mund. Schloss ihn wieder. Öffnete ihn. »Man hat mir beigebracht, nicht von solchen Dingen zu sprechen.«

Beth lächelte. »Außer dir und mir ist ja niemand im Raum. Keiner muss es je erfahren.«

Also gut ... tief Luft holen. »Na ja ... ich war eine Jungfrau. Bis heute Nacht.«

»Aha.« Nach einer langen Pause fragte die Königin: »Und weiter?«

»Es war nicht ...«

»Es hat dir nicht gefallen?« Da sie keine Antwort bekam, fuhr Beth fort: »Ich fand mein erstes Mal auch nicht so berauschend.«

Marissa blickte auf. »Ehrlich?«

»Es tat weh.«

»Bei dir auch?« Beths Nicken verblüffte Marissa. Und es erleichterte sie. »Es war nicht alles schmerzhaft. Ich meine, was davor kam war ... ist herrlich. Butch ist so ... wie er mich berührt, das macht mich ganz ... o mein Gott, ich kann nicht fassen, dass ich darüber rede. Und ich kann gar nicht erklären, wie es mit ihm ist.«

Beth gluckste. »Das macht nichts. Ich weiß, was du meinst.«

»Wirklich?«

»O ja.« Die dunkelblauen Augen der Königin leuchteten. »Ich weiß exakt, was du meinst.«

Marissa lächelte, dann sprach sie weiter. »Als es so weit war ... du weißt schon, als es geschah, war Butch wirklich sanft und alles. Und ich *wollte* es mögen, ganz ehrlich. Es war nur alles zu viel, und es tat ziemlich weh. Ich glaube, mit mir stimmt etwas nicht. Innen.«

»Bei dir stimmt alles, Marissa.«

»Aber es ... es tat wirklich weh.« Sie schlang sich die Arme um die Taille. »Butch sagte, den meisten Frauen fällt es am Anfang schwer, sich fallen zu lassen, aber ich konnte einfach nicht ... Das entspricht jedenfalls nicht dem, was sich die *Glymera* erzählt.«

»Nichts für ungut, denn du gehörst zur Aristokratie – aber ich würde der *Glymera* nicht alles glauben.«

Da hatte die Königin vermutlich nicht so ganz unrecht. »Wie war das denn bei dir und Wrath, als ihr ... äh ...«

»Mein erstes Mal war nicht mit ihm.«

»O.« Marissa wurde rot. »Verzeih mir, ich wollte nicht ...«

»Kein Problem. Ich persönlich mochte Sex nicht besonders, bevor ich Wrath kennenlernte. Ich war vor ihm mit zwei Typen zusammen und konnte einfach nicht ... Egal. Also, ich wusste nicht, was die ganze Aufregung soll. Offen gestanden wäre es wahrscheinlich, selbst wenn Wrath mein Erster gewesen wäre, auch nicht leichter gewesen bei der Größe seines ...« Jetzt errötete die Königin. »Auf jeden Fall bedeutet der erste Sex für die Frau immer einen Übergriff. Vielleicht ist es erotisch und wundervoll, aber nichtsdestotrotz ein Übergriff. Daran muss man sich erst gewöhnen. Und für manche ist das erste Mal ziemlich schmerzhaft. Butch wird sicher Geduld mit dir haben. Er wird ...«

»Er hat es nicht zu Ende gebracht. Ich hatte den Eindruck – er konnte nicht.«

»Wenn er dir wehgetan hat, dann kann ich gut nachvollziehen, warum er aufhören wollte.«

Marissa warf die Arme hoch. »Gütige Jungfrau, ich schäme

mich ja so. Als es passierte, war ich so durcheinander ... mir schossen so viele Dinge durch den Kopf. Und dann wollte ich mit ihm reden, bevor ich ging, aber ich fand die passenden Worte nicht. Dabei liebe ich ihn.«

»Gut. Das ist gut.« Beth nahm Marissas Hand. »Alles wird gut werden, das verspreche ich dir. Ihr beiden müsst es einfach noch mal probieren. Jetzt, wo der Schmerz für dich vorbei ist, sollte es kein Problem mehr geben.«

Marissa sah in die mitternachtsblauen Augen der Königin. Und erkannte, dass in ihrem ganzen bisherigen Leben niemand je offen über ein Problem mit ihr gesprochen hatte. Ja, sie hatte noch nie eine Freundin gehabt. Und genau so kam ihr die Königin vor. Wie ... eine Freundin.

»Weißt du was?«, murmelte Marissa.

»Was denn?«

»Du bist großartig. Ich verstehe, warum Wrath sich so an dich gebunden hat.«

»Ich sagte es ja schon, ich würde alles tun, um dir zu helfen.«

»Das hast du. Heute Nacht hast du das getan.« Marissa musste sich räuspern. »Dürfte ich – äh, dürfte ich die Hosen anprobieren?«

»Aber unbedingt.«

Marissa nahm die Sachen und verschwand im Badezimmer.

Als sie wieder herauskam, trug sie eine schmale schwarze Hose und einen Rollkragenpulli. Und sie konnte nicht aufhören, an sich herunterzustarren. Ihr Körper wirkte so viel schmaler ohne das ganze Drumherum.

»Wie fühlst du dich?«, fragte Beth.

»Komisch. Leicht. Unbeschwert.« Mit bloßen Füßen lief sie im Zimmer umher. »Ein bisschen nackt.«

»Du bist dünner als ich, deshalb sitzt alles ein bisschen lockerer. Aber die Sachen sehen toll an dir aus.«

Wieder ging Marissa ins Bad und betrachtete sich im Spiegel. »Ich glaube, das gefällt mir.«

Als Butch in die Höhle zurückkehrte, ging er schnurstracks in sein Badezimmer und stellte die Dusche an. Das Licht ließ er aus; er verspürte keine Lust, zu sehen, wie betrunken und verstört er immer noch war. Obwohl das Wasser kalt war, stieg er unter den Strahl, in der Hoffnung, eine arktische Wäsche würde ihn nüchtern werden lassen.

Unsanft rubbelte er sich mit einem Stück Seife ab, und als er an seinem Unterleib ankam, sah er nicht hin. Konnte es nicht ertragen. Er wusste, was er da von sich abwusch und bei dem Gedanken an das Blut, das auf Marissas Schenkel gelaufen war, brannte seine Brust.

Das zu sehen, war der Horror gewesen. Und danach hatte er sich selbst mit dem geschockt, was er tat. Warum er seinen Mund auf ihre Haut gepresst hatte, oder woher diese Idee gekommen war, überstieg sein Fassungsvermögen. Es war ihm einfach als die passende Handlungsweise erschienen.

Ach … zum Teufel. Er konnte jetzt nicht darüber nachdenken.

Haare waschen, ausspülen. Und Schluss. Er machte sich nicht die Mühe, sich abzutrocknen, ging einfach tropfend zu seinem Bett und setzte sich hin. Die Luft war eiskalt auf seiner nassen Haut, was sich wie eine gerechte Strafe anfühlte. Er stützte das Kinn auf die Faust und starrte quer durch den Raum. Im trüben Schein, der unter der Tür hindurchdrang, entdeckte er die Klamotten, die Marissa ihm vorhin ausgezogen hatte. Daneben lag ihr Kleid auf dem Boden.

Er wandte sich wieder den Sachen zu, die er getragen hatte. Der Anzug gehörte ihm eigentlich gar nicht. Genau wie das Hemd, die Socken, die Schuhe. Nichts von dem, was er trug, gehörte ihm.

Er warf einen Blick auf seine Armbanduhr. Zog sie aus. Ließ sie auf den Teppich fallen.

Er wohnte nicht in seiner eigenen Wohnung. Er gab nicht sein eigenes Geld aus. Er hatte keinen Job, keine Zukunft. Er war ein gut gepflegtes Haustier, kein Mann. Und so sehr er Marissa auch liebte – nach dem, was gerade im Garten passiert war, war sonnenklar, dass es mit ihnen beiden nicht funktionieren konnte. Diese Beziehung war schlicht und einfach zerstörerisch, besonders für Marissa: Sie war verwirrt und gab sich selbst die Schuld an Dingen, für die sie nichts konnte. Sie litt, und das alles seinetwegen. Verdammt, sie verdiente so viel mehr. Sie verdiente ... ja, sie verdiente Rehvenge, diesen reinblütigen Aristokraten. Rehv wäre in der Lage, sich um sie zu kümmern, ihr zu geben, was sie brauchte, sich mit ihr in der Gesellschaft sehen zu lassen, in den kommenden Jahrhunderten ihr Partner zu sein.

Butch stand auf, lief zum Schrank und zog eine Gucci-Tasche hervor ... doch dann machte er sich bewusst, dass er nichts mitnehmen wollte, wenn er abhaute.

Also warf er die Tasche beiseite, zog eine Jeans und ein Sweatshirt an, steckte die Füße in ein Paar Turnschuhe und fand die alte Brieftasche und den Schlüsselbund, die er damals bei sich gehabt hatte, als er bei Vishous einzog. Als er das Metallgewirr an dem schlichten silbernen Schlüsselring betrachtete, fiel ihm ein, dass er sich seitdem gar nicht mehr um seine Wohnung gekümmert hatte. Nach all der Zeit musste der Vermieter längst die Tür aufgebrochen und seine Sachen entrümpelt haben. Was in Ordnung ging. Es zog ihn sowieso nichts dorthin zurück.

Er ließ die Schlüssel liegen und ging aus dem Zimmer, bis ihm einfiel, dass er keinen fahrbaren Untersatz hatte. Sah ganz so aus, als müsste er zu Fuß zur Route 22 laufen und von dort aus trampen.

Einen konkreten Plan, wohin er gehen wollte, hatte er nicht. Er wusste nur, dass er die Brüder und Marissa verlassen musste. Ende. Und er musste aus Caldwell verschwinden. Vielleicht könnte er Richtung Westen ziehen.

Als er ins Wohnzimmer kam, war er erleichtert, dass V nicht da war. Sich von seinem Mitbewohner zu verabschieden, wäre beinahe so schrecklich gewesen, wie seine Frau zu verlassen. Er hatte keinen Bedarf an Abschiedsszenen.

Scheiße. Wie würde die Bruderschaft darauf reagieren, dass er abhaute? Immerhin wusste er eine Menge über sie – *egal.* Er konnte nicht bleiben. Und wenn das bedeutete, dass sie etwas gegen ihn unternahmen, dann würde ihn das jedenfalls aus seinem Elend erlösen.

Und was die Sache mit Omega betraf? Tja, auf diese ganze *Lesser*-Frage wusste er auch keine Antwort. Aber wenigstens müsste er sich dann keine Sorgen mehr machen, die Brüder oder Marissa zu verletzen. Denn er hatte nicht die Absicht, einen von ihnen jemals wiederzusehen.

Seine Hand lag schon auf der Klinke zur Vorhalle, als V fragte: »Wohin gehst du, Bulle?«

Butch schwang den Kopf herum, als V aus dem Schatten der Küche trat.

»V ... ich verschwinde.« Noch bevor er eine Antwort bekam, schüttelte er den Kopf. »Falls das bedeutet, du musst mich töten, dann mach es schnell und begrab mich. Und erzähl Marissa nichts davon.«

»Warum haust du ab?«

»Es ist besser so, selbst wenn das bedeutet, dass ich ein toter Mann bin. He, du würdest mir doch geradezu einen Gefallen tun, wenn du mir das Licht ausknipst. Ich liebe eine Frau, die ich nie wirklich haben kann. Du und die Bruderschaft, ihr seid meine einzigen Freunde, und euch gebe ich jetzt auch auf. Und was zum Henker wartet schon in der realen Welt auf mich? Nichts. Ich habe keinen Job. Meine Familie hält mich für total kaputt. Das einzig Gute daran ist, dass ich auf mich gestellt unter meinesgleichen sein werde.«

V kam auf ihn zu, ein riesiger, bedrohlicher Schatten.

Verflucht, vielleicht wäre heute Nacht alles vorbei. Hier und jetzt.

»Butch, Mann, du kannst nicht abhauen. Ich hab es dir von Anfang an gesagt. Aussteigen ist nicht drin.«

»Wie schon gesagt, dann mach kurzen Prozess mit mir. Nimm deinen Dolch und erledige mich. Aber sei versichert: Keine Minute länger werde ich als ein Außenseiter in eurer Welt bleiben.«

Als ihre Blicke sich trafen, rührte Butch sich noch nicht einmal. Er würde sich nicht wehren. Er würde ganz sanft in die Nacht gleiten, getragen von der Hand seines besten Freundes in einen guten, sauberen Tod.

Es gab schlimmere Arten zu gehen. Viel, viel schlimmere Arten.

Vishous' Augen wurden schmal. »Möglicherweise gibt es einen anderen Weg.«

»Einen anderen ... V, Kumpel, Plastikeckzähne machen die Sache auch nicht besser.«

»Vertraust du mir?« Als er nur ein Schweigen als Antwort erhielt, wiederholte V: »Butch, vertraust du mir?«

»Ja.«

»Dann gib mir eine Stunde, Bulle. Lass mich sehen, was ich tun kann.«

6

Die Zeit zog sich wie Kaugummi, und Butch schlich im Haus herum, während er auf Vs Rückkehr wartete. Schließlich legte er sich aufs Bett, da er den Whiskeydunst einfach nicht abschütteln konnte, und ihm immer noch schwindlig war. Die Augen schloss er mehr der Helligkeit wegen als in der ernsthaften Hoffnung auf Schlaf.

Umgeben von einer lastenden Stille dachte er an seine Schwester Joyce und ihr Baby. Er wusste, wo die Taufe heute stattgefunden hatte: Am selben Ort, wo man auch ihn getauft hatte. Am selben Ort, wo alle O'Neals getauft worden waren.

Wo man ihnen die Erbsünde abgewaschen hatte.

Er legte eine Hand auf den Bauch, auf die schwarze Narbe, und dachte, dass das Böse ihn eindeutig wieder eingeholt hatte. Es war direkt in seinem Innersten gelandet.

Er ballte eine Faust um sein Kreuz und drückte so fest zu, dass das Gold ihm in die Haut schnitt. Er müsste wieder in die Kirche gehen. Regelmäßig.

Während er immer noch das Kreuz umklammerte, kroch die Erschöpfung verstohlen in ihm hoch, entzog ihm die Gedanken und ersetzte sie durch ein Nichts.

Irgendwann später wachte er auf und blickte auf die Uhr. Er hatte zwei Stunden durchgeschlafen, und jetzt war er in die Katerphase eingetreten; sein Kopf war ein einziger großer, dumpfer Schmerz, die Augen hyperempfindlich gegen das Licht, das unter der Tür hindurchdrang. Er drehte sich auf die Seite und reckte sich. Seine Wirbelsäule knackte.

Ein unheimliches Stöhnen wehte den Flur hinunter.

»V?«, fragte er.

Ein weiteres Stöhnen.

»Alles okay bei dir, V?«

Aus dem Nichts ertönte ein krachendes Geräusch, als wäre etwas Schweres heruntergefallen. Dann folgten erstickte Laute, wie jemand sie von sich gab, der zu verletzt zum Schreien und gleichzeitig zu Tode verängstigt war. Butch sprang vom Bett hoch und rannte ins Wohnzimmer.

»Du lieber Himmel!«

V hatte sich von der Couch geworfen und war mit dem Gesicht nach unten auf dem flachen Tisch gelandet, wobei Flaschen und Gläser zu Bruch gegangen waren. Er fuchtelte wild mit Armen und Beinen, seine Augen aber waren fest zugekniffen, und der Mund in einem lautlosen Schrei weit geöffnet.

»Vishous! Wach auf!« Butch wollte schon die Arme des Bruders festhalten, da bemerkte er, dass V seinen Handschuh ausgezogen hatte: Seine schreckliche Hand leuchtete wie die Sonne und brannte Löcher in den Holztisch und die Ledercouch.

»Scheißdreck!« Mit einem Satz brachte sich Butch aus der Gefahrenzone, nachdem er beinahe getroffen worden war.

Alles, was er tun konnte, war Vishous' Namen zu rufen, während sich sein Freund im Klammergriff eines wie auch immer gearteten Dämons wand. Endlich drang etwas durch. Ob es nun der Klang von Butchs Stimme war, oder ob V sich selbst durch sein heftiges Zucken geweckt hatte.

Als Vishous die Augen aufschlug, keuchte und zitterte er. Er war schweißgebadet.

»Kumpel?« Als Butch sich vor ihn kniete und an der Schulter berührte, wich V vor ihm zurück, was dem Ex-Cop wirklich Angst machte. »Hey, ganz locker, du bist zu Hause. Du bist in Sicherheit.«

Vs Augen, normalerweise so kühl und ruhig, waren glasig. »Butch, o gütige Jungfrau. Butch ... der Tod. Der Tod ... Das Blut auf meinem T-Shirt. Eins von meinen T-Shirts ...«

»Ganz ruhig. Wir atmen jetzt mal ganz tief durch, mein Großer.« Eine Hand unter Vs rechte Achsel geklemmt, hievte Butch den Bruder zurück auf die Couch. Der arme Kerl fiel auf die Lederpolster wie eine Stoffpuppe. »Wir holen dir erst mal was zu trinken.«

Butch suchte in der Küche nach einem einigermaßen sauberen Glas und spülte es aus. Dann füllte er es mit kaltem Wasser, obwohl V zweifellos Grey Goose bevorzugen würde.

Als er zurückkam, zündete sich Vishous gerade eine Zigarette mit Händen an, die wie Fähnchen im Wind flatterten.

Er nahm das Glas entgegen, und Butch fragte: »Möchtest du was Stärkeres?«

»Nein. Das ist gut. Danke, Mann.«

Butch setzte sich ans andere Sofaende. »V, es wird Zeit, dass wir etwas gegen diese Albträume unternehmen.«

»Ich will nicht darüber reden.« V inhalierte tief und stieß langsam und konzentriert den Rauch durch die Lippen aus. »Außerdem habe ich gute Neuigkeiten. Oder so.«

Butch hätte das Thema lieber bei Vs Land der Träume gelassen, aber das sollte offenbar nicht sein. »Dann raus damit. Du hättest mich wecken sollen, sobald du ...«

»Hab ich versucht. Du warst völlig weg. Jedenfalls ...«

Wieder stieß V Rauch aus, dieses Mal schon normaler. »Du weißt, dass ich mich mit deiner Vergangenheit beschäftigt habe, oder?«

»Dachte ich mir schon.«

»Ich musste wissen, was los ist, wenn du bei mir – bei uns leben solltest. Ich habe dein Blut bis nach Irland zurückverfolgt. Haufenweise bleiche Inselbewohner in deinen Venen, Bulle.«

Butch wurde ganz reglos. »Hast du ... noch etwas gefunden?«

»Nicht, als ich vor neun Monaten suchte. Und nicht, als ich deine Abstammung vor einer Stunde noch mal überprüft habe.«

Spielverderber. Obwohl – was hatte er denn geglaubt? Er war kein Vampir. »Und warum sprechen wir dann darüber?«

»Bist du ganz sicher, dass es keine eigentümlichen Storys in deiner Familiengeschichte gibt? Besonders damals in Europa? Du weißt schon, eine Urahnin, die bei Nacht und Nebel stibitzt wurde? Vielleicht eine unerklärliche Schwangerschaft? Eine Tochter, die verschwand und mit einem Kind zurückkehrte?«

Um ehrlich zu sein, waren in seiner Familie nicht sonderlich viele O'Neal-Legenden weitergereicht worden. Die ersten zwölf Jahre seines Lebens war seine Mutter damit beschäftigt gewesen, sechs Kinder aufzuziehen und nebenbei als Krankenschwester zu arbeiten. Dann, nach Janies Ermordung, war Odell zu zerrüttet gewesen, um Geschichten zu erzählen. Und sein Vater? Nee, klar. Tagsüber bei der Telefongesellschaft zu arbeiten und danach Nachtschichten als Wachmann zu schieben, ließ nicht viel Qualitätszeit für die lieben Kleinen übrig: Wenn Eddie O'Neal zu Hause gewesen war, dann hatte er getrunken oder geschlafen.

»Ich weiß von nichts.«

»Mein Vorschlag lautet folgendermaßen.« V inhalierte, dann sprach er durch den Rauch, als er wieder ausatmete. »Ich möchte herausfinden, ob du etwas von uns in dir hast.«

Wow. »Aber du kennst meinen Stammbaum. Und hätten meine Blutuntersuchungen in der Klinik nicht etwas aufweisen müssen?«

»Nicht notwendigerweise, und ich habe eine ganz präzise Methode, um es herauszufinden. Es nennt sich Ahnenregression.« V hielt seine leuchtende Hand hoch und ballte sie zur Faust. »Wie ich dieses Scheißding hasse. Aber so machen wir es.«

Butch schielte zu dem verbrannten Couchtisch hinüber. »Du willst mich abfackeln wie Brennholz.«

»Ich werde in der Lage sein, die Energie auf diesen Zweck zu kanalisieren. Was nicht heißen soll, dass es spaßig für dich wird. Aber es sollte dich nicht umbringen. Was dabei herauskommen wird? Die ganze Sache mit Marissa und dem Nähren und wie du darauf reagiert hast; dass du in ihrer Nähe einen Duft verströmst; dazu noch, dass du weiß Gott aggressiv genug bist. Wer weiß, auf was wir stoßen werden.«

Etwas Warmes kribbelte in Butchs Brust. Etwas wie Hoffnung. »Und was, wenn ich einen Vampir-Verwandten hätte?«

»Dann könnten wir ...« Jetzt nahm V einen tiefen Zug von der Selbstgedrehten. »Wir könnten es schaffen, dich umzudrehen.«

Ach, du großer Gott. »Ich dachte, das ginge gar nicht.«

V deutete mit dem Kopf auf einen hüfthohen Stapel ledergebundener Bücher neben den Computern. »Da steht etwas in den Chroniken. Wenn du etwas von unserem Blut in dir hast, dann können wir einen Versuch starten. Es ist sehr riskant, aber wir könnten es probieren.«

O Mann, Butch war ja so was von einverstanden mit diesem Plan. »Dann machen wir eben diese Regression. Jetzt sofort.«

»Geht nicht. Selbst wenn du die DNS haben solltest, dann brauchen wir erst grünes Licht von der Jungfrau der Schrift. Vorher dürfen wir nicht mal dran denken, irgendwelche Veränderungen in Gang zu bringen. Solche Sachen dürfen nicht leichtfertig unternommen werden. Dann ist da noch die zusätzliche Komplikation dessen, was die *Lesser* mit dir gemacht haben. Wenn die Jungfrau der Schrift uns nicht gestattet, damit fortzufahren, dann wäre es völlig unerheblich, ob du Verwandte mit Fängen hast. Und ich möchte dich keiner Ahnenregression unterziehen, wenn wir nichts unternehmen können.«

»Wie lange wird es dauern, bis wir Bescheid wissen?«

»Wrath hat gesagt, er würde heute Nacht mit ihr sprechen.«

»Grundgütiger! V, ich hoffe ...«

»Ich möchte, dass du in Ruhe darüber nachdenkst. Die Regression ist ein ganz schöner Hammer. Dein Gehirn wird sich vorübergehend verabschieden, und soweit ich gehört habe, sind die Schmerzen kein Kindergeburtstag. Außerdem möchtest du vielleicht auch mit Marissa darüber sprechen.«

Butch dachte an sie. »Ach, das stehe ich schon durch. Mach dir da mal keine Sorgen.«

»Jetzt werd mal nicht übermütig ...«

»Bin ich nicht. Das muss einfach klappen.«

»Könnte aber auch sein, dass es nicht klappt.« V starrte die Spitze seiner Zigarette an. »Vorausgesetzt, du überstehst die Regression wohlbehalten, und wir können einen lebenden Verwandten auftreiben, um die Veränderung ins Rollen zu bringen, dann könntest du trotzdem während der Transition sterben. Deine Überlebenschance ist ziemlich gering.«

»Ich mach's.«

V lachte kurz auf. »Ich kann mich nicht entscheiden, ob du echt Mumm in den Knochen hast oder dich die schlichte Todessehnsucht treibt.«

»Du solltest niemals die Macht des Selbsthasses unterschätzen, V. Das ist eine Wahnsinnsmotivation. Zudem wissen wir beide, wie die andere Option aussieht.«

Als ihre Blicke sich trafen, wusste Butch, dass V dasselbe dachte wie er: Gleich, welche Risiken damit verbunden waren, alles war besser, als von V auf der Stelle getötet zu werden, weil er hier abhauen musste.

»Ich gehe jetzt zu Marissa.«

Auf dem Weg nach draußen blieb Butch noch einmal stehen. »Bist du sicher, dass wir nichts gegen deine Träume tun können?«

»Du hast schon genug Ärger am Hals.«

»Ich bin super im Multitasking, mein Freund.«

»Geh zu deiner Frau, Bulle. Mach dir um mich keine Gedanken.«

»Du bist so eine Nervensäge.«

»Sagte die SIG zur Glock.«

Butch stieß einen Fluch aus und verschwand im Tunnel, bemüht, nicht allzu nervös zu werden. Im großen Haus angekommen, ging er hoch in den ersten Stock, wo er an Wraths Arbeitszimmer vorbeikam. Einem Impuls folgend klopfte er am Türrahmen. Der König rief ihn herein, und Butch blieb maximal zehn Minuten bei ihm im Zimmer, bevor er weiter zu Marissa ging.

Gerade wollte er anklopfen, als er hinter sich eine Stimme hörte: »Sie ist nicht da.«

Er wirbelte herum und sah Beth aus dem Wohnzimmer am Ende des Flurs kommen, eine Blumenvase in der Hand.

»Wo ist Marissa?«, wollte er wissen.

»Sie ist mit Rhage in ihrem neuen Haus, um sich umzusehen.«

»Was für ein neues Haus?«

»Sie hat sich eine Unterkunft gemietet. Ungefähr zehn Kilometer von hier entfernt.«

Mist. Sie zog aus. Und sie hatte ihm noch nicht mal etwas davon erzählt. »Wo genau ist das?«

Nachdem Beth ihm die Adresse genannt und versichert hatte, dass das Haus völlig sicher war, wollte er sofort losrasen. Aber dann überlegte er es sich anders. Wrath würde jetzt sofort zur Jungfrau der Schrift gehen. Vielleicht konnten sie die Regression schon hinter sich bringen, und es gäbe gute Nachrichten von der anderen Seite.

»Sie kommt doch heute Nacht noch zurück, oder?« Wie er sich wünschte, sie hätte ihm von ihrem Umzug erzählt.

»Auf jeden Fall. Und Wrath wird Vishous bitten, die Alarmanlage aufzurüsten, weshalb sie so lange hier wohnen bleiben wird, bis das erledigt ist.« Beth blickte ihn misstrauisch an. »Hey ... du siehst nicht besonders gut aus. Komm doch mit mir nach unten und iss was.«

Er nickte, obwohl er keinen blassen Schimmer hatte, was sie gerade zu ihm gesagt hatte. »Du weißt, dass ich sie liebe, oder?«, platzte er heraus, ohne selbst so recht zu wissen, warum er davon anfing.

»Ja, das weiß ich. Und sie liebt dich auch.«

Warum redete sie dann nicht mit ihm?

O ja, weil er es ihr ja so leicht gemacht hatte in letzter Zeit. Wegen der Sache mit dem Nähren war er völlig ausgetickt. Hatte ihr betrunken die Unschuld geraubt. Und sie dabei verletzt. Großartig.

»Ich hab keinen Hunger«, sagte er. »Aber ich sehe dir beim Essen zu.«

In der Höhle trat Vishous aus der Dusche und quiekte wie ein Mädchen. Vor Schreck knallte er mit dem Rücken an die Marmorwand.

Wrath stand im Badezimmer, ein riesiger, in Leder gekleideter Vampir von der Größe eines SUV.

»*Himmel,* Herr. Schleichst dich hier an deinen Bruder an.«

»Bisschen schreckhaft, was?« Wrath reichte ihm ein Handtuch. »Ich komme gerade von der Jungfrau der Schrift.«

Das Frotteetuch unter einen Arm geklemmt, hielt V inne. »Was hat sie gesagt?«

»Sie hat mich nicht empfangen.«

»Aber warum denn nicht?« Er wickelte sich das Tuch um die Hüften.

»Irgendein Blödsinn vom Rad des Schicksals, das sich weiterdreht. Wer weiß. Eine der Auserwählten hat mit mir gesprochen.« Wraths Kiefer war so angespannt, dass es ein Wunder war, dass er überhaupt sprechen konnte. »Jedenfalls gehe ich morgen Nacht gleich wieder hin. Aber offen gestanden, sieht es nicht gut aus.«

Als die Enttäuschung zu ihm durchdrang, begannen Vs Augenlider zu flattern. »Mist.«

»Ja.« Eine Pause entstand. »Und wo wir schon beim Thema Scheiße sind, sprechen wir doch mal über dich.«

»Über mich?«

»Du bist fester gespannt als ein Drahtseil, und dein Auge zuckt.«

»Ja, weil du hier gerade einen auf *Freitag, der Dreizehnte* gemacht hast.« V drückte sich am König vorbei in sein Schlafzimmer.

Während er den Handschuh überzog, lehnte sich Wrath an den Türrahmen. »Hör mal, Vishous ...«

Das kam ja überhaupt nicht infrage. »Mir geht's prima.«

»Aber sicher. Also, die Sache sieht so aus. Ich gebe dir bis Ende der Woche. Wenn du dich bis dahin nicht wieder eingekriegt hast, entferne ich dich aus dem Einsatzplan.«

»*Was?*«

»Zeit für einen kleinen Urlaub. Ein bisschen Erholung wird dir guttun.«

»Hast du sie noch alle? Ist dir klar, dass wir nur noch zu viert sind, seit Tohr weg ist? Du kannst dir nicht erlauben ...«

»Dich zu verlieren. Ja, das weiß ich. Und deshalb müssen wir dich aus dem Verkehr ziehen, solange was auch immer in deinem Kopf vorgeht. Oder nicht vorgeht, wahlweise.«

»Wir sind doch alle etwas angespannt, wegen ...«

»Butch kam vorhin bei mir vorbei. Er hat mir von deinem wiederkehrenden Albtraum berichtet.«

»Dieser miese Sack.« Dafür würde er seinen Mitbewohner in den Boden rammen wie einen angespitzten Pfahl.

»Es war gut, dass er es mir erzählt hat. Du hättest es mir selbst sagen sollen.«

V ging zu seinem Sekretär, in dem er die Blättchen und den Tabak aufbewahrte. Schnell drehte er sich eine, er brauchte etwas zwischen den Lippen. Sonst müsste er noch laut losfluchen.

»Du musst dich untersuchen lassen, V.«

»Von wem? Von Havers? Keine Computertomografie oder Laboruntersuchung wird mir sagen, was los ist, weil es nichts Körperliches ist. Ich krieg das schon wieder in den Griff.« Er blickte über die Schulter und atmete aus. »Ich bin hier der Hirnakrobat, schon vergessen? Ich komm schon dahinter.«

Wrath senkte die Sonnenbrille, seine blassgrünen Augen brannten. »Du hast eine Woche Zeit, sonst gehe ich deinetwegen zur Jungfrau der Schrift. Und jetzt zieh dir was über. Ich muss noch etwas anderes in Bezug auf den Bullen mit dir besprechen.«

Als der König sich auf den Weg ins Wohnzimmer machte, zog V heftig an seiner Zigarette und sah sich dann nach einem Aschenbecher um. Verflucht, den hatte er vorne stehen lassen.

Schon wollte er ihn holen gehen, als sein Blick auf seine Hand fiel. Er hob den behandschuhten Albtraum an den Mund und zog das Leder mit den Zähnen herunter. Dann betrachtete er seinen leuchtenden Fluch.

Verdammt, verdammt, *verdammt*. Das Strahlen wurde immer stärker und stärker, mit jedem Tag.

Den Atem anhaltend, drückte er sich die brennende Zigarette in die Handfläche. Als das angezündete Ende auf seine Haut traf, flackerte der weiße Schein darunter noch heftiger auf und beleuchtete die tätowierten Warnungen, bis sie dreidimensional zu werden schienen.

Mit einem Lichtblitz ging die Selbstgedrehte in Flammen auf, das Brennen prickelte in seinen Nervenenden. Nur Staub blieb übrig, den er in die Luft blies. Dann sah er zu, wie die kleine Wolke rasch wegflog und sich danach in Nichts auflöste.

Marissa machte einen Rundgang durch das leere Haus, der sie schließlich wieder an ihren Anfangspunkt im Wohnzimmer führte. Es war viel größer, als sie gedacht hatte, vor allem durch die sechs unterirdischen Zimmer mit jeweils angeschlossenen Badezimmern. Sie hatte sich dafür entschieden, weil es so viel kleiner wirkte als das Haus ihres Bruders Havers', doch Größe war eben relativ. Dieses Haus war riesig. Und sehr leer.

Als sie sich ihren Einzug ausmalte, wurde ihr bewusst, dass sie nie zuvor allein in einem Gebäude gewesen war. Zu Hause hatte es immer Dienstboten gegeben, Havers und Patienten und medizinisches Personal. Und das Anwesen der Bruderschaft war ebenfalls zu jeder Zeit voller Leute.

»Marissa?« Sie hörte Rhages schwere Stiefel hinter sich treten. »Zeit zu gehen.«

»Ich habe die Räume noch nicht ausgemessen.«

»Lass das doch Fritz machen.«

Sie schüttelte den Kopf. »Das ist mein Haus. Ich will es selbst machen.«

»Morgen Nacht ist ja auch noch Zeit. Aber wir müssen jetzt los.«

Sie sah sich ein letztes Mal um, dann ging sie zur Tür. »Gut. Dann morgen.«

Sie dematerialisierten sich zurück zum Anwesen, und als sie durch die Vorhalle traten, konnte sie Rinderbraten riechen und Gespräche aus dem Esszimmer hören. Rhage lächelte sie an und legte seine Waffen ab. Noch während er das Brusthalfter über die Schultern zog, rief er nach Mary.

»Hallo.«

Marissa schnellte herum. Butch stand im Schatten des Billardzimmers, an den Tisch gelehnt, ein gedrungenes Kristallglas in der Hand. Er trug einen edlen Anzug und eine blassblaue Krawatte – doch vor ihr geistiges Auge schob sich beharrlich das Bild, wie er sich nackt über sie beugte.

Schon stieg die Hitze in ihr auf, da wandte er den Blick ab. »Du siehst ganz anders aus in einer Hose.«

»Was – ach so, die gehört Beth.«

Er nahm einen Schluck. »Ich habe gehört, du mietest dir ein Haus.«

»Ja, ich komme gerade von …«

»Beth hat es mir erzählt. Wie lange bleibst du noch hier? Eine Woche? Oder kürzer? Wahrscheinlich kürzer, oder?«

»Wahrscheinlich. Ich wollte es dir erzählen, aber ich habe gerade erst den Vertrag unterzeichnet, und bei der ganzen anderen Aufregung hatte ich keine Zeit dazu. Ich wollte es nicht vor dir verheimlichen oder so etwas.« Als er keine Antwort gab, sagte sie: »Butch? Ist alles in Ordnung bei dir … bei uns?«

»Ja.« Er starrte in seinen Scotch. »Zumindest wird es das bald sein.«

»Butch, wegen dem, was vorgefallen ist …«

»Du weißt doch, dass die Sache mit dem Feuer kein Problem für mich ist.«

»Nein, ich meine ... die Sache in deinem Schlafzimmer.«

»Der Sex?«

Sie errötete und senkte den Blick. »Ich möchte es noch mal probieren.«

Wieder antwortete er nicht gleich, also blickte sie auf.

Seine braunen Augen ruhten durchdringend auf ihr. »Weißt du, was ich will? Nur einmal möchte ich genug für dich sein. Nur ein einziges Mal.«

»Aber du bist doch ...«

Er breitete die Arme aus und blickte an sich herunter. »So nicht. Aber ich werde dafür sorgen, dass ich es sein kann. Ich werde mich um das Problem, das ich bin, kümmern.«

»Wovon sprichst du?«

»Darf ich dich zum Abendessen begleiten?« Als wollte er sie ablenken, trat er auf sie zu und bot ihr seinen Arm an. Da sie ihn nicht nahm, sagte er: »Vertrau mir, Marissa.«

Nach langem Zögern gab sie nach. Wenigstens hatte er sich nicht von ihr abgewandt. Womit sie nach dem Feuer im Garten fest gerechnet hatte.

»Hey, Butch. Warte mal kurz.«

Sowohl Marissa als auch Butch sahen zur Seite. Wrath kam durch die verborgene Tür unter der Treppe, und Vishous war bei ihm.

»Schönen Abend, Marissa«, grüßte der König. »Bulle, ich muss dich kurz sprechen.«

Butch nickte. »Was gibt's?«

»Würdest du uns kurz entschuldigen, Marissa?«

Die Mienen der Brüder waren ausdruckslos, ihre Körper locker. Und sie nahm ihnen die Gelassenheit nicht eine Sekunde lang ab. Trotzdem würde sie sich natürlich dem Willen des Königs beugen.

»Ich warte am Tisch auf dich«, sagte sie zu Butch.

In der Tür zum Speisezimmer sah sie sich noch einmal um. Die drei Männer standen dicht zusammen, Vishous und Wrath ragten über Butch auf, während sie auf ihn einredeten. Ein überraschter Ausdruck huschte über Butchs Gesicht, die Brauen wurden zur Stirn hochgezogen. Dann nickte er und verschränkte die Arme vor der Brust – als wäre er bereit und entschlossen.

Ein Angstschauer überlief sie. Bruderschaftsangelegenheiten. Sie wusste es einfach.

Als Butch zehn Minuten später an den Tisch kam, fragte sie: »Was wollten Wrath und Vishous denn von dir?«

Er schüttelte seine Serviette aus und legte sich den Damast auf den Schoß. »Ich soll in Tohrs Haus Spuren sichern. Herauskriegen, ob er vielleicht zwischenzeitlich wieder da war oder irgendwelche Hinweise auf seinen Verbleib hinterlassen hat.«

Ach. »Das ist ... gut.«

»Immerhin war so was jahrelang mein Beruf.«

»Und das ist alles, was du machen wirst?«

Ein Teller wurde vor ihm abgestellt, und er leerte seinen Whiskey. »Ja. Beziehungsweise ... die Brüder werden anfangen, in ländlichen Gegenden Patrouillen auszuschicken. Weswegen sie mich gebeten haben, eine Route für sie auszuarbeiten. Heute nach Sonnenuntergang werde ich mich mit Vishous auf den Weg machen.«

Sie nickte und redete sich gut zu, ihm werde schon nichts passieren. Solange er nicht kämpfte. Und solange er nicht ...«

»Marissa, was hast du denn?«

»Ich, äh, ich will nur nicht, dass du verletzt wirst. Ich meine, du bist ein Mensch und ...«

»Also, heute tagsüber muss ich ein bisschen was recherchieren.«

So viel dazu. Und wenn sie das Thema weiterverfolgte,

würde es nur klingen, als hielte sie ihn für schwach. »Was denn recherchieren?«

Er nahm seine Gabel. »Was mit mir passiert ist. V hat die Chroniken schon durchforstet, aber er meinte, ich könnte mich gern auch noch mal daran versuchen.«

Langsam nickte sie. Das bedeutete, sie würden den heutigen Tag nicht damit verbringen, zusammen zu schlafen, Seite an Seite, in seinem Bett. Oder ihrem.

Sie nahm einen Schluck Wasser und staunte. Wie nah man doch neben jemandem sitzen und dennoch meilenweit von ihm entfernt sein konnte.

7

Am folgenden Nachmittag nahm John ungeduldig im Klassenzimmer Platz. Der Stundenplan sah vor, jeweils nach drei Tagen einen Tag zu pausieren, und er war jetzt mehr als bereit, wieder an die Arbeit zu gehen.

Während er seine Notizen zum Thema Plastiksprengstoff noch einmal durchging, kamen allmählich die anderen Schüler herein und ließen sich nieder, wie üblich munter quasselnd und herumalbernd ... bis alle mucksmäuschenstill wurden.

John blickte auf. Ein Mann stand im Türrahmen, ein Mann, der etwas unsicher auf den Beinen wirkte, oder vielleicht auch betrunken. Was zum Henker ...

Johns Mundwinkel sanken herab, als er das Gesicht und die roten Haare musterte. Blaylock. Es war ... Blaylock, nur besser.

Der Bursche senkte den Blick und lief unbeholfen durch den Raum nach hinten. Eigentlich schlurfte er mehr als er ging, als hätte er seine Arme und Beine nicht so ganz unter

Kontrolle. Beim Hinsetzen musste er erst mal seine Knie unter dem Tisch sortieren, bis sie passten, dann beugte er sich vornüber, als versuchte er, sich kleiner zu machen.

Na, viel Glück dabei. Der Kerl war riesig.

Heiliger Strohsack. Er war durch seine Transition gegangen.

Zsadist kam in den Raum, schloss die Tür und warf einen schnellen Blick auf Blaylock. Nach einem kurzen Nicken begann er direkt mit dem Unterricht.

»Heute werden wir eine Einführung in chemische Kampfstoffe machen. Dabei geht es um Tränengas, Senfgas …« Der Bruder hielt inne. Dann schimpfte er leise, als ihm offenbar bewusst wurde, dass niemand aufpasste, weil alle nur Blay anstarrten. »Okay, von mir aus. Blaylock, möchtest du ihnen erzählen, wie es war? Vorher kriegen wir hier sowieso nichts geregelt.«

Blaylock wurde dunkelrot und schüttelte den Kopf, die Arme um die Brust gelegt.

»Na gut. Alle mal herhören.« Die ganze Klasse sah Z an. »Ihr wollt wissen, wie es ist. Dann werde ich es euch erzählen.«

John lauschte konzentriert. Z blieb ganz allgemein, erzählte nichts Persönliches, aber er gab wichtige Informationen preis. Und je mehr der Bruder erzählte, desto mehr kribbelte Johns Körper.

Genau, sagte er innerlich zu seinen Knochen und seinen Muskeln. *Schreibt gut mit, und dann machen wir das bald nach.*

Er war so was von bereit, endlich ein Mann zu werden.

Van stieg aus Xs Wagen aus, schloss leise die Beifahrertür und hielt sich im Schatten. Was er da hundert Meter vor sich beobachtete, erinnerte ihn an seine Kindheit: Ein heruntergekommenes, mit Dachpappe gedecktes Haus, daneben im Garten ein vergammelndes Auto. Der einzige Unterschied war, dass dieser Müllberg hier mitten in der Prärie lag, und er früher näher am Stadtzentrum gewohnt hatte. Aber es waren dieselben zwei Schritte von der Armut entfernt.

Als er sich aufmerksam umsah, fiel ihm als Erstes ein merkwürdiges Geräusch auf, das durch die Nacht schallte. Ein rhythmisches Schlagen ... als hacke jemand Holz? Nein, eher ein Hämmern. Jemand hämmerte gegen etwas, vermutlich gegen die Hintertür des Hauses dort.

»Das ist Ihr Zielobjekt für heute Nacht«, erklärte Mr X, als zwei weitere *Lesser* aus dem Auto stiegen. »Die Tagschicht beobachtet den Kasten seit einer Woche. Keine Aktivitäten vor Sonnenuntergang. Eisengitter vor den Fenstern. Die Vorhänge sind immer vorgezogen. Die Vorgabe lautet Gefangennahme, aber töten Sie die Bewohner lieber, falls Sie befürchten, sie könnten Ihnen entkommen ...«

Mr X stockte und runzelte die Stirn. Dann wandte er den Kopf.

Van tat es ihm gleich, konnte aber nichts Auffälliges erkennen.

Bis ein schwarzer Cadillac Escalade die Straße herunterkam. Mit seinen getönten Scheiben und dem blitzenden Chrom sah der Schlitten aus, als habe er mehr als das gesamte Haus gekostet. Was zum Teufel machte der hier draußen in der Pampa?

»Zieht die Waffen«, zischte Mr X. »Sofort.«

Van zückte seine schicke neue Smith & Wesson und genoss das Gefühl des schweren Metalls in seiner Handfläche. Sein Körper spannte sich für das kommende Gefecht an, er war mehr als willens, sich einen Gegner vorzuknöpfen.

Nur, dass Mr X ihm einen unnachgiebigen Blick zuwarf. »Sie bleiben im Hintergrund. Ich möchte nicht, dass Sie sich beteiligen. Sie sehen einfach nur zu.«

Du Mistkerl, dachte Van und fuhr sich mit der Hand durch das dunkle Haar. *Du elender Mistkerl.*

»Haben wir uns verstanden?« Mr Xs Gesicht war eiskalt. »Sie schalten sich *nicht* ein.«

Zu mehr als einem kaum merklichen Senken seines Kinns konnte Van sich nicht überwinden. Er musste das Gesicht abwenden, um einen Fluch zu unterdrücken. Dann verfolgte er mit den Augen den Cadillac, bis er am Ende der schäbigen kleinen Sackgasse zum Stehen kam.

Es handelte sich eindeutig um eine Art Streife. Aber es waren keine Cops. Zumindest keine menschlichen Cops.

Der Motor wurde ausgeschaltet, und zwei Männer stiegen aus. Einer war von relativ normaler Größe, zumindest wenn man von Footballer-Maßstäben ausging. Der andere Typ war ein Riese.

Du lieber Himmel ... ein Bruder. Musste einer sein. Und Mr X hatte recht gehabt. Dieser Vampir war größer als jeder andere Kerl, den Van je gesehen hatte – und er war zu seiner Zeit mit so manchem Koloss von einem Fighter in den Ring gestiegen.

Dann verschwand der Bruder einfach. *Puff!* Einfach weg. Bevor Van noch fragen konnte, was das denn jetzt wieder bedeuten sollte, drehte der Partner des Vampirs den Kopf und starrte Mr X direkt an, obwohl sie alle im Schatten verborgen standen.

»O mein Gott ...«, hauchte Xavier. »*Er lebt.* Und der Meister ... ist bei ...«

Der Haupt-*Lesser* machte einen Satz nach vorn und marschierte los. Direkt ins Mondlicht. Mitten auf die Straße.

Was zur Hölle dachte er sich dabei?

Butch zitterte am ganzen Körper, während er den hellhaarigen *Lesser* beobachtete, der aus der Dunkelheit getreten war. Keine Frage, das war derjenige, der ihn gefoltert hatte: Obwohl Butch keine bewussten Erinnerungen an diese Stunden hatte, schien sein Körper genau zu wissen, wer ihm den

Schaden zugefügt hatte. Die Erinnerung war in eben das Fleisch eingebettet, das von diesem Scheißkerl geschunden und gequält worden war.

Butch konnte es kaum erwarten, sich den Haupt-*Lesser* zur Brust zu nehmen.

Doch dann brach um ihn herum das Chaos los.

Hinter dem Haus hörte man, wie eine Kettensäge brüllend ansprang und dann zu einem hohen, jammernden Heulen überging. Und in genau demselben Augenblick kam ein zweiter *Lesser* aus dem Wald und zielte mit einer Waffe auf Butch.

Als die Halbautomatik losging, und Kugeln um seinen Kopf schwirrten, hechtete Butch hinter den Escalade, die Hand an seiner Glock. Sobald er etwas Deckung hatte, erwiderte er die ratternden Willkommensgrüße. Die Glock zuckte in seiner Hand, während er gleichzeitig seine lebenswichtigen Organe aus der Schusslinie hielt. In einer kurzen Verschnaufpause zwischen zwei Runden schielte er durch die kugelsichere Scheibe. Der Angreifer hockte hinter einem verrosteten Autoskelett und lud nach. Genau wie Butch.

Und doch hatte sich der erste Vampirjäger, Butchs Folterknecht, immer noch nicht bewaffnet. Der Kerl stand einfach nur mitten auf der Straße und starrte den Ex-Cop an.

Beinahe so, als wäre es seine Lieblingsbeschäftigung, Blei zu fressen.

Falls das so war, tat Butch ihm den Gefallen verdammt gerne. Er beugte sich um den Wagen herum, drückte den Abzug und verpasste dem Burschen einen Schuss in die Brust. Mit einem Grunzen taumelte der Haupt-*Lesser* rückwärts, aber er ging nicht zu Boden. Er wirkte nur etwas ärgerlich und schüttelte sich, als wäre der Treffer ein lästiges Insekt.

Butch hatte keine Ahnung, welchen Reim er sich darauf machen sollte. Aber jetzt war keine Zeit, darüber nachzugrübeln, warum seine Spezialkugeln diesem speziellen Jäger nichts anhaben konnten. Er streckte den Arm in den Wind und feuerte wieder auf den Kerl. In schneller Abfolge rasten die Kugeln aus seinem Lauf. Endlich geriet der *Lesser* ins Wanken und fiel rückwärts hin, alle viere von sich gestreckt ...

Genau als hinter Butch ein Knallen zu hören war, so laut, dass er glaubte, eine weitere Pistole werde abgeschossen.

Er wirbelte herum, die Glock in beiden Fäusten, um sie ruhig zu halten. *Ach du Scheiße!*

Eine Vampirin mit einem Kind auf dem Arm kam in wilder Panik aus dem Haus gerast. Und sie hatte guten Grund, die Beine in die Hand zu nehmen. Ihr unmittelbar auf den Fersen folgte ein Hüne von einem Mann, mit brutalem Gesichtsausdruck und einer Kettensäge auf der Schulter. Der Wahnsinnige wollte mit der kreisenden Klinge über die beiden Flüchtenden herfallen.

Butch hob die Waffe ein paar Zentimeter an, zielte auf den Kopf des Mannes und drückte den Abzug ...

In genau der Sekunde, als Vishous hinter dem Kerl auftauchte und nach der Säge griff.

»Verflucht!« Butch wollte seinen Zeigefinger daran hindern, abzudrücken, aber die Waffe bäumte sich auf, die Kugel flog ...

Und jemand umklammerte Butchs Kehle: Der zweite *Lesser* mit der Waffe hatte sich ihm blitzschnell genähert.

Butch wurde von den Füßen gerissen und knallte wie ein Baseballschläger auf die Motorhaube des Escalade. Durch die Wucht des Aufpralls fiel ihm die Glock aus der Hand und hüpfte weg, Metall auf Metall.

Scheißegal. Er schob die Hand in die Manteltasche und tastete nach dem Klappmesser. Braves Messerchen, es sprang geradezu in seine Handfläche, und er zerrte den Arm aus der Tasche. Mit einer blitzschnellen Bewegung bog er seinen Oberkörper leicht nach links und hieb dem Jäger die Klinge in die Seite.

Schmerzgeheul ertönte, und der Griff lockerte sich.

Butch drückte fest gegen die Brust des *Lesser*. Als der Kerl für den Bruchteil einer Sekunde mitten in der Luft hing, holte Butch mit dem Messer weit aus. Es sauste über die Kehle seines Angreifers. Eine Fontäne schwarzen Blutes schoss hervor.

Butch trat den Jäger zu Boden und wandte sich dem Haus zu. Vishous wehrte sich beherzt gegen den Mann mit der Kettensäge, wich der brüllenden Klinge aus, während er gleichzeitig Hiebe austeilte. Die Frau mit dem Kind floh weiterhin durch den Garten, doch jetzt rückte ein weiterer *Lesser* von rechts nach.

»Ich hab Rhage gerufen«, schrie Vishous geistesgegenwärtig.

»Ich schnappe mir die Frau«, rief Butch, als er losrannte. Er gab alles, seine Füße donnerten auf den Boden, die Knie flogen an die Brust. Er betete, dass er rechtzeitig ankommen würde, betete, er wäre schnell genug ... *Nur dieses eine Mal, bitte ...*

Mit einem spektakulären Hechtsprung schnitt er dem *Lesser* den Weg ab. Als die beiden zu Boden gingen, schrie er im Flug der Frau zu, bloß nicht stehen zu bleiben.

Irgendwo gingen Schüsse los, aber er war zu beschäftigt, um sich darum zu kümmern. Er und der *Lesser* rollten im schmutzigen Schnee herum, einander prügelnd und würgend. Er wusste, er würde verlieren, wenn sie so weitermachten. Also gab er einem seltsamen Instinkt nach und hörte auf, sich zu wehren. Er ließ den Jäger die Oberhand gewinnen ... Und dann sah er dem Untoten direkt in die Augen.

Diese Einheit, diese grausige Gemeinschaft, dieses eiserne Band zwischen ihnen stellte sich sofort ein, machte sie beide bewegungslos. Und mit der Verbindung erwachte der Drang in Butch, zu verzehren.

Er öffnete den Mund und begann, einzuatmen.

8

Mitten auf der Straße liegend und blutend wie ein angeschossener Hase ließ Mr X den verseuchten Menschen, der eigentlich tot sein sollte, nicht aus den Augen. Der Bursche hielt sich ganz gut, sogar, als er einen *Lesser* im Garten ansprang. Aber er würde überwältigt werden. Und so war es auch. Der Vampirjäger drehte ihn auf den Rücken und würde ihn zu Hackfleisch verarbeiten ...

Doch dann erstarrten beide, und die Dynamik verschob sich, die Gesetze von Stärke und Schwäche gerieten aus dem Gleichgewicht. Der *Lesser* mochte zwar oben sein, doch der Mensch hatte die Oberhand.

Mr X stockte der Atem. Etwas geschah da drüben ... irgendetwas ...

Genau in dem Moment materialisierte sich ein blonder Bruder aus dem Nichts unmittelbar neben den beiden. Der Krieger beugte sich nach unten und riss den *Lesser* von dem Menschen herunter, zerbrach das Band, das zwischen ihnen bestand ...

Aus dem Schatten trat Van zu ihm und verstellte Mr X den Blick. »Wie wäre es, wenn ich Sie hier wegschaffen würde?«

Das wäre wahrscheinlich das Schlaueste. Er würde gleich ohnmächtig werden. »Ja ... und machen Sie schnell.«

Als Mr X aufgehoben und zum Minivan getragen wurde, hüpfte sein Kopf auf und ab wie der einer Puppe. Dennoch beobachtete er, wie der blonde Bruder den anderen *Lesser* auflöste und sich dann neben den Menschen kniete.

Was für verdammte Helden.

Mr X gestattete sich, den Blick abzuwenden. Und dankte einem Gott, an den er nicht glaubte, dass Van Dean noch zu neu in der Gesellschaft war, um zu wissen, dass *Lesser* ihre Verletzten nicht mit nach Hause nahmen.

Normalerweise wurde ein verwundeter Jäger an Ort und Stelle zurückgelassen, wo er entweder von den Brüdern zu Omega zurückgeschickt wurde oder allmählich verrottete.

Mr X spürte, wie er in den Wagen gewuchtet wurde, dann wurde der Motor angelassen, und sie fuhren los. Er drehte sich auf den Rücken und betastete die Verletzung in seiner Brust. Er würde sich wieder erholen. Es würde ein bisschen dauern, doch sein Körper war nicht so schwer verwundet, dass er nicht wieder genesen konnte.

In einer scharfen Rechtskurve wurde X gegen die Wagentür geschleudert.

Van drehte sich um, als er das schmerzerfüllte Keuchen von hinten hörte. »Sorry.«

»Scheiß drauf. Weiter.«

Der Motor heulte wieder auf, und Mr X schloss die Augen. Mann o Mann, dieser Mensch war immer noch am Leben? Diese Erkenntnis bedeutete Ärger. Schweren Ärger. Was war passiert? Und warum wusste Omega nicht, dass der Mensch noch lebte? Besonders, da der Kerl nach der Anwesenheit des Meisters doch förmlich stank?

Wer konnte schon die Gründe kennen? Entscheidender

war, ob X jetzt, da er es wusste, Omega davon berichten sollte? Oder würde diese kleine, bescheidene Information zu einem erneuten Wechsel an der Spitze der Gesellschaft führen, und X wäre für alle Zeit verdammt? Er hatte dem Meister geschworen, dass die Brüder den Menschen getötet hatten. Er stände da wie ein Idiot, wenn sich das als falsch herausstellte.

Wichtig war im Augenblick nur, dass er noch am Leben und auf dieser Seite war, und das musste er auch bleiben, bis Van Dean seine volle Macht erreichte. Deshalb würde es keinen Bericht über den trojanischen Menschen an Omega geben.

Dennoch war der Mann eine gefährliche Unwägbarkeit. Eine, die so schnell wie möglich eliminiert werden musste.

Steif lag Butch im Schneematsch und versuchte, wieder zu Atem zu kommen, immer noch ratlos über das, was da vor sich ging, wenn er in die unmittelbare Nähe der *Lesser* kam.

Sein Magen drehte sich um, und er fragte sich, wo Rhage wohl war. Nachdem Hollywood das Band zwischen ihm und dem *Lesser* zerrissen und den Kerl getötet hatte, war er in den Wald gegangen, um nachzusehen, ob noch mehr von ihnen in der Nähe waren.

Deshalb war es vermutlich eine gute Idee, sich in die Vertikale zu begeben und wieder zu bewaffnen, falls tatsächlich noch mehr auftauchten.

Als Butch sich auf die Ellbogen stützte, entdeckte er die Mutter mit dem Kind am anderen Ende des Gartens. Die beiden duckten sich an einen Schuppen, wie Weinranken ineinander verschlungen. Herrje – er erkannte sie; er hatte sie bei Havers gesehen. Das waren die beiden, in deren Zimmer Marissa an dem Tag gesessen hatte, als er endlich aus der Quarantäne entlassen worden war.

Genau, das waren sie. Die Kleine hatte einen Gips am Bein.

Die Armen, dachte er. So zusammengekauert sahen sie genauso aus wie die menschlichen Opfer von Gewalttaten, die er früher in seinem Job gesehen hatte; die Merkmale des Traumas überschritten die Grenzen der Spezies: Die Augen der Mutter waren weit aufgerissen, die Haut bleich, die Miene drückte ihre zerstörten Illusionen aus. Den Verlust des Glaubens an das Gute im Leben. Genau damit hatte er zu oft zu tun gehabt.

Langsam stand er auf und ging auf sie zu.

»Ich bin …« Beinahe hätte er *von der Polizei* gesagt. »Ich bin ein Freund. Ich weiß, wer ihr seid und werde mich um euch kümmern.«

Der Blick aus den geweiteten Pupillen der Frau hob sich vom zerzausten Haar ihres Kindes.

Mit möglichst gleichmäßiger Stimme und auf physischen Abstand achtend deutete er auf den Escalade. »Ich möchte euch bitten, euch in das Auto dort drüben zu setzen. Ihr bekommt den Schlüssel, damit ihr selbst entscheiden könnt, ob ihr euch einschließen wollt. Danach mache ich einen schnellen Rundgang mit meinem Partner, okay? Und dann bringen wir euch zu Havers.«

Er wartete ab, während die Frau ihn auf eine vertraute Weise prüfend musterte: *Würde er ihr oder ihrem Kind etwas tun?*, fragte sie sich. Sollte sie es wagen, einem Angehörigen des anderen Geschlechts zu vertrauen? Welche Möglichkeiten standen ihr sonst noch offen?

Ohne ihre Tochter loszulassen, stand sie mühsam auf und streckte den Arm weit aus.

Er legte ihr den Schlüssel in die Hand, wohl wissend, dass V auch noch einen hatte, so dass sie notfalls trotzdem noch in den Wagen kämen.

Wie der Blitz drehte sie sich um und rannte weg.

Butch sah ihnen nach und wusste, dass das Gesicht der Kleinen ihn die ganze Nacht wach halten würde. Im Ge-

gensatz zu ihrer Mutter war sie vollkommen ruhig. Als wäre diese Art von Gewalt für sie das Normalste auf der Welt.

Fluchend trabte er zum Haus und rief: »V, ich komme rein.«

Vishous' Stimme wehte von oben herab. »Hier ist sonst niemand. Und ich konnte das Nummernschild des Minivans nicht erkennen, der gerade weggefahren ist.«

Butch besah sich den Körper auf der Türschwelle. Männlicher Vampir, ungefähr vierunddreißig Jahre alt. Wobei – so sahen sie alle aus, bis sie zu altern begannen.

Mit dem Fuß stupste er gegen den Kopf. Er saß so locker wie eine Schleife auf einem Geschenk.

Vs Stiefel trampelten die Treppe herunter. »Ist er immer noch tot?«

»Ja. Den hast du gut erwischt – Mist, du blutest am Hals. Hab ich dich angeschossen?«

V fasste mit der Hand an seine Kehle, dann betrachtete er das Blut auf seiner Hand. »Weiß ich nicht. Wir haben hinter dem Haus gekämpft, und er hat mich mit der Säge erwischt. Es könnte auch davon kommen. Wo ist Rhage?«

»Zur Stelle.« Hollywood kam herein. »Ich hab den Wald durchkämmt. Die Luft ist rein. Was ist mit Mutter und Kind?«

Butch deutete mit dem Kopf zur Tür. »Sitzen im Escalade. Sie sollten in die Klinik gebracht werden. Die Frau hat frische Verletzungen.«

»Dann bringen wir beide sie dahin«, beschloss V. »Rhage, mach du dich doch auf den Weg zu den Zwillingen.«

»Alles klar. Die sind unterwegs in die Stadt zur Jagd. Passt auf euch auf, ihr zwei.«

Als Rhage sich dematerialisierte, fragte Butch: »Was willst du mit der Leiche machen?«

»Wir legen sie hinten in den Garten. Die Sonne wird in ein paar Stunden aufgehen, dann ist das erledigt.«

Zusammen hoben sie den Vampir auf und trugen ihn durch das ärmliche Haus in den Garten, wo sie ihn neben einem verfaulenden Gartenstuhl ablegten.

Butch hielt inne und betrachtete die eingeschlagene Tür. »Da kommt dieser Typ vorbei und macht bei seiner Frau und seiner Tochter einen auf *Shining*. Und in der Zwischenzeit spähen die *Lesser* das Haus aus und suchen sich ausgerechnet heute Nacht zum Angriff aus.«

»Bingo.«

»Habt ihr häufig solche familiären Probleme?«

»Im Alten Land auf jeden Fall, aber hier habe ich noch nicht viel darüber gehört.«

»Vielleicht werden sie einfach nur nicht angezeigt.«

V rieb sich das zuckende rechte Auge. »Ja, vielleicht. Vielleicht.«

Sie stiegen durch das, was von der Hintertür noch übrig war, ins Haus und verrammelten den Eingang, so gut es ging. Auf dem Weg zur Vordertür entdeckte Butch ein zerfleddertes Stofftier in einer Ecke des Wohnzimmers, als hätte es jemand dort fallen lassen. Er hob den Tiger auf und stutzte. Das Ding wog ungefähr eine Tonne.

Er klemmte es sich unter den Arm, holte sein Handy aus der Tasche und erledigte zwei kurze Anrufe, während V sich mit der Vordertür abmühte. Dann liefen sie zum Wagen.

Vorsichtig und mit ausgestreckten Händen näherte sich Butch den Insassen von der Fahrerseite, der Tiger baumelte an einer Hand. Mit derselben *Ganz locker bleiben*-Haltung ging V um die Motorhaube herum und blieb etwa einen Meter vor der Beifahrertür stehen. Keiner von beiden rührte sich.

Der Wind blies von Norden her, ein kalter, feuchter Strom, der Butch die Blessuren auf seinem Kampf spüren ließ.

Nach einem kurzen Moment wurde das Auto mit einem *Plopp* von innen entriegelt.

John konnte den Blick nicht von Blaylock losreißen. Besonders in der Dusche. Der Junge war jetzt riesig, überall waren Muskeln, breiteten sich von der Wirbelsäule zu den Seiten aus, wölbten sich in Beinen und Schultern, pumpten seine Arme auf. Außerdem war er locker fünfzehn Zentimeter gewachsen. Er musste jetzt ungefähr eins neunzig sein.

Die Sache war nur, dass er nicht glücklich wirkte. Er bewegte sich eckig und unbeholfen. Den Großteil der Zeit unter der Dusche stand er mit dem Gesicht zur gefliesten Wand. Und seinem Zucken nach zu urteilen, reizte die Seife seine Haut. Oder vielleicht war auch die Haut selbst das Problem. Immer wieder trat er unter den Wasserstrahl und gleich wieder zurück, um die Temperatur zu regulieren.

»Verliebst du dich jetzt in ihn? Nicht, dass die Brüder noch eifersüchtig werden.«

John funkelte Lash böse an. Der Kerl lächelte, während er seine schmale Brust einseifte. Der Schaum blieb an der dicken Diamantkette um seinen Hals hängen.

»Hey, Blay, pass bloß auf, dass du nicht die Seife fallen lässt. Unser John-Boy hier lässt dich nicht aus den Augen.«

Blaylock ignorierte die Bemerkung.

»Hey, Blay, hast du mich gehört? Oder träumst du gerade von John-Boy, der auf den Knien vor dir liegt?«

John baute sich vor Lash auf und verstellte ihm die Sicht auf den anderen.

»Och, wie süß, willst du ihn beschützen?« Lash schielte zu Blaylock. »Blay braucht nicht beschützt zu werden. Er ist jetzt ein grooooßer Junge, stimmt's, Blay? Sag mal, wenn Johnny hier es dir besorgen will, lässt du ihn dann? Ich wette schon. Ich wette, du kannst es kaum erwarten. Ihr beiden wärt so ein schönes ...«

John sprang nach vorn, riss Lash mit sich auf die nassen Fliesen ... und prügelte wie ein Wahnsinniger auf ihn ein.

Als wäre er auf Autopilot. Er schlug ihm einfach wieder

und wieder ins Gesicht, seine Fäuste wurden angetrieben von einer blinden Wut, das Wasser floss schon hellrot in den Abfluss. Und egal, wie viele Hände an seinen Schultern zerrten, er schenkte ihnen keine Beachtung und boxte immer weiter.

Bis er plötzlich einfach hochgehoben wurde.

Er wehrte sich, schlug um sich und kratzte weiter, selbst als er verschwommen wahrnahm, dass der Rest der Klasse ängstlich zurückgewichen war.

Und selbst noch, als er aus der Dusche geschleppt wurde, hörte John nicht auf zu zappeln und lautlos zu schreien. Durch den Umkleideraum. In den Flur. Er hieb und trat, bis er auf die blauen Matten in der Turnhalle geschleudert wurde, und er keine Luft mehr bekam.

Einen Augenblick konnte er nur an die von Gittern geschützten Deckenlichter starren, doch als ihm bewusst wurde, dass er festgehalten wurde, wehrte er sich weiter. Er fletschte die Zähne und biss in das massige Handgelenk, das seinem Mund am nächsten war.

Unvermittelt wurde er auf den Bauch geworfen, und ein unheimliches Gewicht drückte sich in seinen Rücken.

»Wrath! Nicht!«

Der Name drang nur abstrakt zu ihm durch. Die Stimme der Königin ebenfalls. John war jenseits von simpler Wut, er brannte innerlich vor Zorn.

»Du tust ihm weh!«

»Halt dich da raus, Beth!« Die harte Stimme des Königs erreichte Johns Gehörgang. »Bist du jetzt fertig, Junge? Oder willst du es noch mal mit deinen Zähnen probieren?«

Obwohl er sich nicht bewegen konnte, und seine Kräfte erlahmten, zappelte John weiter.

»Wrath, bitte lass ihn ...«

»Das ist eine Sache zwischen ihm und mir, *Lielan*. Geh bitte in die Umkleide und kümmere dich um die andere

Hälfte dieses Schlamassels. Der Junge auf den Fliesen muss zu Havers gebracht werden.«

John hörte einen unterdrückten Fluch. Kurz darauf fiel eine Tür ins Schloss.

Jetzt ertönte Wraths Stimme wieder unmittelbar neben Johns Kopf. »Glaubst du etwa, einem von den Bürschchen da draußen die Fresse zu polieren, macht dich zu einem Mann?«

John krümmte sich unter der Last auf seinem Rücken, ihm war es egal, dass es sich dabei um den König handelte. Das Einzige, was zählte, was er spürte, war der Zorn in seinen Adern.

»Meinst du, wenn du diesen Blödmann mit der großen Klappe bluten lässt, kommst du in die Bruderschaft? Meinst du das?«

John wehrte sich noch heftiger. Zumindest, bis eine schwere Hand hinten in seinem Nacken landete, und sein Gesicht nähere Bekanntschaft mit der Fußbodenmatte machte.

»Ich brauche keine Raufbolde. Ich brauche Soldaten. Willst du wissen, was der Unterschied ist? Soldaten denken nach.« Der Druck auf seinen Nacken wurde erhöht, bis John nicht einmal mehr blinzeln konnte, und ihm die Augen fast aus dem Kopf sprangen. »Soldaten *denken nach.*«

Urplötzlich war das Gewicht verschwunden, und John dehnte seinen Brustkorb aus, saugte mit gierigen Zügen Luft ein.

Atmen. Atmen.

»Steh auf.«

Leck mich, dachte John. Doch er drückte sich von der Matte ab. Leider fühlte sich sein nutzloser Körper an, als wäre er auf dem Fußboden angekettet. Er konnte sich buchstäblich nicht hochhieven.

»Steh auf.«

Leck mich.

»Was hast du zu mir gesagt?« John wurde unter den Achseln vom Boden hochgerissen. Der König hielt ihn sich direkt vor das Gesicht. Und Wrath war brutal wütend.

Eine heftige Furcht überfiel John. Allmählich dämmerte ihm, wie weit er es getrieben hatte.

Wrath fletschte Fänge, die so lang zu sein schienen wie Johns Beine. »Du glaubst wohl, ich kann dich nicht hören, bloß weil du nicht sprechen kannst?«

Voller Verachtung blickte Wrath auf ihn herab. »Ich kann nur sagen: Verdammt gut, dass Tohr jetzt nicht in der Nähe ist.«

Das ist nicht fair, wollte John schreien. *Nicht fair.*

»Meinst du, Tohr wäre beeindruckt von deinem Auftritt?«

John machte sich frei und stellte sich schwankend vor Wrath hin.

Sag diesen Namen nicht, formten seine Lippen. *Sag seinen Namen nicht.*

Ein Schmerz bohrte sich in seine Schläfen. In seinem Kopf hörte er Wraths Stimme wieder und wieder den Namen *Tohrment* sagen. Panisch schlug er sich die Hände auf die Ohren, stolperte über seine eigenen Füße, taumelte rückwärts.

Wrath folgte ihm Schritt für Schritt, der Name wurde lauter und lauter, bis er einen erbarmungslosen, gellenden, hämmernden Singsang formte. Dann sah John das Gesicht vor sich, Tohrs Gesicht, so deutlich, als stünde er vor ihm. Die dunkelblauen Augen. Den kurzen, militärischen Haarschnitt. Die harten Züge.

John öffnete den Mund und begann zu schreien. Es kam kein Ton heraus, aber er machte weiter, bis er vom Weinen übermannt wurde. Sein Herz schmerzte, so sehr vermisste er den einzigen Vater, den er je gekannt hatte. Die Hände vor den Augen, die Schultern nach vorn gebeugt, sank er in sich zusammen und schluchzte.

Im selben Augenblick fiel alles von ihm ab: Sein Geist wurde ganz still. Die Vision verschwand.

Starke Arme hoben ihn hoch.

Ohne einen Fluchtweg klammerte er sich an Wraths kräftige Schultern. Er wollte doch nur, dass der Schmerz aufhörte … Er wollte von dem Kummer in sich, von allem, was er tief in sich begrub, befreit werden. Die Verluste in seinem Leben und die Tragödien hatten ihn zerschunden, in seinem Inneren war alles wund.

»Ach …« Wrath wiegte ihn sanft hin und her. »Ist schon gut, mein Sohn. Gottverdammt.«

9

Marissa stieg aus dem Mercedes aus und sofort wieder ein. »Würdest du bitte hier warten, Fritz? Ich möchte von hier aus direkt zu meinem Haus fahren.«

»Natürlich, Herrin.«

Sie betrachtete den Hintereingang der Klinik. Ob Havers sie überhaupt hereinlassen würde?

»Marissa.«

Rasch drehte sie sich um. »O, der Jungfrau sei Dank, Butch.« Sie rannte zum Escalade. »Ich bin ja so froh, dass du mich angerufen hast. Geht es dir gut? Und den beiden?«

»Ja. Sie werden gerade untersucht.«

»Und du?«

»Alles bestens. Ich dachte mir nur, ich sollte lieber draußen warten, weil ... du weißt schon.«

Ja, Havers wäre nicht besonders begeistert davon, ihn zu sehen. Wahrscheinlich ebenso wenig wie von ihrem Anblick.

Wieder beäugte Marissa den Klinikeingang. »Mutter und Kind ... sie können wohl nicht wieder nach Hause, oder?«

»Auf keinen Fall. Die *Lesser* wissen von dem Haus, deshalb ist es dort nicht mehr sicher. Abgesehen davon war sowieso nicht viel drin.«

»Was ist mit dem *Hellren* der Frau?«

»Er ... kann keinen Schaden mehr anrichten.«

Sie sollte eigentlich nicht erleichtert darüber sein, dass es einen Toten gegeben hatte, doch sie war es. Wodurch sie aber wieder an Butchs Kampf erinnert wurde.

»Ich liebe dich«, platzte sie heraus. »Deshalb will ich nicht, dass du kämpfst. Wenn ich dich aus irgendeinem Grund verlieren würde, dann wäre mein Leben vorbei.«

Seine Augen weiteten sich, was ihr bewusst machte, dass sie schon länger nicht mehr über Liebe gesprochen hatten. Aber sie folgte ihrer neuen obersten Regel. Es war furchtbar für sie, den Tag ohne ihn zu verbringen, furchtbar, die Distanz zwischen ihnen zu spüren. Und sie würde dem von ihrer Seite her ein Ende setzen.

Butch trat ganz dicht vor sie hin und legte ihr die Hände aufs Gesicht. »Ach, Marissa, du weißt ja gar nicht, was es mir bedeutet, das von dir zu hören. Ich muss das hören. Muss es fühlen.«

Sanft küsste er sie, flüsterte Zärtlichkeiten an ihren Lippen, und als sie erbebte, zog er sie liebevoll an sich. Zwischen ihnen gab es immer noch Dinge, die geklärt werden mussten, doch im Augenblick spielte das keine Rolle. Sie musste einfach nur wieder eine neue Verbindung zu ihm herstellen.

Als er den Kopf leicht zurückzog, sagte sie: »Ich gehe jetzt rein, aber würdest du hier auf mich warten? Ich möchte dir mein neues Haus zeigen.«

Zart fuhr er ihr mit der Fingerspitze über die Wange. Zwar bekamen seine Augen einen traurigen Ausdruck, aber er antwortete: »Ja, ich warte. Und ich würde sehr gern sehen, wo du wohnen wirst.«

»Es dauert nicht lange.«

Sie küsste ihn noch einmal und ging dann zum Eingang. Da sie sich wie ein Eindringling vorkam, war sie überrascht, gleich eingelassen zu werden. Was aber noch lange nicht bedeuten musste, dass alles glattgehen würde, das war ihr wohl bewusst. Im Aufzug nestelte sie an ihrem Haar herum. Sie war nervös, Havers gegenüberzutreten. Würde es eine Szene geben?

Als sie in den Wartebereich kam, wussten die Schwestern sofort, weshalb sie hier war und brachten sie in ein Krankenzimmer. Sie klopfte an die Tür.

Havers, der gerade mit dem Mädchen sprach, blickte auf, und seine Miene erstarrte. Ihm schienen die Worte zu entgleiten, er schob seine Brille hoch, dann räusperte er sich.

»Da bist du ja!«, rief die Kleine, als sie Marissa sah.

»Hallo.« Sie hob die Hand.

»Wenn du mich jetzt entschuldigst«, murmelte Havers zu der Mutter. »Ich kümmere mich um die Entlassungspapiere. Aber wie schon gesagt, es besteht keine Eile für dich, die Klinik zu verlassen.«

Marissa sah ihren Bruder unverwandt an, als er auf sie zukam, unsicher, ob er ihre Anwesenheit überhaupt zur Kenntnis nehmen würde. Aber das tat er. Sein Blick fiel auf ihre Hose, und er zuckte zusammen.

»Marissa.«

»Havers.«

»Du siehst ... gut aus.«

Freundliche Worte. Aber er meinte damit, dass sie *anders* aussah. Und er das nicht billigte. »Es geht mir gut.«

»Ich muss gehen.«

Als er verschwand, ohne auf eine Entgegnung zu warten, stieg Wut in ihr auf, aber sie ließ kein böses Wort über ihre Lippen schlüpfen. Stattdessen ging sie zu dem Bett und setzte sich auf die Kante. Sie nahm die Hände des kleinen

Mädchens in ihre und suchte nach den passenden Worten. Doch die melodische Stimme der Kleinen kam ihr zuvor.

»Mein Vater ist tot«, stellte sie sachlich fest. »Meine *Mahmen* hat Angst. Und wir haben keinen Schlafplatz, wenn wir hier weggehen.«

Kurz schloss Marissa die Augen und dankte der Jungfrau der Schrift, dass sie wenigstens für eines dieser Probleme eine Lösung hatte. Sie sah die Mutter an. »Ich weiß einen Ort, wo ihr hingehen könnt.«

Die Vampirin schüttelte langsam den Kopf. »Wir haben kein Geld …«

»Aber ich kann die Miete bezahlen«, verkündete die Kleine und hielt ihren zerlumpten Tiger hoch. Sie löste vorsichtig die Naht auf der Rückseite und steckte die Hand hinein. Der Wunschteller kam zum Vorschein. »Das ist Gold, oder? Und Gold ist wie Geld, stimmt's?«

Marissa atmete tief ein und riss sich zusammen, um nicht in Tränen auszubrechen. »O nein, das war ein Geschenk von mir an dich. Und ihr müsst auch keine Miete bezahlen. Ich habe ein leeres Haus, und es muss mit Leben gefüllt werden.« Erneut sah sie die Mutter an. »Ich würde mich riesig freuen, wenn ihr beide dort mit mir zusammen wohnen würdet, sobald alles bereit ist.«

Als John schließlich nach seinem Zusammenbruch zurück in die Umkleide ging, war er ganz allein. Wrath war ins Haupthaus zurückgekehrt, Lash in die Klinik gebracht worden, und die anderen waren nach Hause gegangen.

Was gut war. In der überwältigenden Stille duschte er so lange wie noch nie in seinem Leben, stand einfach nur unter dem heißen Strahl und ließ das Wasser auf sich herabprasseln. Ihm tat alles weh. Ihm war schlecht.

Mannomann. Hatte er wirklich den *König* gebissen? Einen Klassenkameraden windelweich geprügelt?

John lehnte sich mit dem Rücken an die Fliesen. Trotz all des Wassers und all der Seife wurde er nicht sauber. Er kam sich immer noch eigenartig ... schmutzig vor. Andererseits gaben einem Schmach und Scham auch das Gefühl, in Kuhfladen gebadet zu haben.

Unwillig sah er an seinen spärlichen Brustmuskeln, der eingesunkenen Bauchhöhle und den spitzen Hüftknochen herab, an seinem durch und durch unscheinbaren Geschlechtsteil vorbei auf seine kleinen Füße. Dann wanderte sein Blick weiter zu dem Abfluss, durch den Lashs Blut geflossen war.

Er hätte ihn töten können, stellte er fest. So außer Kontrolle war er gewesen.

»John?«

Er riss den Kopf hoch. Zsadist stand im Eingang zu den Duschen, die Miene völlig ungerührt.

»Wenn du fertig bist, kommst du ins Haupthaus. Wir sind in Wraths Arbeitszimmer.«

John nickte und drehte das Wasser ab. Es war nicht ausgeschlossen, dass man ihn aus dem Trainingsprogramm werfen würde. Vielleicht sogar aus dem Haus. Und er konnte es ihnen nicht verdenken. Nur, wo sollte er dann hingehen?

Wieder allein trocknete John sich ab, zog seine Kleider an und ging über den Flur in Tohrs Büro. Er musste die Augen den gesamten Weg durch den Tunnel gesenkt halten. Denn seine Erinnerungen an Tohrment konnte er augenblicklich nicht ertragen. Nicht eine davon.

Wenige Minuten später stand er im Foyer des Hauses und sah die breite Freitreppe hinauf. Langsam stieg er die mit rotem Teppich bezogenen Stufen hinauf. Er war unerträglich müde und die Erschöpfung wurde noch schlimmer, als er oben ankam: Die Flügeltür zu Wraths Büro stand offen, und man hörte Stimmen, die des Königs und auch die der Brüder. Wie er sie alle vermissen würde, dachte er.

Das Erste, was ihm beim Eintreten in den Raum auffiel, war Tohrs Sessel. Das hässliche grüne Ungetüm stand nun leicht nach hinten versetzt links vom Thron. Seltsam.

John ging nach vorn und wartete darauf, dass man ihn bemerkte.

Wrath saß über einen mit Papierstapeln bedeckten, antiken kleinen Schreibtisch gebeugt, eine Lupe in der Hand, die ihm offenbar das Lesen erleichterte. Z und Phury standen zu beiden Seiten des Königs, beide ebenfalls über die Karte gebeugt, die Wrath studierte.

»Hier haben wir das erste Foltercamp gefunden«, erklärte Phury gerade und zeigte auf ein großes grünes Gelände. »Und hier wurde Butch gefunden. Hier wurde ich hingebracht.«

»Dazwischen liegen große Abstände«, murmelte Wrath.

»Was wir brauchen, ist ein Flugzeug«, meinte Z. »Ein Blick aus der Vogelperspektive wäre viel effektiver.«

»Das ist wahr.« Wrath schüttelte den Kopf. »Aber wir müssen gut aufpassen. Fliegen wir zu dicht am Boden, haben wir die Flugsicherung am Hals.«

John schob sich ein wenig näher an den Schreibtisch heran. Reckte den Hals.

Mit einer geschmeidigen Bewegung schob Wrath das Papier von sich, als hätte er genug gesehen. Oder vielleicht … wollte er auch John auffordern, einen Blick darauf zu werfen. Doch statt sich die topografische Karte anzusehen, betrachtete John den Unterarm des Königs. Die Bissspur am Handgelenk beschämte ihn, und er machte einen Schritt zurück.

Genau in diesem Moment trat Beth ein. Sie hielt eine Lederschachtel in Händen, die einige mit roten Schleifen zusammengehaltene Schriftrollen enthielt.

»Also gut, Wrath, wie wäre es mit einer kleinen Lagebesprechung? Die hier scheinen mir am wichtigsten.«

Wrath lehnte sich zurück, als Beth die Schachtel abstellte. Dann nahm er ihr Gesicht in die Hände und küsste sie auf den Mund und auf beide Seiten des Halses. »Danke, *Lielan*. Das passt jetzt super, obwohl V und Butch gleich mit Marissa herkommen. Ach, Scheiße, hab ich dir schon von der fantastischen Idee des *Princeps*-Rates erzählt? Obligatorische Bannung für alle nicht gebundenen Frauen.«

»Du machst Witze.«

»Die Spinner haben den Antrag noch nicht angenommen, aber laut Rehvenge wird bald abgestimmt.« Der König wandte sich an Z und Phury. »Ihr beiden checkt mal die Sache mit dem Flugzeug. Haben wir jemanden, der so was fliegen kann?«

Phury zuckte die Achseln. »Ich habe so was früher schon mal gemacht. Und wir könnten V darauf ansetzen ...«

»Mich worauf ansetzen?«, fragte V, der gerade ins Arbeitszimmer spaziert kam.

Wrath schob den Kopf um die Zwillinge herum. »Sagt dir das Wort Cessna etwas, mein Bruder?«

»Wie nett. Heben wir ab?«

Unmittelbar hinter V kamen Butch und Marissa herein. Und sie hielten Händchen.

John trat beiseite und beobachtete die Szene: Wrath begann ein Gespräch mit Beth, während V, Butch und Marissa sich miteinander unterhielten, und Phury und Z den Raum verließen.

Chaos. Bewegung. Planung. So funktionierte die Monarchie, die Bruderschaft. Und John fühlte sich privilegiert, auch im Raum sein zu dürfen ... wenn auch nur für kurze Zeit, bis sie seinen armseligen Hintern an die Luft setzen würden.

In der Hoffnung, sie würden vielleicht vergessen, dass er da war, sah er sich nach einem Platz zum Sitzen um und schielte zu Tohrs Sessel hinüber. Sich immer schön an den

Wänden haltend, schlich er hin und ließ sich auf dem ausgeblichenen, zerschlissenen Leder nieder. Von hier aus hatte er alles im Blick: Wraths Schreibtischplatte und was auch immer darauf lag; die Tür, durch die alle kamen und gingen; jeden Winkel des Zimmers.

John zog die Beine auf den Sitz hoch und neigte sich vor, um mitzuhören, was Beth und Wrath bezüglich der Versammlung der *Princeps* besprachen. Wow. Sie arbeiteten wirklich großartig zusammen. Sie gab ihm ausgezeichnete Ratschläge, und der König nahm sie dankbar an.

Als Wrath nickte, fiel ihm das lange schwarze Haar über die Schulter und auf den Schreibtisch. Er schob es zurück, dann öffnete er eine Schublade und entnahm ihr einen Spiralblock und einen Stift. Ohne hinzusehen hielt er beides rückwärts John direkt unter die Nase.

John nahm die Gabe mit zitternden Händen entgegen.

»Tja, *Lielan*, das passiert, wenn man mit der *Glymera* zu tun hat. Ein Haufen Mist.« Wrath schüttelte den Kopf und blickte dann zu V, Butch und Marissa auf. »Also, was gibt's, ihr drei Hübschen?«

Undeutlich hörte John Wortfetzen, aber er war zu sehr mit einem Gedanken beschäftigt, um sich zu konzentrieren. Lieber Gott, vielleicht würden ihn die Brüder doch nicht rauswerfen ... vielleicht.

Er hörte erst wieder hin, als Marissa gerade sagte: »Sie wissen nicht, wohin, deshalb bleiben sie in dem Haus, das ich gerade gemietet habe. Aber, Wrath, sie brauchen langfristig Unterstützung, und ich fürchte, es gibt noch mehr solche Fälle – Familien, die auseinandergerissen wurden, weil Mitglieder von den *Lessern* getötet wurden oder eines natürlichen Todes starben. Oder Frauen, deren Männer sie misshandeln, und denen niemand hilft. Ich wünschte, es gäbe eine Art Programm ...«

»Ja, so etwas brauchen wir unbedingt. Neben ungefähr

weiteren achttausend Dingen.« Wrath rieb sich die Augen unter der Sonnenbrille, dann sah er wieder Marissa an. »In Ordnung, ich übertrage dir diese Angelegenheit. Mach dich kundig, was die Menschen in solchen Fällen alles an Unterstützung bieten. Überleg dir, was wir für unsere Spezies brauchen. Sag mir, was du an Geld und Personal und Ausrüstung benötigst. Und dann fang damit an.«

Marissa fiel die Kinnlade herunter. »Herr?«

Beth nickte. »Das ist eine fabelhafte Idee. Und weißt du was? Mary hat doch früher im sozialen Bereich gearbeitet, beim Notruf. Sie könnte dir sicher helfen, ich glaube, sie kennt sich gut mit den einschlägigen Behörden aus.«

»Ich ... ja, gut, das mache ich.« Marissa sah Butch an und er lächelte, voller Respekt. »Moment mal, Herr. Ich habe so etwas noch nie gemacht. Also, ich habe zwar in der Klinik gearbeitet, aber ...«

»Das schaffst du locker, Marissa. Und wie ein Freund von mir einst sagte: Du wirst um Hilfe bitten, wenn du welche brauchst. Okay?«

»Ähm, ja, danke.«

»Vor dir liegt eine Menge Arbeit.«

»Ja.« Sie machte einen Knicks, obwohl sie eine Hose trug. Wrath lächelte, dann sah er Butch an, der sich anschickte, seiner Frau zu folgen. »Hey, Bulle, du, V und ich setzen uns heute Nacht noch zusammen. Grünes Licht. Sei in einer Stunde zurück.«

Butch schien etwas blass um die Nase zu werden. Doch dann nickte er und ging, Vishous im Schlepptau.

Als Wrath sich wieder auf seine *Shellan* konzentrierte, kritzelte John rasch etwas auf den Block und hielt es Beth hin. Sie las es dem König laut vor, und Wrath neigte den Kopf.

»Nur zu, mein Junge. Und ja, ich weiß, dass es dir leidtut. Entschuldigung angenommen. Aber von jetzt ab schläfst du hier oben im Haus. Ob in dem Sessel da oder in einem Bett, ist mir egal. Aber du schläfst hier.« John nickte, und der König fügte hinzu. »Und eins noch. Jede Nacht um vier Uhr machst du einen Spaziergang mit Zsadist.«

John stieß einen ansteigenden Pfiff aus.

»Warum? Weil ich es sage. Jede Nacht. Sonst bist du raus aus dem Training und raus aus dem Haus. Kapiert? Pfeif zweimal, wenn du mich verstanden hast und einverstanden bist.«

John pfiff.

Dann sagte er in Zeichensprache etwas unbeholfen *Danke*. Und ging.

10

Fünfundvierzig Minuten später stand Butch in der Tür zur Küche und beobachtete Marissa im Gespräch mit Mary und John. Die drei hatten sich über ein Diagramm gebeugt, welches die miteinander verknüpften Ämter der New Yorker Sozialbehörden darstellte. Anhand eines Beispielfalls erläuterte Marissa die Funktionsweise des Systems, und John hatte freiwillig den Part des Beispielfalls übernommen.

Der arme Junge hatte es nicht leicht gehabt. Er war in der Toilette eines Busbahnhofs auf die Welt gekommen, von einer Putzfrau gefunden und ins katholische Waisenhaus gebracht worden. Dann wurde er bei einer Pflegefamilie untergebracht, der er vollkommen egal war, nachdem die Mittel des Hilfsprogramms gekürzt worden waren. Und es kam noch schlimmer: Die Schule hatte er mit sechzehn abgebrochen und war weggelaufen. Er hatte in Schmutz und Verwahrlosung gelebt, während er sich notdürftig als Küchenhilfe über Wasser hielt. Er hatte Glück, überhaupt noch am Leben zu sein.

Und Marissa würde in Zukunft Kindern wie ihm helfen.

Je länger die Unterhaltung dauerte, desto stärker merkte Butch eine Veränderung in ihrer Stimme. Sie wurde tiefer. Überzeugender. Ihr Blick wurde fester, und ihre Fragen noch direkter. Sie war, stellte er fest, unglaublich klug, und sie würde ihre Arbeit sehr gut machen.

Ach, wie er sie liebte. Und er wollte unbedingt das sein, was sie brauchte. Was sie verdiente.

Wie auf dieses Stichwort hörte er Schritte und roch dann Vs türkischen Tabak. »Wrath wartet auf uns, Bulle.«

Butch ließ den Blick noch einen Augenblick länger auf seiner Frau ruhen.

Marissa hob den Kopf. »Butch? Ich würde gern von dir hören, was du von einer Polizeitruppe halten würdest.« Sie tippte auf das Diagramm. »Ich erkenne hier eine Menge Szenarien, die das Eingreifen von Ordnungskräften erfordern. Wrath wird über die Einrichtung einer zivilen Sicherheitstruppe nachdenken müssen.«

»Was immer du willst, Baby.« Er prägte sich ihr Gesicht ein. »Aber erst muss ich schnell was erledigen, okay?«

Marissa nickte, lächelte etwas zerstreut und ging wieder an die Arbeit.

Er konnte einfach nicht anders – er musste zu ihr gehen und sie an der Schulter berühren. Als sie aufblickte, küsste er sie auf den Mund und flüsterte: »Ich liebe dich.«

Ihre Augen leuchteten auf, und er küsste sie noch einmal, dann wandte er sich ab. O Mann, er hoffte inständig, dass diese Ahnenregression mehr als nur einen Riesenhaufen irischer Langweiler zutage fördern würde.

Zusammen mit Vishous ging er hinauf ins Arbeitszimmer und fand es leer vor, bis auf Wrath, der vor dem Kamin stand, einen schweren Arm auf den Sims gelegt. Der König sah aus, als zermarterte er sich das Gehirn, während er in die Flammen starrte.

»Herr?«, fragte V. »Ist das jetzt ein guter Zeitpunkt?«

»Ja.« Wrath winkte sie herein, sein schwarzer Diamantring blitzte am Mittelfinger auf. »Schließt die Tür.«

»Was dagegen, wenn ich ein bisschen Muskelkraft zu Hilfe hole?« V deutete mit dem Kopf in den Flur. »Ich möchte, dass Rhage ihn festhält.«

»In Ordnung.« Als Vishous den Raum verließ, starrte Wrath Butch so durchdringend an, dass seine Augen hinter der Sonnenbrille wie Fackeln brannten. »Ich habe nicht damit gerechnet, dass die Jungfrau der Schrift uns das erlaubt.«

»Ich bin froh darüber.« Und wie froh.

»Dir ist klar, worauf du dich hier einlässt? Das wird wahnsinnig wehtun, und es könnte gut passieren, dass du als körperliches und geistiges Wrack daraus hervorgehst.«

»V hat mich erschöpfend aufgeklärt. Es ist okay.«

»Sieh einer an«, murmelte Wrath beifällig. »Du bist wild entschlossen.«

»Was bleibt mir denn anderes übrig, wenn ich es wissen will? Nichts. Nur darüber nachzugrübeln, bringt mich auch nicht weiter.«

Die Flügeltüre wurde erneut geöffnet, und Butch sah sich um. Rhage hatte feuchte Haare und trug eine völlig zerfledderte Jeans, einen schwarzen Sweater und weder Schuhe noch Strümpfe. Absurderweise stellte Butch fest, dass sogar die Füße dieses Typen schön waren. Keine Spur von haarigen Zehen und eingewachsenen Nägeln, nicht bei Hollywood. Der Typ war einfach die Vollkommenheit in Person.

»Mensch, Bulle«, sagte der Bruder. »Willst du das wirklich machen?«

Als Butch nickte, trat Vishous vor ihn und zog seinen Handschuh ab. »Du musst dein Hemd ausziehen, Kumpel.«

Butch machte den Oberkörper frei und warf sein teures Hemd aufs Sofa. »Kann ich das Kreuz anbehalten?«

»Ja, es sollte eigentlich nicht schmelzen. Nicht vollständig zumindest.« V schob seinen Handschuh in die Gesäßtasche, zog den schwarzen Ledergürtel aus der Hose und hielt ihn Rhage hin. »Steck ihm das in den Mund und halt es gut fest, damit er sich nicht in die Zunge beißt. Aber komm nicht mit ihm in Berührung. Du wirst sowieso einen Sonnenbrand davon bekommen, so nah dabei zu stehen.«

Rhage trat hinter Butch, doch ein Klopfen an der Tür unterbrach sie.

Marissas Stimme drang durch die Holztür herein. »Butch? Wrath?« Wieder Klopfen. Lauter. »Herr? Was geht hier vor?«

Wrath sah Butch fragend an.

»Lass mich mit ihr sprechen«, erwiderte der Ex-Cop.

Als Wrath die Türschlösser aufschnappen ließ, stürmte Marissa ins Zimmer. Sie warf einen Blick auf Vs ungeschützte Hand und Butchs nackte Brust und wurde so weiß wie die Wand.

»Was macht ihr mit ihm?«

Butch ging zu ihr. »Wir werden herausfinden, ob ich etwas von deiner Art in mir habe.«

Mit offenem Mund starrte sie ihn an. Dann wirbelte sie zu Wrath herum. »Du musst es ihnen verbieten. Sag ihnen, dass sie das nicht tun können. Sag ihnen ...«

»Es ist seine Entscheidung, Marissa.«

»Es wird ihn umbringen!«

»Marissa«, ging Butch dazwischen. »Es ist das Risiko wert, Klarheit über mich zu bekommen.«

Jetzt wandte sie sich ihm zu. Vor Wut leuchtete ihr Gesicht geradezu. Einen Augenblick lang geschah gar nichts. Dann gab sie ihm eine schallende Ohrfeige.

»Das ist dafür, dass du nicht auf dich selbst achtest.« Ohne Atem zu holen schlug sie ihn noch einmal, der Knall hallte von der Decke wider. »Und das dafür, dass du mir nicht erzählt hast, was du vorhast.«

Schmerz flammte in seiner Wange auf und pochte im Rhythmus seines Herzschlags.

»Könnt ihr uns eine Minute allein lassen?«, bat er leise, ohne die Augen von ihrem blassen Gesicht zu nehmen.

Als die Brüder verschwunden waren, wollte Butch ihre Hände in seine nehmen, aber sie riss sie weg und schlang die Arme um sich.

»Marissa ... das ist der einzige Ausweg, den ich sehe.«

»Ausweg aus was?«

»Es besteht eine Chance für mich, der zu werden, den du brauchst ...«

»Den ich brauche? Ich brauche dich! Und ich brauche dich lebendig!«

»Das hier wird mich nicht umbringen.«

»Ach, und das weißt du so genau, weil du das schon mal gemacht hast? Da bin ich aber erleichtert.«

»Ich muss das tun.«

»Nein, musst du nicht.«

»Marissa«, zischte er. »Versetz dich doch mal in meine Lage. Wie würde es dir gehen, wenn ich mit einer anderen zusammen sein, von einer anderen leben müsste, ohne dass du etwas dagegen unternehmen könntest, Monat für Monat, Jahr für Jahr? Stell dir doch einmal vor, wie es wäre, wenn du zuerst sterben und mich allein lassen müsstest. Möchtest du ein Mensch zweiter Klasse in meiner Welt sein?«

»Du willst mir also damit sagen, dass du lieber tot als bei mir wärest?«

»Ich hab dir doch schon gesagt, das wird mich nicht ...«

»Aber was kommt dann? Glaubst du, ich kann deiner Logik nicht folgen? Wenn du herausfindest, dass du einen Vampirahnen hast – willst du mir ernsthaft erzählen, du würdest dann nicht etwas *wirklich* Dummes probieren?«

»Ich liebe dich zu sehr ...«

»Gütige Jungfrau im Schleier! Wenn du mich lieben würdest, dann würdest du dir das nicht antun. Wenn du mich lieben würdest ...« Marissas Stimme versagte. »Wenn du mich *wirklich* lieben würdest ...«

Tränen stiegen ihr in die Augen, und mit einer ruckartigen Bewegung schlug sie zitternd die Hände vors Gesicht. Sie bebte am ganzen Körper.

»Baby, alles wird gut.« Wenigstens duldete sie seine Arme um sich. »Mein Liebling ...«

»Ich bin im Augenblick so wütend auf dich«, murmelte sie an seiner Brust. »Du bist so ein arroganter, hochmütiger Narr, der mir das Herz bricht.«

»Ich bin ein Mann, der für seine Frau sorgen will.«

»Wie ich schon sagte: ein verdammter Narr. Und du hattest mir versprochen, mich nicht mehr zu beschützen, indem du mich aus deinem Leben aussperrst.«

»Es tut mir ehrlich leid, ich wollte es dir erst erzählen, wenn es vorbei ist. Und ich würde V jederzeit mein Leben anvertrauen. Das hier wird mich nicht umbringen.« Er hob ihr Gesicht an und wischte die Tränen mit den Daumen ab. »Ich denke nur an die Zukunft. Ich bin jetzt siebenunddreißig und habe viel getrunken und viel geraucht. Ich könnte in zehn Jahren tot sein, wer weiß?«

»Und wenn du jetzt stirbst, dann hatte ich nicht einmal diese zehn Jahre. Ich möchte diese Zeit mit dir erleben.«

»Aber ich will Jahrhunderte. Äonen. Und du sollst aufhören, dich bei Rehvenge zu nähren.«

Müde schloss sie die Augen. »Ich sagte doch, das ist nicht so ...«

»Für dich vielleicht nicht. Aber kannst du mir ehrlich versichern, dass er dich nicht liebt?« Da sie keine Antwort gab, nickte er. »Das dachte ich mir. Ich mache ihm keinen Vorwurf, aber es gefällt mir nicht. Auch wenn du besser ... mit jemandem wie ihm zusammen sein solltest, jemandem aus deiner Schicht.«

»Butch, die *Glymera* ist mir völlig gleichgültig. Dieses Leben liegt hinter mir, und weißt du was? Es ist besser so. Eigentlich sollte ich mich bei Havers bedanken, dass er mich zur Unabhängigkeit gezwungen hat. Er hat mir einen Gefallen getan.«

»Tja, nichts für ungut, aber ich würde ihn trotzdem am liebsten vermöbeln.«

Als er sie noch fester an sich drückte, seufzte sie an seiner Brust. »Was werden sie tun, wenn du etwas von uns in dir trägst?«

»Darüber sprechen wir später.«

»Nein.« Sie schob ihn von sich weg. »Du sollst mich nicht ausschließen. Tust du das für *uns?* Dann sollte ich auch mitreden, verdammt. Wir sprechen jetzt sofort darüber.«

Er raufte sich die Haare. »Dann würden sie versuchen, die Wandlung auszulösen.«

Langsam öffnete sich ihr Mund. »Und wie?«

»V sagt, er kann das.«

»Wie?«

»Das weiß ich nicht. Soweit waren wir noch nicht.«

Eine lange Zeit blickte Marissa ihn nur an, und er wusste, dass sie im Geiste all seine Fehlgriffe noch einmal durchging. Dann sagte sie: »Du hast dein Versprechen mir gegenüber gebrochen, indem du mir von all dem nichts erzählt hast.«

»Ich … stimmt, ich hab's vermasselt.« Er legte sich eine Hand aufs Herz. »Aber ich schwöre dir, Marissa, ich wollte sofort zu dir kommen, sobald ich Gewissheit gehabt hätte. Ich hatte nie die Absicht, in die Transition zu gehen, ohne vorher mit dir darüber zu reden. Ehrlich.«

»Ich möchte dich nicht verlieren.«

»Und ich möchte nicht verloren gehen.«

Als sie zur Tür blickte, breitete sich eine Stille im Raum aus, die fast greifbar für ihn war, die über seine Haut strich wie kalter Nebel.

Endlich sagte sie: »Ich will während der Regression im Raum sein.«

Butch stieß pfeifend die Luft aus. »Komm her, ich muss dich kurz festhalten.«

Er zog sie an sich, schlang seine Arme um sie. Ihre Schultern waren steif, aber die Hände umklammerten seine Taille. Fest.

»Butch?«

»Ja?«

»Es tut mir nicht leid, dass ich dich geohrfeigt habe.«

Er ließ den Kopf auf ihren Hals sinken. »Ich hatte es verdient.« Dann presste er seine Lippen auf ihre Haut und atmete tief ein, versuchte, ihren Duft nicht nur in seinen Lungen zu behalten, sondern in seinem Blut. Als er den Kopf anhob, betrachtete er die Ader an ihrem Hals und dachte, *lieber Gott, bitte lass mich mehr werden, als ich jetzt bin.*

»Bringen wir es hinter uns«, sagte sie.

Er küsste sie noch einmal, dann holte er Wrath, V und Rhage wieder herein.

»Ziehen wir es durch?«, wollte Vishous wissen.

»Ja.«

Butch schloss die Tür, dann stellte er sich mit V vor den Kamin.

Als Rhage hinter ihn trat und ihm den Gürtel zwischen die Zähne schieben wollte, sah Butch Marissa an. »Ist schon okay, Baby. Ich liebe dich.« Dann warf er Wrath einen Blick zu. Als könnte der König Gedanken lesen, stellte er sich neben Marissa. Bereit, sie aufzufangen. Oder zurückzuhalten.

V kam ihm so nahe, dass sie sich beinahe berührten. Vorsichtig legte er Butch das Goldkreuz an der Kette auf den Rücken. »Kann es losgehen?«

Butch nickte und schob den Gürtel in seinem Mund in eine einigermaßen bequeme Position. Er wappnete sich innerlich, als V den Arm hob.

Doch dann legte sich die Handfläche seines Mitbewohners auf seine nackte Brust und alles, was er spürte, war Wärme. Butch runzelte die Stirn. Das war alles? Das war verflucht noch mal alles? Dafür hatten sie Marissa zu Tode erschreckt?

Er blickte nach unten, stinksauer.

Hoppla, die falsche Hand.

»Entspann dich, mein Freund«, sagte V und ließ seine Hand kreisförmig über Butchs Herz gleiten. »Atme ganz tief ein. Je ruhiger du bist, desto besser für dich.«

Merkwürdige Wortwahl. Genau das hatte Butch zu Marissa gesagt, als er …

Um seinen Puls nicht zu beschleunigen, verdrängte er diesen Gedanken hastig und versuchte, seine Schultern zu lockern. Ohne viel Erfolg.

»Lass uns eine Minute zusammen atmen. Genau so. Ein und aus. Atme mit mir. Sehr gut. Wir haben alle Zeit der Welt.«

Butch schloss die Augen und konzentrierte sich auf die wohltuende Empfindung auf seiner Brust. Die Wärme. Die kreisende Bewegung.

»So ist es gut. Schön. Fühlt sich gut an, oder? Einfach nur entspannen …«

Das Kreisen wurde langsamer und langsamer. Und Butchs Atmung wurde tiefer und leichter. Sein Herz machte kurze Pausen vor den einzelnen Schlägen, die Intervalle zwischen den Kontraktionen wurden größer und größer. Und dazu ertönte die ganze Zeit Vs Stimme … die trägen Worte verführten ihn, schlichen sich in seinen Kopf, versetzten ihn in Trance.

»Gut, Butch. Sieh mich an. Lass mich deine Augen sehen.«

Butch hob schwer die Lider und schwankte, während er V ins Gesicht blickte.

Dann verspannte er sich. Die Pupille in Vs rechtem Auge dehnte sich aus, bis da nur noch Schwärze war. Nichts Weißes mehr. Keine Iris. Was zum …

»Ganz locker, Butch. Mach dir keine Sorgen. Schau nur einfach in mich rein. Komm schon. Schau in mein Inneres, Butch. Fühl meine Hand auf deiner Brust. Sehr gut … und jetzt will ich, dass du dich in mich fallen lässt. Lass los. Lass dich … in … mich … fallen …«

Butch konzentrierte sich auf die Schwärze und spürte wieder die Hand über seinem Herzen. Aus dem Augenwinkel sah er die leuchtende Hand auf sich zukommen, doch er war viel zu weggetreten, um Angst zu haben. Er taumelte auf eine herrliche, sanfte Art mitten durch die Luft und fiel in Vishous hinein …

Tauchte in eine Leere ein …

In die Dunkelheit …

Mr X wachte auf und tastete seine Brust nach den Schusswunden ab. Zu seiner Zufriedenheit heilten sie schnell, aber trotzdem hatte er noch nicht annähernd seine normale Kraft zurückgewonnen.

Vorsichtig hob er den Kopf an und sah sich um. Was einst das gemütliche Heim einer Familie gewesen war, hatte sich, seit die Gesellschaft der *Lesser* das Haus nutzte, in kahle vier Wände mit verschlissenem Teppich und welken Vorhängen verwandelt.

Van kam aus der leeren Küche hereinspaziert und blieb abrupt stehen. »Sie sind ja wach. Meine Güte, ich hatte schon gedacht, ich müsste ein Loch im Garten graben.«

Mr X hustete leicht. »Bringen Sie mir meinen Laptop.«

Als Van gehorchte, hievte sich Mr X hoch, so dass er sich an der Wand abstützen konnte. Er öffnete ein Dokument mit dem Namen »Arbeitsnotizen«. Dann scrollte er zur Überschrift »Juli« herunter und überflog seine neun Monate alten Eintragungen. Es gab eine für jeden Tag aus der Zeit, in der er zum ersten Mal Haupt-*Lesser* geworden war.

Während er suchte, merkte er, dass Van neben ihm wartete.

»Wir haben eine neue Aufgabe, Sie und ich«, sagte Mr X geistesabwesend.

»Ach ja?«

»Dieser Mensch, den wir letzte Nacht gesehen haben. Wir werden ihn finden.« X verweilte kurz bei den Aufzeichnungen für den siebzehnten Juli, doch sie waren nicht, was er suchte. »Wir werden diesen Menschen finden und ihn beseitigen. Finden und beseitigen.«

Der Kerl musste sterben, damit Mr Xs Fehler nachträglich korrigiert wurde, und Omega nie erfuhr, dass sein trojanischer Mensch nicht von den Brüdern getötet worden war.

Der eigentliche Mord müsste allerdings von einem anderen *Lesser* durchgeführt werden. Nach dem gestrigen Showdown sollte Mr X sich aus dem Gefahrenbereich halten. Er konnte nicht noch einmal eine so ernsthafte Verletzung riskieren.

Juli ... Juli ... vielleicht irrte er sich im Monat, aber er hätte schwören können, dass um die Zeit ein Cop, der dem Menschen ähnelte, in der Caldwell Martial Arts Academy, dem ehemaligen Hauptquartier der Gesellschaft, aufgetaucht war – genau. Gewissenhafte Aufzeichnungen waren ja so hilfreich. Genau wie die Tatsache, dass er damals darauf bestanden hatte, sich die Polizeimarke zeigen zu lassen.

Laut sagte Mr X: »Er heißt Butch O'Neal. Polizeimarke Nummero acht fünf zwei. Wohnsitz früher in den Cornwell Apartments, aber er ist sicher umgezogen. Geboren im Bostoner Frauenkrankenhaus, Eltern ein gewisser Edward und eine Odell O'Neal.« Mr X verzog seinen Mund zu einem Lächeln. »Um was wollen wir wetten, dass seine Eltern immer noch in Boston leben?«

11

Regen fiel auf Butchs Gesicht. War er draußen? Ganz offensichtlich. Mannomann, er musste nach einer Sauftour umgekippt sein. Denn er lag flach auf dem Rücken, und in seinem Kopf war nur Matsch, und schon allein die Vorstellung, seine Augen zu öffnen, war viel zu anstrengend.

Wahrscheinlich sollte er am besten einfach hier liegen bleiben und abwarten. Genau ... einfach eine Mütze voll Schlaf ...

Nur, dass dieser Regen wirklich nervtötend war. Das Zeug kitzelte, wenn es auf seine Wangen traf und ihm den Hals hinunterrann. Er hob einen Arm, um das Gesicht abzuschirmen.

»Er kommt zu sich.«

Wessen tiefe Stimme war das? Vs – genau, und V war ... sein Mitbewohner? Oder so was in der Art. Richtig, Mitbewohner. Er mochte V sehr.

»Butch?« Jetzt erklang eine Frauenstimme. Die Stimme einer sehr ängstlichen Frau. »Butch, kannst du mich hören?«

O, er kannte sie. Das war die Liebe seines Lebens. *Marissa.*

Mühsam öffnete er die Lider, aber er war nicht ganz sicher, was Wirklichkeit war, und was sein schriller Trip. Bis er das Gesicht seiner Frau entdeckte.

Marissa beugte sich über ihn, und sein Kopf lag in ihrem Schoß. Es waren ihre Tränen, die auf sein Gesicht fielen. Und V hockte direkt neben ihr, die Lippen über seinem Ziegenbärtchen zu einem dünnen, besorgten Strich gepresst.

Butch wollte etwas sagen, aber da war etwas in seinem Mund. Als er danach schlug, um es loszuwerden, wollte Marissa ihm helfen.

»Noch nicht«, sagte V. »Ich glaube, da kommen noch ein paar.«

Ein paar was?

Aus heiterem Himmel hörte er das Geraschel von Füßen.

Er hob den Kopf ein wenig an und stellte überrascht fest, dass er selbst die Geräusche machte. Seine Schuhe hopsten auf und ab, und er konnte zusehen, wie die Krämpfe durch seine Beine nach oben fuhren. Er wollte sich dagegen wehren, doch der Anfall bemächtigte sich seiner, fuhr ihm in Hüften und Oberkörper, ließ seine Arme flattern und seinen Rücken auf den Boden knallen.

Er ritt die Welle so gut er konnte, klammerte sich, so lange es ging, an seinem Bewusstsein fest.

Als er wieder zurückkam, war er benommen.

»Dieser hat nicht so lange gedauert«, befand Marissa und strich ihm das Haar glatt. »Butch, kannst du mich hören?«

Er nickte und versuchte, den Arm zu heben. Aber da starteten seine Füße schon wieder die Fred-Astaire-Nummer.

Noch drei Runden mit dem Anfall-Karussell, dann wurde ihm endlich der Gürtel aus dem Mund genommen. Als er zu sprechen versuchte, wurde ihm erst bewusst, wie irrsinnig betrunken er war. Sein Gehirn kam nur stotternd in Gang, so blau war er. Nur – Moment mal. Er konnte sich gar nicht daran erinnern, sich über den Scotch hergemacht zu haben.

»Marissa«, murmelte er und nahm ihre Hand. »Du solltest nicht so viel trinken.« Nee, das war jetzt nicht ganz richtig rübergekommen. »Äh ... vor *nicht so viel trinken* ... ich.«

Egal. Wahnsinn, stand er neben sich.

V lächelte schwach, aber es war das falsche Lächeln eines Arztes gegenüber einem Patienten, der sich gleich übergeben muss. »Er bräuchte jetzt was mit viel Zucker. Rhage, hast du zufällig einen Lolli dabei?«

Butch drehte den Kopf zur Seite, als ein unverschämt gut aussehender Blonder sich vor ihn hinkniete. »Dich kenne ich«, sagte Butch. »Hallo ... Kumpel.«

»Hallo, mein Junge.« Rhage zog einen Tootsie-Pop-Lutscher aus seiner Sweatertasche, wickelte ihn aus und steckte ihn Butch in den Mund.

Butch stöhnte. Wow, das war das Beste, was er je im Leben geschmeckt hatte. Traube. Süß. Aaaahhhh ...

»Bekommt er wieder einen Anfall?«, fragte Marissa.

»Ich glaube, es schmeckt ihm«, murmelte Rhage. »Stimmt's, Bulle?«

Butch nickte und verlor beinahe seinen Lolli, deshalb hielt Rhage ihn am Stiel fest.

O Mann, sie waren so gut zu ihm. Marissa strich ihm über die Haare und hielt seine Hand. Vs Hand lag schwer auf seinem Bein. Rhage passte auf, dass der Lolli da blieb, wo er hingehörte ...

Aus heiterem Himmel kehrten sein logisches Denkvermögen und sein Kurzzeitgedächtnis auf einen Schlag zurück, als würde man ihm das Gehirn zurück in den Schädel stopfen. Er war nicht betrunken. Die Regression. Die Ahnenregression. Vs Hand auf seiner Brust. Die Schwärze.

»Was ist dabei rausgekommen?«, fragte er panisch. »V ... was hast du herausgefunden?«

Alle um ihn herum atmeten auf, und jemand murmelte: *Gott sei Dank, er ist wirklich wieder da.*

In diesem Augenblick tauchten zwei Stahlkappenstiefel von rechts auf. Butchs Augen saugten sich daran fest, dann wanderten sie höher, erkannten zwei in Leder gehüllte Beine und einen riesigen Körper.

Wrath ragte über ihnen allen auf.

Der König setzte seine Panoramasonnenbrille ab und enthüllte hell leuchtende blassgrüne Augen. Da sie keine Pupillen zu haben schienen, war es, wie von einem 12 000-Watt-Scheinwerfer beschienen zu werden.

Wrath grinste breit, seine Fänge blitzten weiß. »Wie geht's, wie steht's – *Cousin.*«

Butch war baff. »Wie bitte?«

»Du hast was von mir in dir, Bulle.« Wraths Grinsen blieb auf seinem Gesicht hängen, als er die Brille wieder anzog. »Ich habe natürlich immer gewusst, dass du was Besonderes bist. Hatte allerdings keine Ahnung, dass es über ›besonders nervig‹ hinausgeht.«

»Ist das dein Ernst?«

Wrath nickte bestätigend. »Du stammst aus meiner Linie, Butch. Einer von meiner Sippe.«

Als Butchs Brustkorb sich zusammenzog, machte er sich auf einen weiteren Anfall gefasst. Wie alle anderen: Rhage nahm ihm den Lolli aus dem Mund und griff nach dem Gürtel. Marissa und V hielten den Atem an. Doch was dann kam, war ein brüllendes Gelächter. Eine absurde, zwerchfellerschütternde, vollkommen alberne Welle der Hysterie.

Butch lachte und lachte und küsste Marissas Hand. Dann lachte er weiter.

Marissa spürte die Zufriedenheit und die Aufregung durch Butchs Körper summen, als er losließ. Doch sie konnte in seine hörbare Freude nicht einstimmen.

Woraufhin auch ihm das Lächeln verging. »Baby, es wird schon gut gehen.«

Vishous stand auf. »Wir sollten euch beide mal kurz allein lassen.«

»Danke«, sagte sie.

Als die Brüder alle weg waren, setzte sich Butch auf. »Das ist unsere große Chance.«

»Wenn ich dich darum bäte, würdest du dann auf die Transition verzichten?«

Er erstarrte. Als hätte sie ihn wieder geohrfeigt. »Aber Marissa ...«

»Würdest du?«

»Warum willst du mich denn nicht bei dir haben?«

»Das will ich ja. Und ich würde jederzeit unsere unmittelbare Zukunft einer hypothetischen Chance auf irgendwelche Jahrhunderte vorziehen. Kannst du das denn nicht verstehen?«

Er stieß hörbar den Atem aus und biss die Zähne zusammen. »Ich liebe dich doch.«

Okay, das hieß wohl, dass er ihre Logik nicht so umwerfend fand. »Butch, wenn ich darum bäte, würdest du darauf verzichten?«

Als er nicht reagierte, legte sie die Hand vor die Augen, obwohl sie keine Tränen mehr übrig hatte.

»Ich liebe dich«, wiederholte er. »Also, ja ... wenn du mich darum bätest, würde ich es nicht tun.«

Sie senkte die Hand wieder und schluchzte leise auf. »Schwöre es. Jetzt sofort.«

»Bei meiner Mutter.«

»Danke ...« Sie zog ihn in die Arme. »Gütige Jungfrau ... danke. Und für das Nähren finden wir eine Lösung. Mary und Rhage haben es geschafft. Ich will nur – Butch, wir werden eine gute Zukunft haben.«

Sie schwiegen eine Weile, saßen einfach nur still auf dem

Boden. Dann sagte er plötzlich ohne Überleitung: »Ich habe drei Brüder und eine Schwester.«

»Was?«

»Ich habe noch nie mit dir über meine Familie gesprochen. Ich habe drei Brüder und eine Schwester. Eigentlich hatte ich zwei Schwestern, aber wir haben eine verloren.«

»O.« Sie lehnt sich zurück. In was für einem merkwürdigen Tonfall er jetzt sprach.

»Meine früheste Kindheitserinnerung ist die, als meine Schwester Joyce als Neugeborene aus dem Krankenhaus kam. Ich wollte sie mir ansehen und rannte zu ihrer Wiege, aber mein Vater schubste mich beiseite, damit mein älterer Bruder und meine Schwester sie sehen konnten. Während ich gegen die Wand prallte, hob mein Vater meinen Bruder hoch, damit er das Baby anfassen konnte. Ich werde nie die Stimme meines Vaters vergessen …« Butchs Akzent veränderte sich, die Vokale wurden ganz flach. »*Das ist deine neue Schwester, Teddy. Du wirst sie lieben und auf sie aufpassen.* Ich dachte: Und was ist mit mir? Ich würde sie auch gerne lieben und auf sie aufpassen. Ich sagte, *Pa, ich möchte auch helfen.* Er sah mich nicht einmal an.«

Marissa merkte plötzlich, dass sie Butchs Hand so fest drückte, als wollte sie ihm die Knochen brechen. Doch er schien es überhaupt nicht zu bemerken. Und sie konnte den Griff einfach nicht lockern.

»Danach«, fuhr er fort, »begann ich, meine Eltern zu beobachten; zu beobachten, wie unterschiedlich sie mit den anderen Kindern umgingen. Hauptsächlich freitags und samstags. Mein Vater trank gern, und wenn er dann etwas zum Abreagieren brauchte, dann war ich meist dran.« Als Marissa scharf die Luft einsog, schüttelte Butch vollkommen teilnahmslos den Kopf. »Nein, ist schon in Ordnung. Es war gut. Dank ihm kann ich heute ordentlich was einstecken, und glaub mir, das kam mir schon diverse Male ziemlich gelegen.

Eines Tages jedenfalls, an einem vierten Juli ... damals war ich fast zwölf ...« Er rieb sich den Kiefer. »Also, es war der vierte Juli, und wir machten bei meinem Onkel in Cape Cod einen auf Familienfest. Mein Bruder klaute ein paar Biere aus der Kühlbox, und er und seine Kumpels gingen hinter die Garage und machten sie auf. Ich versteckte mich in den Büschen, weil ich auch eingeladen werden wollte. Du weißt schon, ich hoffte, mein Bruder würde ...« Er räusperte sich. »Als mein Vater kam, um nach ihnen zu suchen, rannten die anderen Jungs weg, und mein Bruder machte sich beinahe in die Hose. Mein Vater hat nur gelacht. Sagte zu Teddy, er dürfte es bloß nie meiner Mutter erzählen. Dann sah Dad mich im Gebüsch hocken. Er kam auf mich zu, zerrte mich am Kragen hoch und verpasste mir mit dem Handrücken einen so heftigen Schlag, dass ich Blut spuckte.«

Verbissen lächelte Butch und gab unwillkürlich den Blick auf die unebene Kante seines Vorderzahns frei.

»Er erklärte mir, das sei dafür, dass ich ein Schnüffler und eine Petze sei. Ich schwor ihm, ich hätte nur zugesehen, ich würde es niemandem erzählen. Aber er knallte mir noch eine und nannte mich einen Perversen. Mein Bruder – mein Bruder sah einfach nur zu. Sagte kein Wort. Und als ich später mit meiner aufgeplatzten Lippe und dem abgeschlagenen Zahn an meiner Mutter vorbeikam, drückte sie nur meine kleine Schwester Joyce fester an sich und drehte den Kopf weg.« Langsam schüttelte er den Kopf. »Ich ging ins Badezimmer und wusch mich, dann ging ich in das Zimmer, in dem ich schlafen sollte. Gott war mir scheißegal, aber ich kniete mich hin, legte meine Hände aneinander und betete wie ein guter Katholik. Ich flehte Gott an, dass dies nicht meine Familie war. *Bitte,* lass das nicht meine Familie sein. *Bitte,* lass es einen anderen Ort geben, an den ich gehen kann ...«

Sie hatte das Gefühl, er merkte gar nicht, dass er ins

Präsens gerutscht war. Oder, dass er das goldene Kreuz an seinem Hals umklammert hielt, als hinge sein Leben davon ab.

Seine Lippen verzogen sich zu einem schiefen Lächeln. »Aber Gott muss gemerkt haben, dass ich mir im Hinblick auf ihn nicht so ganz sicher war, denn daraus wurde nichts. Im folgenden Herbst dann wurde meine Schwester Janie ermordet.« Als Marissa leise keuchte, deutete er auf seinen Rücken. »Daher das Tattoo auf meinem Rücken. Ich zähle die Jahre, seit sie weg ist. Ich war der Letzte, der sie lebend gesehen hat, bevor sie zu diesen Jungs ins Auto stieg, die sie hinter unserer Schule ... schändeten.«

»Butch, es tut mir so ...«

»Nein, lass mich mir das von der Seele reden, okay? Es ist wie ein Güterzug, jetzt wo er sich einmal bewegt, kann man ihn nicht stoppen.« Er ließ das Kreuz wieder fallen und fuhr sich mit der Hand durch das Haar. »Nachdem sie Janies Leiche gefunden hatten, fasste mein Vater mich nie wieder an. Kam nicht mal mehr in meine Nähe. Sah mich nicht an. Sprach auch nicht mit mir. Meine Mutter drehte kurz darauf durch, und sie steckten sie in eine geschlossene Anstalt. Ungefähr um die Zeit fing ich an zu trinken. Trieb mich auf der Straße rum. Probierte Drogen aus. Geriet in Prügeleien. Die Familie schleppte sich irgendwie weiter. Die Veränderung meines Vaters allerdings habe ich nie begriffen. Jahrelang schlägt er mich und dann – passiert nichts mehr.«

»Ich bin froh, dass er aufgehört hat, dich zu schlagen.«

»Für mich machte es keinen Unterschied. Darauf zu warten, eine geknallt zu kriegen, war genauso schlimm, wie tatsächlich versohlt zu werden. Und nicht zu wissen, warum ... Aber am Ende habe ich es herausbekommen. Auf dem Junggesellenabschied meines ältesten Bruders. Ich war damals ungefähr zwanzig und wohnte schon in Caldwell, weil ich meine Stelle bei der hiesigen Polizei angetreten hatte. Wie dem auch sei, ich war wegen der Party nach Boston gefahren. Wir waren alle in einem Haus mit einer Menge Stripperinnen versammelt. Mein Vater gab sich mit Bier richtig die Kante, ich sniefte Koks und schüttete mir Scotch rein. Die Party ging zu Ende, und ich war völlig jenseits von Gut und Böse. Ich hatte ziemlich viel Koks intus. Mannomann, in der Nacht war ich so was von draufgeschickt. Also, Dad ging, er sollte von irgendjemandem im Auto mitgenommen werden. Und ganz plötzlich musste ich mit dem Scheißkerl reden.

Ich lief ihm bis auf die Straße nach, aber er hat mich einfach ignoriert. Also habe ich ihn einfach vor allen Gästen am Kragen gepackt und hochgehoben. Ich war nicht mehr zurechnungsfähig. Und dann ging ich auf ihn los, sagte ihm, was für ein beschissener Vater er mir gewesen sei; wie überrascht ich war, als er aufhörte mich zu verprügeln, weil es ihm doch immer so viel Spaß gemacht habe. Ich brüllte immer weiter, bis mir mein alter Herr plötzlich direkt in die Augen blickte. Da wurde ich stocksteif. In seinen Augen lag der totale Horror. Er hatte Angst vor mir. Dann sagte er: *Ich habe dich in Ruhe gelassen, damit du nicht noch mehr meiner Kinder umbringst.* Und ich fragte: Wovon zum Teufel sprichst du? Da fängt er an zu heulen und faselt: *Du wusstest, dass sie mein Liebling war. Das wusstest du, und deshalb hast du sie zu den Jungs in das Auto geschickt. Du wusstest genau, was passieren würde.*« Noch immer schien Butch fassungslos. »Mann, alle haben es gehört. Die ganzen besoffenen Besucher. Mein ältester Bruder auch. Mein Vater dachte tatsächlich, ich hätte meine Schwester umbringen lassen, um mich an ihm zu rächen.«

Marissa versuchte, ihn zu umarmen, aber er entzog sich ihr. »Ich fahre nicht mehr nach Hause. Nie mehr. Mein letzter Stand der Dinge ist, dass meine Eltern jedes Jahr eine Zeit lang in Florida sind, den Rest des Jahres aber immer noch in unserem Haus verbringen. Dass zum Beispiel das Baby meiner Schwester Joyce gerade getauft wurde, weiß ich nur, weil ihr Mann mich angerufen hat, weil er wohl ein schlechtes Gewissen hatte.

Also, Marissa, so sieht es bei mir aus. Mein gesamtes Leben lang hat mir etwas gefehlt. Immer schon war ich anders als die anderen Leute, nicht nur in meiner Familie, auch bei den Cops. Ich passte nie richtig irgendwo rein – bis ich die Bruderschaft getroffen habe. Bis ich deinesgleichen kennenlernte, und jetzt weiß ich auch, warum. Ich war ein Fremder unter den Menschen.« Jetzt fluchte er leise. »Ich wollte die Wandlung nicht nur deinet-, sondern auch meinetwegen. Weil ich dachte, dass ich dann … der sein könnte, der ich eigentlich sein soll. Mein ganzes Leben lang habe ich am Rand gelebt. Ich wollte einfach gerne wissen, wie es mittendrin ist.«

Mit einer kraftvollen Bewegung kam er auf die Füße. »Deshalb will ich … wollte ich das tun. Es ging nicht nur um dich.«

Dann ging er zu einem Fenster und schob den blassblauen Samtvorhang davor zur Seite. Der Schein einer Schreibtischlampe fiel auf sein Gesicht, seine muskulösen Schultern, die massige Brust, während er in die Nacht starrte. Und auf das goldene Kreuz, das über seinem Herzen hing.

Welche Sehnsucht ihn quälte, als er so aus dem Fenster sah. Eine Sehnsucht, die seine Augen fast zum Glühen brachte.

Sie dachte an die Nacht, als sie von Rehvenge getrunken hatte. Er war so traurig, so verletzt, so gelähmt gewesen.

Er zuckte die Achseln. »Aber, weißt du, manchmal bekommt man eben einfach nicht, was man will. Also arrangiert man sich damit und macht weiter.« Er drehte sich zu ihr um. »Wie ich schon sagte, wenn du es nicht willst, werde ich es nicht tun.«

12

Butch wandte den Blick von Marissa ab und schaute wieder in die Dunkelheit. Vor dem pechschwarzen Hintergrund der Nacht sah er Bilder seiner Familie, Schnappschüsse, die seine Augen zum Brennen brachten. Du großer Gott, nie zuvor hatte er die ganze Geschichte in Worte gefasst. Und er war fest davon überzeugt gewesen, dass er das niemals tun würde.

Kein besonders schöner Anblick, das Ganze.

Was ein weiterer Grund dafür war, dass er durch die Transition hatte gehen wollen. Er hätte einen zweiten Versuch gut gebrauchen können. Die Wandlung wäre doch wie eine Neugeburt gewesen, oder? Ein neuer Anfang, durch den er ein anderer sein konnte, ein ... besserer Mann. Und außerdem gereinigt. Eine Art Taufe durch das Blut.

Verdammt, wie sehr er danach hungerte, die Vergangenheit hinter sich zu lassen: Seine Kindheit, die Dinge, die er als Erwachsener getan hatte, den ganzen Mist mit Omega und den *Lessern*.

Und er war so nah dran gewesen. »Ja, äh, ich sage nur schnell Wrath und den anderen Bescheid, dass wir nicht …«

»Butch, ich …«

Er schnitt ihr das Wort ab, indem er zur Tür ging und diese öffnete. Seine Brust brannte, als er den König und V ansah. »Sorry, Freunde, es gibt eine kleine Änderung im Plan.«

»Was werdet ihr mit ihm machen?« Marissas Stimme war laut und schneidend.

Butch blickte über die Schulter. Ihre Miene war so finster, wie er sich fühlte.

»Also?«, fragte sie. »Was werdet ihr mit ihm machen?«

Wrath nickte V zu. »Vishous, dafür bist du zuständig.«

Vs Antwort war sachlich, und kam direkt auf den Punkt. Entsetzlich.

Scheiße, jeder Plan, der mit den Worten endete »Und dann beten wir« klang nicht gerade wie ein Trip nach Disneyland.

»Wo würdet ihr es tun?«, wollte sie wissen.

»Unten im Trainingszentrum«, erwiderte V. »Der Geräteraum hat einen separaten Erste-Hilfe-Bereich.«

Ein ausgedehntes Schweigen entstand, währenddessen Butch Marissa unverwandt ansah. Sie wollte doch wohl nicht …

»In Ordnung«, sagte sie. »Wann machen wir es?«

Butch fielen fast die Augen aus dem Kopf. »Baby …?«

Ihr Blick blieb auf V geheftet. »Wann?«

»Morgen Nacht. Seine Chancen sind höher, wenn er sich vorher von der Regression erholen kann.«

»Dann also morgen Nacht.« Marissa schlang die Arme um sich.

V nickte und wandte sich dann an Butch. »Ich könnte mir vorstellen, dass ihr beide heute ein bisschen für euch sein wollt. Ich schlafe im Haupthaus, dann seid ihr in der Höhle ungestört.«

Butch war so perplex, dass er überhaupt nichts mehr kapierte. »Marissa, bist du dir ganz ...«

»Ja, ich bin mir sicher. Und ich habe schreckliche Angst.« Sie schob sich an ihm vorbei zur Tür. »Und jetzt würde ich gern ins Pförtnerhaus gehen, wenn du nichts dagegen hast.«

Er schnappte sich sein Hemd und rannte ihr nach.

Im Gehen nahm er ihren Ellbogen – hatte dabei aber eher den Eindruck, als führte sie ihn.

In der Höhle angekommen, konnte Butch Marissas Stimmung nicht deuten. Sie war still, war aber über den Innenhof marschiert wie ein Soldat. Sie strahlte pure Kraft und Konzentration aus.

»Ich würde gern etwas trinken«, erklärte sie, als er die Tür hinter ihnen schloss.

»Gut.« Das wenigstens sollte er geregelt kriegen. Zumindest, falls sie irgendetwas außer Schnaps im Haus hatten.

Er ging in die Küche und zog die Kühlschranktür auf. Himmel, lauter Pizzakartons und Fast-Food-Tüten in unterschiedlich weit fortgeschrittenen Stadien der Verwesung. Senftütchen. Ein Schluck Milch, der inzwischen steinhart geronnen war. »Ich bin nicht sicher, was wir so anzubieten haben. Äh – Wasser?«

»Nein, ich möchte etwas *trinken.*«

Er sah sie über die Tür hinweg an. »Okay ... wenn du meinst. Wir haben Scotch und Wodka.«

»Dann probiere ich den Wodka.«

Während er ihr Grey Goose auf Eis eingoss, beobachtete er sie. Sie lief herum und nahm Vs Computer in Augenschein. Den Kickertisch. Den Plasmafernseher.

Dann ging er zu ihr und hätte sie am liebsten in die Arme genommen; gab ihr aber stattdessen nur das Glas.

Sie setzte es an, legte den Kopf in den Nacken und nahm einen ausgiebigen Schluck ... und hustete, bis ihr die Tränen kamen. Fürsorglich steuerte er sie zur Couch, dann setzte er sich neben sie.

»Marissa ...«

»Halt den Mund.«

Aaa-ha. Gehorsam verschränkte er die Finger ineinander, während sie weiter mit dem Wodka kämpfte. Als sie ungefähr einen Zentimeter geschafft hatte, stellte sie das Glas mit einer Grimasse auf dem Couchtisch ab.

Sie war so schnell, dass Butch überhaupt nicht wusste, wie ihm geschah. Im einen Moment betrachtete er seine fest ineinander verschränkten Finger. Im nächsten wurde er in die Polster gepresst, und sie saß rittlings auf ihm und ... o lieber Gott, ihre Zunge war in seinem Mund.

Sie fühlte sich so verdammt gut an, aber die Schwingungen zwischen ihnen stimmten nicht. All diese Verzweiflung, die Wut, die Furcht waren einfach nicht die passende Hintergrundmusik. Wenn sie weitermachten, würden sie sich noch weiter voneinander entfernen. Er schob sie von sich weg, obwohl sein Schwanz lautstark protestierte. »Marissa.«

»Ich will Sex.«

Er schloss die Augen. Herrgott, er doch auch. Die ganze Nacht. Aber nicht so.

Krampfhaft suchte er nach den richtigen Worten ... und als er die Lider wieder aufschlug, hatte sie ihren Rolli ausgezogen und mühte sich mit dem Verschluss eines BHs ab, der ihn total umhaute.

Sein Griff um ihre Taille wurde fester, als die Seidenkörbchen herabfielen und ihre Brustwarzen sich in der kühlen Luft aufrichteten. Gierig beugte er sich vor, um seine Lippen mit ihrer Haut in Berührung zu bringen, doch dann hielt er inne. So würde er sie nicht nehmen. Zwischen ihnen lag zu viel Härte in der Luft.

Er hielt ihre Hände fest, die auf dem Weg in seine Hose waren. »Marissa – nein.«

»Sag das nicht.«

Er setzte sich auf, um etwas Abstand zwischen ihre Körper zu bringen. »Ich liebe dich.«

»Dann lass mich weitermachen.«

Er schüttelte den Kopf. »Ich werde das nicht tun. Nicht so.«

Ungläubig starrte sie ihn an. Dann entriss sie ihm ihre Handgelenke und drehte den Kopf weg.

»Marissa, bitte.«

Unwillig schüttelte sie seine Hände ab. »Ich kann das nicht fassen. Unsere einzige gemeinsame Nacht – und du sagst *nein*.«

»Lass mich … bitte … lass mich dich einfach nur im Arm halten. Komm schon, Marissa.«

Sie rieb sich die Augen. Lachte traurig auf. »Es ist wohl mein Schicksal, als Jungfrau ins Grab zu steigen, oder? Klar, streng genommen bin ich keine mehr, aber …«

»Ich habe ja nicht gesagt, dass ich nicht mit dir zusammen sein will.« Mit Tränen in den Wimpern blinzelte sie ihn an. »Nur nicht mit all der Wut. Es würde alles vergiften. Ich möchte, dass es etwas ganz Besonderes wird.«

Na gut, dann klang das eben wie aus einem Aufklärungshandbuch für Schüler. Aber es war die Wahrheit.

»Baby, lass uns einfach in mein Schlafzimmer gehen und im Dunklen beieinanderliegen.« Er hielt ihr den Rolli hin, und sie drückte ihn sich vor die Brüste. »Und wenn wir die ganze Nacht nichts anderes machen als an die Decke zu starren, dann wären wir wenigstens zusammen. Und wenn etwas passiert, dann nicht aus Frust und Wut. Einverstanden?«

Sie wischte sich die beiden Tränen ab, die herabgefallen waren. Zog sich den Pulli über den Kopf. Betrachtete den Wodka, den sie zu trinken versucht hatte.

Er stand auf und bot ihr die Hand. »Komm mit.«

Nach langem Zögern legte sie ihre Finger in seine und ließ sich auf die Füße ziehen. Dann gingen sie zusammen ins Schlafzimmer. Als er die Tür schloss, wurde es stockfinster, also knipste er die kleine Lampe auf der Kommode an. Die schwache Birne glomm wie Glut in einem Kamin.

»Komm her.« Er zog sie zum Bett, legte sie hin und ließ sich dann neben ihr auf der Matratze nieder, so dass er auf der Seite lag und sie auf dem Rücken.

Zärtlich strich er einige ihrer Haarsträhnen auf dem Kissen glatt, woraufhin sie die Augen schloss und mit einem Schauer einatmete. Nach und nach löste sich die Spannung aus ihrem Körper.

»Du hast recht. Das wäre nicht gut gelaufen.«

»Es liegt ja nicht daran, dass ich dich nicht wollte.« Als er sie auf die Schulter küsste, drehte sie das Gesicht zu seiner Hand herum und presste ihre Lippen in die Innenfläche.

»Hast du Angst?«, fragte sie. »Wegen dem, was morgen passieren wird?«

»Nein.« Sorgen machte er sich nur um sie. Er wollte nicht, dass sie ihn sterben sah. Betete, dass es nicht dazu käme.

»Butch, was ist mit deiner menschlichen Familie? Möchtest du, dass sie informiert werden, falls du ...«

»Nein, es gibt keinen Anlass, ihnen irgendetwas mitzuteilen. Und sag so was nicht. Ich komme schon durch.« *Bitte, lieber Gott, lass sie nicht mit ansehen, wie ich sterbe.*

»Aber es kann ihnen doch nicht egal sein?« Als er nickte, wurde ihr Blick traurig. »Du solltest von deinem eigenen Blut betrauert werden.«

»Das werde ich. Von der Bruderschaft.« Ihre Augen füllten sich mit Tränen, und er küsste sie. »Und jetzt kein Wort mehr von Trauer. Das steht nicht auf dem Programm. Denk einfach nicht daran.«

»Aber ich ...«

»Sch-sch. Darüber wollen wir nicht reden. Du und ich bleiben einfach nur hier liegen.«

Er legte seinen Kopf neben ihren und strich ihr weiter mit den Fingern durch das wunderschöne blonde Haar. Als ihre Atmung tief und gleichmäßig wurde, rutschte er noch etwas näher, drückte sie an seine nackte Brust und schloss die Augen. Er musste ebenfalls eingeschlafen sein, denn ein Weilchen später wurde er wach. Auf die bestmögliche Art und Weise.

Er küsste ihren Hals, und seine Hand wanderte an ihrer Seite nach oben, auf der Suche nach ihrer Brust. Ein Bein hatte er über ihres gelegt, und seine Erektion drückte gegen ihre Hüfte. Leise fluchend rückte er von ihr ab, doch sie folgte ihm, bis sie halb auf ihm lag.

Ihre Augen öffneten sich. »O ...«

Seine Hände fanden ihr Gesicht und strichen das Haar zurück. Sie sahen sich in die Augen.

Träge hob er den Kopf vom Kissen und küsste sie sanft auf den Mund. Einmal. Zweimal. Noch einmal.

»Passiert etwas?«, wisperte sie.

»Ja, ich glaube, es passiert etwas.«

Er zog sie zu einem weiteren Kuss dicht an sich, dann drang er mit der Zunge in sie ein, streichelte damit ihre. Gleichzeitig nahmen ihre Körper einen gemeinsamen Rhythmus auf, ahmten den Geschlechtsakt nach, seine Hüften bewegten sich vor und zurück, ihre nahmen ihn auf, rieben sich an ihm.

Es bestand kein Grund zur Eile, und er nahm sich alle Zeit der Welt, zog sie Stück für Stück aus. Als sie nackt war, legte er sie zurück aufs Bett und betrachtete ihren Körper.

O Jesus. All diese weibliche Haut. Ihre vollkommenen Brüste, die Nippel steil nach oben gerichtet. Ihre Geheimnisse. Und das Beste von allem war ihr Gesicht: Darauf lag keine Furcht, nur erotische Vorfreude.

Was bedeutete, sie würden das hier vollenden. Wenn auch nur ein Hauch von Zweifel in ihren Augen zu entdecken gewesen wäre, hätte er ihr einfach nur Lust bereitet und es dabei belassen. Aber sie wollte dasselbe wie er, und er war sicher, dass sie dieses Mal keinen Schmerz dabei empfinden würde.

Butch stand auf und streifte seine Schuhe ab. Mit großen Augen beobachtete sie, wie seine Hände den Knopf am Hosenbund öffneten, dann den Reißverschluss herunterzogen. Die Unterhose fiel gleichzeitig mit der Hose zu Boden, und seine Erektion stand waagerecht von seinem Körper ab. Rasch bedeckte er sich mit der Hand, klappte seinen Schwanz zum Bauch hoch, um sie nicht zu entmutigen.

Doch als er sich hinlegte, presste sie sich fest an ihn.

»O mein Gott«, hauchte er, als Haut auf Haut traf.

»Du bist so sehr nackt«, flüsterte sie an seiner Schulter.

Er musste lächeln. »Du auch.«

Dann fuhr sie mit den Händen an seinen Seiten auf und ab, und er spürte die Hitze in sich auf Kernschmelztemperatur ansteigen, besonders, als sie eine Hand zwischen ihre Körper schob, und ihre Finger einen südlichen Kurs aufnahmen. In dem Moment, da sie seinen Bauch erreichte, pochte seine Erektion in dem verzweifelten Verlangen, berührt zu werden, gestreichelt zu werden, geknetet zu werden, bis sie explodierte.

Doch er hielt ihr Handgelenk fest und zog sie von sich weg. »Marissa, ich möchte dich um eines bitte.«

»Was denn?«

»Überlass dieses Mal mir, okay? Es soll jetzt nur um dich gehen.« Noch ehe sie protestieren konnte, bedeckte er ihren Mund mit seinem.

Butch behandelte sie mit solch liebevoller Aufmerksamkeit, dachte Marissa. Und solcher Beherrschung. Jede Berührung war sanft und zart, jeder Kuss bedächtig, ohne Hast. Selbst wenn seine Zunge in ihrem Mund und seine Hand zwischen ihren Beinen war, und sie fast durchdrehte bei seinen Liebkosungen, dann hatte er sich unter Kontrolle.

Daher zuckte sie weder noch zögerte sie, als er sich auf sie rollte und sein Knie ihre Oberschenkel spreizte. Sie war bereit, ihn in sich aufzunehmen. Das erkannte sie an dem feuchten Gefühl, als er sie berührt hatte. Erkannte es auch an ihrem Hunger nach seinem Geschlecht.

Er verlagerte sein Gewicht so auf ihr, dass es bequem war, dieser herrliche harte Teil von ihm brannte in ihrer Mitte, als er sie streifte. Dann wölbten sich seine Schultern. Er legte seine Hand zwischen ihre Körper, und seine Spitze fand die Schwelle zu ihrem Inneren.

Butch stützte sich auf seine kräftigen Arme auf und blickte hinab in ihre Augen, während er diesen sanft schaukelnden Rhythmus begann, an den sie sich noch so gut erinnern konnte. Sie lockerte sich, so gut sie es vermochte, obwohl sie nun doch etwas nervös wurde.

»Du bist so schön«, keuchte er. »Alles in Ordnung?«

Sie strich ihm über die Rippen, spürte die Knochen unter seiner Haut. »Ja.«

Druck und Rückzug, Druck und Rückzug, jedes Mal ein wenig tiefer. Mit geschlossenen Augen überließ sie sich dem Gefühl seines Körpers auf ihr, in ihr. Dieses Mal empfand sie die Dehnung, das Nachgeben ihres Inneren, die Fülle als köstlich, nicht als Furcht einflößend. Instinktiv bog sie den Rücken durch. Als ihre Hüften wieder nach unten sanken, nahm sie wahr, dass ihre Becken sich berührt hatten.

Sie hob den Kopf und sah nach unten. Er war jetzt ganz in ihr.

»Wie fühlt sich das an?« Butchs Stimme war brüchig, seine Muskeln flatterten unter schweißüberströmter Haut. Und dann lief ein Zucken durch seine Erektion.

Ein Schauer der Lust blitzte tief in ihrem Inneren auf, und sie stöhnte. »Gütige Jungfrau im Schleier – mach das noch mal. Ich kann dich spüren, wenn du das machst.«

»Ich habe noch eine bessere Idee.«

Als er seine Hüften zurückzog, packte sie seine Schultern, um ihn in sich festzuhalten. »Nein, nicht aufhören ...«

Da stieß er wieder vor, zurück in ihren Körper, füllte sie erneut aus. Marissas Augen traten fast hervor, und sie erbebte, besonders, als er weitermachte, vor und zurück, vor und zurück.

»Ja«, seufzte sie. »Besser. Das ist noch viel besser.«

Sie betrachtete ihn, während er sie so vorsichtig ritt, die Brustmuskeln und Arme hart angespannt, die Bauchmuskeln in Wellen gekräuselt, wann immer seine Hüften in sie hineindrängten und wieder nachließen.

»O, Butch.« Sein Anblick, seine Gegenwart. Sie machte die Augen wieder zu, um sich auf jedes noch so winzige Detail konzentrieren zu können.

Nie hätte sie gedacht, dass Sex so erotisch sein würde, so erotisch klingen würde.

Mit geschlossenen Lidern hörte sie sein Keuchen, das leise Quietschen des Bettes, das Rascheln der Laken, wenn er sein Gewicht erneut verlagerte.

Mit jedem Stoßen und Ziehen wurde sie heißer. Genau wie er. Schon glühte seine feuchte Haut wie im Fieber und sein Atem ging stoßweise.

»Marissa?«

»Mhm«, machte sie.

Da spürte sie seine Hand zwischen ihren Leibern. »Komm für mich, Baby. Ich möchte spüren, wie du kommst.«

Seine Berührung war feucht und ungeniert, während er gleichzeitig weiter langsam zustieß. Innerhalb von Sekunden ballte sich ein Blitz in ihrem Kern zusammen und zerbarst, zuckte durch sie hindurch und fuhr ihr bis in die Fingerspitzen. Der Orgasmus verschmolz ihren Körper in einer Abfolge von Kontraktionen fest mit seinem.

»O ja«, krächzte er heiser. »Halt mich fest. So mag ich es ... verdammt.«

Als sie endlich erschlaffte, schlug sie benommen die Augen auf und stellte fest, dass er sie ehrfürchtig – und besorgt betrachtete.

»War das gut für dich?«

»Wahnsinnig.« Die Erleichterung in seiner Miene ließ ihre Brust schmerzen. Und dann fiel ihr etwas ein. »Moment, was ist mit dir?«

Er schluckte heftig. »Ich würde gern in dir kommen.«

»Dann tu es.«

»Es wird nicht lange dauern«, stieß er hervor.

Als er erneut mit seinen Bewegungen begann, wurde sie ganz reglos, überließ sich einfach nur dem Gefühl.

»Baby?«, fragte er heiser. »Alles okay? Du bist so still.«

»Ich will wissen, wie es bei dir ist.«

»Himmlisch«, flüsterte er ihr ins Ohr. »Mit dir ist es himmlisch.«

Dann ließ er sich nach unten fallen, sein Körper lag hart und schwer auf ihr, als er sich auf ihr aufbäumte. Sie spreizte die Beine so weit sie nur konnte, ihr Kopf wurde von seinen Stößen ins Kissen gedrückt. Mein Gott, er war so stark.

Mit träger Zurückhaltung strich sie ihm über die gewölbten Schultern, dann die durchgebogene Wirbelsäule hinab bis zu der Stelle, an der er mit ihr vereinigt war. Sie wusste genau, wann es für ihn so weit war. Sein Rhythmus wurde drängender, die Abstände zwischen den Stößen dichter, das Tempo höher. Sein gesamter Körper wurde starr, hob und senkte sich kraftvoll, bis es kein Halten mehr gab.

Der Atem schoss ihm aus dem Mund und strich über ihre Schulter, der Schweiß perlte von seiner Haut auf ihre herab. Als seine Hand eine ihrer Haarsträhnen packte und sich zur

Faust ballte, spürte sie einen leichten Schmerz, doch das war ganz egal. Vor allem, da er gleichzeitig den Kopf hob und die Augen zukniff, als litte er köstliche Qualen.

Dann hörte er ganz auf zu atmen. Die Venen seitlich an seinem Hals traten hervor, als er den Kopf in den Nacken warf und ein Brüllen ausstieß. Tief in sich spürte sie seine Erektion wild zucken, eine heiße Flüssigkeit ergoss sich in Wellen, die seinen ganzen Körper schüttelten, in sie hinein.

Dann sank er auf ihr zusammen, nass, erhitzt, keuchend. Sämtliche Muskeln zitterten.

Sie schlang ihre Arme und Beine um ihn und presste ihn an sich, hielt ihn ganz fest.

Wie schön er war, dachte sie. Wie schön ... das alles war.

13

Marissa erwachte vom Geräusch der Rollläden, die sich für die Nacht öffneten und von Händen, die ihr über den Bauch, die Brüste, den Hals strichen. Sie lag auf der Seite, Butch dicht von hinten an sie gedrängt ... und er bewegte sich in einem erotischen Rhythmus.

Seine Erektion war heiß und forschend, bohrte sich in die Falte in ihrem Gesäß, wollte herein. Sie legte den Arm nach hinten und grub ihre Finger in seine Seite, drängte ihn weiter, und er gehorchte. Wortlos rollte er sich auf ihren Rücken, wodurch sie mit dem Gesicht nach vorn ins Kissen gepresst wurde. Sie schob es beiseite, damit sie atmen konnte, während er mit den Knien ihre Beine spreizte.

Sie stöhnte. Was ihn offensichtlich aufweckte.

Er schrak zurück. »Marissa ... ich ... äh, das wollte ich nicht ...«

Doch als er sich weiter zurückzog, schob sie sich auf die Knie, um den Kontakt zwischen ihren Körpern aufrechtzuerhalten. »Nicht aufhören.«

Kurze Zeit sagte er nichts. Dann: »Du musst wund sein.«
»Überhaupt nicht. Komm zurück, bitte.«

Seine Stimme kratzte und knirschte. »Ich hatte so gehofft, dass du es noch mal machen wolltest. Und ich bin ganz vorsichtig, versprochen.«

Dieser raue Klang war einfach wunderbar am frühen Abend.

Mit seiner breiten Hand strich er ihr über den Rücken, dann streifte sein Mund flüchtig ihre Hüfte, ihr Steißbein, die Haut ihres Hinterns.

»Du siehst wunderbar aus. Ich möchte dich genau so haben.«

Ihre Augen öffneten sich fragend. »Geht das denn?«

»O ja. Ich werde tiefer drin sein. Möchtest du es probieren?«

»Ja ...«

Er zog ihre Hüften noch weiter nach oben, bis ihr Gewicht auf allen vieren ruhte. Das Bett knarrte unter ihnen. Als er sich hinter ihr aufbaute, blickte sie zwischen ihren Beinen hindurch. Alles, was sie sah, waren seine breiten Oberschenkel, seine schweren, herabhängenden Hoden und seine aufgerichtete Erektion. Sie wurde wahnsinnig feucht, als ahnte ihr Körper ganz genau, was jetzt käme.

Dann brachte er seine Brust sanft auf ihren Rücken herab, eine seiner Hände tauchte neben ihrem Kopf auf und ballte sich auf der Matratze zur Faust. Sein Unterarm spannte sich an, und die Venen darin wurden dicker, als er sich zur Seite lehnte und die Spitze seiner Erektion an die zarte Haut zwischen ihren Beinen führte. Neckisch streifte er mit Vor- und Rückwärtsbewegungen die Außenseite ihres Geschlechts, und sie wusste, er betrachtete es dabei.

Seinem Zittern nach zu urteilen, gefiel ihm, was er sah.

»Marissa ... ich möchte ...« Mit einem geflüsterten Fluch unterbrach er sich selbst.

»Was denn?« Sie drehte sich ein bisschen seitlich, um ihn über die Schulter ansehen zu können.

In seinen Augen lag dieser feste, durchdringende Glanz, den er offenbar immer hatte, wenn er es ernst meinte mit dem Sex. Aber zusätzlich war da noch etwas anderes, ein brennendes Begehren, das nichts mit ihren Körpern zu tun hatte. Anstatt sich zu erklären, stützte er auch die andere Hand auf dem Bett ab und stieß seine Hüften fest nach vorn, ohne in sie einzudringen. Mit einem Keuchen ließ sie den Kopf fallen und beobachtete, wie sein Penis durch ihre Beine geschossen kam. Die Spitze kam fast bis zu ihrem Bauchnabel.

Jetzt wusste sie, warum er so gerne zusah. Weil – ja, weil auch sie den Anblick seiner Erregung faszinierend fand.

»Was wolltest du sagen?«, stöhnte sie.

»Süße …« Sein Atem blies ihr heiß über den Nacken, die Stimme hallte dunkel und fordernd in ihrem Ohr. »Ach, Mist, ich kann dich das so nicht fragen.«

Er legte den Mund auf ihre Schulter, die Zähne drückten sich in ihre Haut. Sie schrie leise auf, und ihre Ellbogen gaben nach, doch er fing sie auf, bevor sie auf die Matratze fallen konnte, und hielt sie mit einem Arm zwischen ihren Brüsten fest.

»Frag mich«, ächzte sie.

»Das würde ich ja … wenn ich hiermit nur aufhören könnte … o mein Gott …«

Er zog sich zurück, dann stieß er in sie hinein, genauso tief, wie er es angekündigt hatte. Bei dieser machtvollen Erschütterung bäumte sie sich auf und rief laut seinen Namen. Schon begann er wieder diesen Rhythmus, der sie völlig wild machte, aber noch war er sanft, seine Bewegungen nicht so kraftvoll, wie sie sein konnten, das spürte sie.

Sie liebte dieses Gefühl, dieses *Ausgefülltsein*, dieses Dehnen und Gleiten; da fiel ihr plötzlich wieder ein, dass schon in einer Stunde sein Körper einer furchtbaren Prozedur unterzogen würde.

Was, wenn dies ihr letztes Mal war?

Tränen quollen hervor. Benetzten ihre Wimpern. Verschleierten ihren Blick. Und als er ihr Kinn zu sich drehte, um sie zu küssen, sah er sie.

»Denk nicht daran«, flüsterte er an ihren Lippen. »Bleib einfach in diesem Moment ganz bei mir. Bleib ganz nah bei mir.« Sie musste sich diesen Augenblick einprägen, ihn bei ihr ...

Er zog sich heraus und drehte sie um, drang von vorne in sie ein, rieb seine Wange an ihr und bedeckte sie mit Küssen, während er immer weiter in sie stieß. Gleichzeitig erreichten sie ihren Höhepunkt, die Lust war so überwältigend, dass sein Kopf kraftlos nach vorn fiel, als könnte er ihn nicht länger oben halten.

Danach rollte er sich auf die Seite und zog sie an seine Brust. Während sie dem Pochen seines Herzens lauschte, betete sie inständig, dass es so stark war, wie es klang.

»Was wolltest du vorhin sagen?«, wisperte sie.

»Willst du meine Frau werden?«

Sie hob den Kopf. Seine haselnussbraunen Augen blickten todernst, und sie hatte das Gefühl, er stellte sich dieselbe Frage wie sie: Warum hatten sie sich nicht schon früher vereinigt?

Ein einziges Wort kam mit einem Seufzen über ihre Lippen: »Ja.«

Sanft küsste er sie. »Ich möchte das auf beide Arten machen. Auf eure Weise und in einer katholischen Kirche. Wäre das für dich in Ordnung?«

Sie berührte das Kreuz an seinem Hals. »Ja, sehr.«

»Ich wünschte, wir hätten Zeit für ...«

Der Wecker piepte los. Mit einem ärgerlichen Schlag brachte er ihn zum Schweigen.

»Wir müssen wohl aufstehen«, sagte sie und rückte ein wenig von ihm ab.

Weit kam sie nicht. Er zog sie zurück auf die Matratze, klemmte sie mit seinem Körper fest und ließ die Hand zwischen ihre Beine gleiten.

»Butch ...«

Er küsste sie auf den Mund und raunte dann: »Noch einmal für dich. Noch einmal, Marissa.«

Seine gleitenden, begnadeten Finger ließen sie geradezu zerfließen, ihre Haut und ihre Knochen verschmolzen mit ihm, als sein Mund sich ihren Brüsten zuwandte. Als er einen Nippel zwischen die Lippen nahm und mit einem Finger in sie eindrang, verlor sie die Beherrschung, ihr Gesicht rötete sich, sie keuchte, bäumte sich ihm entgegen, völlig entrückt.

Eine drängende, elektrisierte Spannung baute sich in ihr auf und entlud sich in einem heftigen Ausbruch. Mit liebevoller Aufmerksamkeit half er ihr, den Orgasmus auszukosten, bis sie wie ein flacher Stein auf dem Wasser sprang, die Oberfläche der Wollust leicht berührend und dann wieder hochfliegend, nur um erneut zu landen und abzuprallen.

Und die gesamte Zeit schwebte er über ihr und beobachtete sie mit einem Blick, der sie den Rest ihres Lebens verfolgen würde.

Er würde heute Nacht sterben. Sie wusste es mit absoluter Gewissheit.

John saß allein in dem leeren Klassenzimmer ganz hinten auf seinem Stammplatz in der Ecke. Das Training begann üblicherweise um vier, aber Zsadist hatte eine Rundmail geschickt, dass der Unterricht heute drei Stunden später losgehen würde. Was okay war. So war John mehr Zeit geblieben, Wrath in Action zu beobachten.

Als der Zeiger sich langsam der Sieben näherte, trudelten langsam die anderen Schüler ein. Blaylock kam als Letzter. Er bewegte sich immer noch langsam, aber inzwischen unterhielt er sich wieder lockerer mit den anderen Jungs, als gewöhnte er sich allmählich an sein neues Selbst. Dann setzte er sich in die erste Reihe, bemüht, seine langen Beine unterzubringen.

Unvermittelt fiel John auf, dass jemand fehlte. Wo war Lash? O je – was, wenn er gestorben war? Aber nein, das hätte man ihm doch längst erzählt.

Ganz vorne lachte Blaylock einem der anderen zu, dann beugte er sich vor, um seinen Rucksack auf dem Fußboden abzustellen. Als er wieder hochkam, begegnete sein Blick dem von Johns quer durch den Raum.

John errötete und wandte den Kopf ab.

»Hey, John«, rief Blaylock ihm zu. »Möchtest du dich zu mir setzen?«

Die ganze Klasse verstummte. John sah auf.

»Von hier aus hat man einen besseren Blick.« Blaylock deutete mit dem Kopf auf die Tafel.

Ohne zu wissen, was er sonst tun sollte, schnappte sich John seine Bücher, marschierte nach vor und ließ sich auf dem leeren Stuhl nieder. Sobald er saß, ging die Unterhaltung wieder weiter, Hefte wurden auf Tischen abgelegt, Papier raschelte.

Die Uhr an der Wand tickte, es war jetzt Punkt sieben. Da von Zsadist immer noch nichts zu sehen war, wurde das Gerede lauter, und die Jungen wurden ausgelassener.

John malte Kreise auf eine leere Seite seines Blocks, er fühlte sich irrsinnig unwohl und fragte sich, was zum Teufel er hier vorne sollte. Vielleicht wollte man ihm einen Streich spielen? Mist, er hätte hinten bleiben ...

»Danke«, sagte Blaylock leise. »Dass du mich gestern unterstützt hast.«

Wow. Vielleicht war das ja doch keine Falle.

Verstohlen schob John ihm seinen Block hin, damit Blaylock ihn auch sehen konnte. Dann schrieb er: *So weit wollte ich nicht gehen.*

»Das weiß ich. Und du wirst es auch nicht wieder tun müssen. Ich komme schon mit ihm klar.«

John beäugte seinen Klassenkameraden. *Davon gehe ich aus,* schrieb er.

Links von ihnen stimmte einer der Jungen die Melodie von *Raumschiff Enterprise* an, aus welchem Grund auch immer. Weitere fielen ein. Jemand gab eine William-Shatner-Parodie zum Besten: »Ich weiß auch nicht ... warum ich so ... sprechen muss, Spock ...«

Mitten in all dem Chaos drang das Donnern schwerer Stiefel vom Flur in den Raum. Als wäre dort draußen eine ganze Armee im Anmarsch. Mit gerunzelter Stirn blickte John auf und sah Wrath an der Tür vorbeistapfen. Dann kamen Butch und Marissa. Gefolgt von Vishous.

Warum wirken sie alle so verbissen?, fragte er sich.

Blaylock räusperte sich. »Also, John, hättest du Bock, heute nach dem Training ein bisschen mit mir und Qhuinn abzuhängen? Bei mir zu Hause. Ein paar Bier trinken. Nichts Großes.«

Blitzschnell wandte John den Kopf herum, und bemühte sich gleichzeitig, seine Überraschung zu verbergen. Wahnsinn. Zum ersten Mal hatte einer von ihnen ein Treffen nach dem Unterricht vorgeschlagen.

Klar, schrieb John, als Zsadist endlich eintrat und die Tür hinter sich zuzog.

Auf dem Polizeirevier von Caldwell lächelte Van Dean die Marke vor sich mit betont lässiger Miene an. »Ich bin ein alter Freund von Brian O'Neal.«

Commissioner José de la Cruz musterte ihn aus klugen braunen Augen. »Wie war Ihr Name noch mal?«

»Bob. Bobby O'Connor. Ich bin zusammen mit Brian in Boston aufgewachsen. Dann ist er weggezogen. Ich auch. Als ich kürzlich wieder zurück in den Osten kam, erzählte mir jemand, dass er als Bulle in Caldwell arbeitet, und da dachte ich mir, schau ich doch mal vorbei. Aber in der Telefonzentrale haben sie mir nur gesagt, dass hier kein Brian O'Neal arbeitet.«

»Was bringt Sie auf den Gedanken, dass sich die Antwort ändert, wenn Sie persönlich hier erscheinen?«

»Ich hatte gehofft, jemand könnte mir sagen, was mit ihm passiert ist. Seine Eltern habe ich auch schon angerufen. Sein Vater meinte, er hätte schon lange nicht mit Brian gesprochen, aber das letzte Mal wäre er noch bei der Polizei gewesen. Hören Sie, ich habe keine bösen Hintergedanken, ich will nur ein paar Antworten.«

De la Cruz nahm einen langen Schluck aus seinem schwarzen Kaffeebecher. »O'Neal wurde im Juli beurlaubt. Danach ist er nicht zur Truppe zurückgekehrt.«

»Das ist alles?«

»Warum geben Sie mir nicht Ihre Telefonnummer? Dann kann ich Sie anrufen, falls mir noch was einfällt.«

»Aber klar doch.« Van Dean zählte wahllos einige Ziffern auf, die de la Cruz notierte. »Danke, würde mich freuen, wenn Sie anrufen. Hey, Sie waren doch sein Partner, oder?«

Sein Gegenüber schüttelte den Kopf. »Nein, war ich nicht.«

»Ach so, nur weil der Typ in der Zentrale das behauptet hatte.«

De la Cruz nahm eine Akte von seinem überfüllten Schreibtisch und klappte sie auf. »Das wär's dann von meiner Seite.«

Van lächelte schief. »Aber sicher doch. Danke noch mal, Commissioner.«

Er war schon fast durch die Tür, als er de la Cruz sagen

hörte: »Übrigens ist mir durchaus bewusst, dass Sie nur Müll reden.«

»Wie bitte?«

»Wenn Sie wirklich ein Freund von ihm wären, dann hätten Sie nach Butch gefragt. Und jetzt schieben Sie Ihren Arsch hier raus und beten Sie, dass ich zu viel zu tun habe, um mich weiter mit Ihnen zu befassen.«

Verdammte Scheiße. Erwischt. »Namen ändern sich, Commissioner.«

»Dieser nicht. Bis dann, Bobby O'Connor. Oder wie auch immer Sie heißen.«

Van verließ die Wache. Er konnte froh sein, dass man fürs blöde Fragestellen nicht verhaftet werden konnte. Denn mit Sicherheit hätte dieser de la Cruz ihm liebend gern Handschellen angelegt.

Verdammt, die beiden waren also doch keine Partner gewesen. Van hatte in einem Zeitungsartikel etwas über sie gelesen. Aber es war sonnenklar, dass selbst, falls de la Cruz wusste, was aus Brian … Butch … wie auch immer O'Neal geworden war, der Kerl dennoch eine Sackgasse für Van war. Von dem würde er künftig null Komma null Informationen bekommen.

Eilig joggte Van durch den Schneeregen zum Wagen. Dank seiner Fleißarbeit hatte er eine relativ klare Vorstellung vom Verbleib O'Neals innerhalb der letzten neun Monate. Die letzte bekannte Adresse war eine Einzimmerwohnung in irgendeinem Mietbunker ein paar Blocks weiter gewesen. Der Hausmeister hatte erzählt, dass irgendwann der Briefkasten übergequollen sei und keine Miete mehr gezahlt wurde, woraufhin sie sich Zugang zur Wohnung verschafft hätten. Die Möbel und alle übrigen Einrichtungsgegenstände seien noch da gewesen, aber man habe deutlich erkennen können, dass schon eine Weile niemand mehr dort wohnte. Das bisschen Essen in der Küche sei vergammelt gewesen, Strom und Telefon wegen nicht bezahlter Rechnungen abgestellt. Es war, als wäre O'Neal eines Morgens wie immer aus der Tür gegangen ... und einfach nie zurückgekehrt.

Weil er in die Vampirwelt eingetreten war.

Musste ähnlich sein, wie der Gesellschaft der *Lesser* beizutreten, dachte Van, während er den Minivan anließ. Wenn man einmal drin war, wurden alle früheren Verbindungen gekappt. Und man kam nie zurück.

Nur, dass der Typ immer noch in Caldwell war.

Was bedeutete, dass O'Neal früher oder später dran glauben würde. Und Van wollte derjenige sein, der den Job erledigte. Es war höchste Zeit für einen Antrittsabschuss, und dieser Ex-Cop war genauso gut wie alles andere mit intaktem Herzschlag.

Genau wie Mr X gesagt hatte. *Finden. Beseitigen.*

Als Van an einer Ampel anhielt, kam ihm der Gedanke, dass ihn dieser Drang zu morden eigentlich beunruhigen sollte. Doch seit er in die Gesellschaft eingeführt worden war, schien etwas von seiner ... Menschlichkeit verloren gegangen zu sein. Und jeden Tag verflüchtigte sich mehr davon. Er vermisste seinen Bruder nicht einmal mehr.

Denn er spürte eine dunkle Macht in sich wachsen, die eben den Raum ausfüllte, den seine Seele bei ihrer Abreise hinterlassen hatte. Und jeden Tag wurde er noch ... mächtiger.

14

Butch stakste über die leuchtend blauen Matten der Turnhalle, sein Ziel war eine Stahltür am gegenüberliegenden Ende mit der Aufschrift GERÄTERAUM. Die ganze Zeit, während er hinter Wrath und V herlief, hielt er Marissas kalte Hand. Er wollte ihr so gern ein paar aufmunternde Worte sagen, aber sie war viel zu klug für den *Alles wird gut*-Blödsinn. Fazit war doch, dass keiner wusste, was passieren würde, und sie mit falschen Beteuerungen zu beruhigen, wäre bloß wie einen Scheinwerfer auf den freien Fall zu richten, den er gleich antreten würde.

V schloss die verstärkte Tür auf. Im Gänsemarsch liefen sie durch einen Dschungel von Trainingsausrüstung und Waffenschränken auf den abgetrennten Erste-Hilfe-Bereich zu. V ging voraus und machte das Licht an, die Neonröhren flackerten summend auf.

Das Zimmer sah aus wie eine Kulisse von Emergency Room, alles war weiß gefliest, hinter den Glastüren der Stahlschränke standen Fläschchen und Medikamente aufgereiht. In einer Ecke befanden sich ein Whirlpool und ein Massagetisch, daneben ein Defibrillator, aber nichts davon nahm Butch richtig wahr. Er war hauptsächlich an der Mitte des Raums interessiert, wo sich der Zauber abspielen würde: Wie auf einer Theaterbühne wartete dort eine fahrbare Liege, ein mobiler Untersuchungstisch, über dem ein Hightech-Kronleuchter hing. Und darunter befand sich – ein Abfluss im Fußboden.

Er versuchte, sich seinen eigenen Körper auf dem Tisch unter dem Leuchter vorzustellen. Und hatte das Gefühl, zu ertrinken.

Als Wrath die Tür schloss, sagte Marissa mit ausdrucksloser Stimme: »Wir hätten das bei Havers in der Klinik machen sollen.«

V schüttelte den Kopf. »Nimm das nicht persönlich, aber ich würde Butch nicht mal mit einem aufgeschürften Knie zu Havers bringen. Und je weniger Leute Bescheid wissen, desto besser.« Er ging zu der Liege und vergewisserte sich, dass die Bremse verankert war. »Außerdem bin ich ein super Mediziner. Butch, runter mit den Klamotten, lass uns anfangen.«

Butch zog sich bis auf die Unterhose aus und bekam sofort Gänsehaut am ganzen Körper. »Kann man an der Temperatur in diesem Kühlschrank noch was ändern?«

»Ja.« V ging zur Wand. »Für den Anfang wollen wir es warm haben. Aber danach werde ich die Klimaanlage volle Pulle aufdrehen, und du wirst mich dafür lieben.«

Brav ging Butch zu der Liege und legte sich hin. Von oben strömte zischend mollig warme Luft herab, und er streckte die Arme nach Marissa aus. Sie machte kurz die Augen zu, dann ging sie zu ihm, und er flüchtete sich in ihre Körperwärme, hielt sie fest umklammert. Ihre Tränen flossen langsam und still, und als er mit ihr zu sprechen versuchte, schüttelte sie den Kopf.

»Würdet ihr euch am heutigen Tag zu vereinigen wünschen?«

Alle Köpfe im Raum schnellten herum. Eine winzige Gestalt in einem schwarzen Umhang war aus dem Nichts in einer Ecke aufgetaucht. *Die Jungfrau der Schrift.*

Butchs Herz ging wie ein Presslufthammer. Er hatte sie erst einmal gesehen, bei Wrath und Beths Trauungszeremonie, und sie war jetzt, wie sie immer gewesen war: Eine Präsenz, die es gleichzeitig zu respektieren und zu fürchten galt, Fleisch gewordene Macht, eine Naturgewalt.

Dann erst registrierte er, was sie gefragt hatte. »Ich würde, ja … Marissa?«

Marissas Hände sanken herab, als wollte sie den Saum eines Kleides raffen, das sie nicht trug. Daraufhin ließ sie die Arme verlegen wieder sinken, machte aber trotzdem einen tiefen, anmutigen Knicks. Während sie in dieser Stellung verharrte, sagte sie: »Wenn es gestattet wäre, dann würde es uns über alle Maßen hinaus ehren, von Eurer Heiligkeit vereint zu werden.«

Die Jungfrau der Schrift trat vor, ihr tiefes Glucksen erfüllte den Raum. Als sie ihre leuchtende Hand auf Marissas geneigten Kopf legte, sagte sie: »Was für Umgangsformen, mein Kind. Deine Linie hatte immer vollendete Umgangsformen. Doch jetzt richte dich auf und erhebe deinen Blick zu mir.« Marissa beendete ihren Knicks und hob den Kopf. In diesem Moment hätte Butch schwören können, dass die Jungfrau der Schrift einen kleinen Seufzer ausstieß. »Wunderschön. Einfach wunderschön. Du bist von solch ausgesuchter Gestalt.«

Dann wandte sich die Jungfrau der Schrift an Butch. Obwohl ein blickdichter schwarzer Schleier vor ihrem Gesicht hing, verursachte ihr Blick ein warnendes Kribbeln auf seiner Haut, als stünde er genau in der Einflugschneise eines drohenden Blitzschlags.

»Wie ist deines Vaters Name, Mensch?«

»Eddie. Edward. O'Neal. Aber wenn es Ihnen nichts ausmacht, dann würde ich ihn heute lieber aus dem Spiel lassen, okay?«

Alle Anwesenden erstarrten, und V murmelte: »Schön vorsichtig mit den Anfragen hier, Bulle. *Sehr* vorsichtig.«

»Und woran liegt das, Mensch?«, erkundigte sich die Jungfrau der Schrift. Das Wort *Mensch* klang seiner Betonung nach eher wie *Ungeziefer.*

Butch zuckte die Achseln. »Er bedeutet mir nichts.«

»Sind Menschen immer so geringschätzig gegenüber ihren Ahnen?«

»Mein Vater und ich haben nichts miteinander zu tun, das ist alles.«

»Demzufolge bedeuten dir Blutsbande also wenig, richtig?«

Nein, dachte Butch und schielte zu Wrath. Blutsbande bedeuten mir *alles.*

Er blickte wieder die Jungfrau der Schrift an. »Haben Sie eine Vorstellung, wie erleichtert …«

Als Marissa leise ächzte, ging V dazwischen, schlug Butch die behandschuhte Hand auf den Mund, riss seinen Kopf zurück und zischte ihm ins Ohr: »Willst du hier gebraten werden wie ein Spiegelei, Kumpel? Keine Fragen …«

»Lass von ihm ab, Krieger«, befahl die Jungfrau der Schrift. »Ich wünsche, das zu hören.«

V löste seinen Griff. »Pass bloß auf.«

»Sorry wegen der Frage«, sagte Butch zu dem schwarzen Umhang. »Es ist nur … ich bin so froh, zu wissen, welches Blut wirklich in meinen Adern fließt. Und ganz ehrlich, wenn ich heute sterbe, dann bin ich dankbar, endlich herausgefunden zu haben, was ich bin.« Er nahm Marissas Hand. »Und wen ich liebe. Wenn das der Punkt ist, zu dem mein Leben mich all die verlorenen Jahre über geführt hat, dann würde ich sagen, meine Zeit hier war nicht vergeudet.«

Ein langes Schweigen entstand. Dann sagte die Jungfrau der Schrift: »Bereust du, deine menschliche Familie zurückzulassen?«

»Kein bisschen. Das hier ist meine Familie. Hier bei mir und auf dem restlichen Anwesen. Warum sollte ich etwas anderes brauchen?« Das allgemeine, unterdrückte Fluchen im Raum erinnerte ihn daran, dass ihm schon wieder eine Frage herausgerutscht war. »Äh, tut mir leid …«

Ein leises weibliches Lachen drang unter dem Umhang hervor. »Du bist recht furchtlos, Mensch.«

»Man könnte es auch *recht dumm* nennen.« Als Wrath die Kinnlade herunterklappte, rieb sich Butch das Gesicht. »Wissen Sie, ich gebe mir wirklich Mühe. Ehrlich. Sie wissen schon, Respekt zu zeigen.«

»Deine Hand, Mensch.«

Er bot ihr die Linke, die Freie.

»Handfläche nach oben«, bellte Wrath.

»Sag mir, Mensch«, fragte die Jungfrau der Schrift. »Wenn ich dich um die Hand bäte, mit der du diese Frau hältst, würdest du sie mir reichen?«

»Ja. Dann würde ich sie einfach mit der anderen festhalten.« Wieder hörte man das leise Lachen, woraufhin er sagte: »Wissen Sie, es klingt wie Vogelzwitschern, wenn Sie dieses Geräusch machen. Das ist hübsch.«

Links von ihm ließ Vishous den Kopf in die Hände sinken.

Wieder sagte lange niemand etwas.

Dann holte Butch tief Luft. »Ich schätze mal, so was darf ich nicht sagen.«

Die Jungfrau der Schrift hob langsam die Kapuze von ihrem Gesicht.

Du … lieber Himmel … Butch quetschte Marissas Hand beim Anblick dessen, was enthüllt wurde.

»Sie sind ein Engel«, flüsterte er.

Vollkommene Lippen verzogen sich zu einem Lächeln. »Nein. Ich bin ich selbst.«

»Sie sind schön.«

»Das weiß ich.« Jetzt wurde ihre Stimme wieder gebieterisch. »Deine rechte Handfläche, Butch O'Neal, Nachkomme des Wrath, Sohn des Wrath.«

Butch wechselte die Hand, die Marissa festhielt, und streckte den Arm aus. Als die Jungfrau der Schrift ihn berührte, zuckte er zusammen. Auch wenn seine Knochen nicht knackten, fühlte er die ihr innewohnende Kraft. Sie könnte ihn zermalmen, wenn ihr der Sinn danach stünde, daran bestand kein Zweifel.

Nun wandte sich die Jungfrau der Schrift an Marissa. »Kind, gib mir auch deine Hand.«

Sobald die Verbindung hergestellt war, durchspülte ein warmer Strom Butchs Körper. Zuerst glaubte er, es läge an der Heizung, die jetzt bis zum Anschlag aufgedreht war, aber dann stellte er fest, dass die Hitze unter seiner Haut floss.

»Ah, ja. Das ist eine sehr gute Verbindung«, erklärte die Jungfrau der Schrift. »Und ihr habt meine Erlaubnis, eure gesamte Lebenszeit miteinander vereint zu bleiben.« Sie ließ die Hände sinken und sah Wrath an. »Er wurde mir vorgeführt, dieser Teil ist hiermit beendet. Sollte er überleben, wirst du die Zeremonie fortsetzen, sobald er ausreichend genesen ist.«

Der König neigte den Kopf. »So sei es.«

Dann wandte sich die Jungfrau der Schrift wieder Butch zu. »Nun werden wir sehen, wie stark du bist.«

»Moment noch«, sagte Butch, da ihm die *Glymera* einfiel. »Marissa hat jetzt einen Partner, richtig? Ich meine, selbst wenn ich sterben sollte, dann hatte sie einen offiziellen Gefährten, oder?«

»Todessehnsucht«, murmelte V unterdrückt. »Unser Kleiner hier hat eine verdammte Todessehnsucht.«

Die Jungfrau der Schrift wirkte vollkommen fassungslos. »Ich sollte dich jetzt töten.«

»Verzeihen Sie, aber das ist wirklich von Bedeutung. Ich will nicht, dass sie unter diese Bannungs-Regelung fällt. Ich möchte, dass sie meine Witwe ist, damit sie sich keine Sorgen darum machen muss, von einem anderen kontrolliert zu werden.«

»Mensch, du bist *erstaunlich* arrogant«, fauchte die Jungfrau der Schrift. Doch dann lächelte sie. »Und nicht im Mindesten reumütig, wie ich sehe.«

»Ich wollte nicht unhöflich sein, ich schwöre es. Ich brauche nur die Gewissheit, dass es ihr gut gehen wird, selbst wenn mir etwas zustößt.«

»Hast du dich mit ihrem Körper vereinigt? Hast du sie genommen, wie ein Mann es tut?«

»Ja.« Als Marissa leuchtend rot anlief, verbarg Butch ihr Gesicht an seiner Schulter. »Und es war ... Sie wissen schon, mit Liebe.«

Als er Marissa etwas Tröstliches ins Ohr flüsterte, schien die Jungfrau der Schrift gerührt, ihre Stimme wurde beinahe gütig. »Dann wird sie deine Witwe sein, so wie du es sagst, und daher nicht den Bestimmungen für unvereinigte Frauen unterworfen.«

Erleichtert seufzte Butch auf und streichelte Marissas Rücken. »Gott sei Dank.«

»Weißt du, Mensch, wenn du dir ein paar Manieren aneignen würdest, könnte ich dir sehr gewogen sein.«

»Wenn ich verspreche, daran zu arbeiten – helfen Sie mir dann, das hier zu überleben?«

Der Kopf der Jungfrau der Schrift fiel ihr in den Nacken, als sie schallend loslachte. »Nein, ich werde dir nicht helfen. Aber ich stelle fest, dass ich dir alles Gute wünsche, Mensch.

Alles Gute, wahrlich.« Unvermittelt funkelte sie Wrath an, der lächelte und den Kopf schüttelte. »Glaube nicht, dass solche Freiheiten von der Etikette auch für andere gelten, die mich aufsuchen.«

Wrath unterdrückte sein Lächeln. »Ich weiß wohl, was sich geziemt, wie auch meine Brüder.«

»Gut.« Die Kapuze wurde ohne Zuhilfenahme der Hände wieder über den Kopf gezogen. Unmittelbar, bevor ihr Gesicht bedeckt wurde, sagte sie noch: »Ihr werdet die Königin in diesen Raum bringen, bevor ihr beginnt.«

Und damit verschwand die Jungfrau der Schrift.

Vishous pfiff durch die Zähne und wischte sich die Stirn mit dem Unterarm ab. »Mannomann, Butch, du hast so was von Schwein, dass sie dich mag.«

Wrath klappte sein Handy auf und wählte. »Scheiße, ich dachte schon, wir verlieren dich, bevor es überhaupt losgeht – Beth? Hallo, *Lielan*, könntest du bitte rüberkommen?«

In der Zwischenzeit rollte Vishous ein Edelstahlwägelchen zu einem der Schränke. Als er anfing, Dinge in steriler Verpackung darauf zu stapeln, streckte Butch sich auf der Liege aus.

Er sah Marissa an. »Wenn irgendwas schiefläuft, dann warte ich im Schleier auf dich«, sagte er. Nicht, weil er das glaubte, sondern weil er sie beruhigen wollte.

Sie beugte sich zu ihm herunter und küsste ihn, dann ließ sie ihre Wange an seine gelehnt, bis V sich hinter ihr höflich räusperte. Marissa trat zurück und murmelte etwas in der Alten Sprache, einen weichen Strom verzweifelter Worte, ein Gebet, das mehr Hauch als Stimme war.

Jetzt rollte V das Wägelchen neben die Liege und ging zu Butchs Füßen. Er hatte etwas in der Hand, zeigte ihm aber nicht, was es war, sondern hielt den Arm immer außer Sicht. Es gab ein metallisches Klirren, und das hintere Ende der

Liege neigte sich nach oben. In der Hitze des Raums spürte Butch, wie ihm das Blut in den Kopf strömte.

»Bist du bereit?«, fragte V.

Butch starrte Marissa an. »Alles geht plötzlich so schnell.«

Dann ging die Tür auf, und Beth kam herein. Sie flüsterte ein Hallo und stellte sich dann zu Wrath, der seinen Arm um sie legte und sie an sich zog.

Wieder an Marissa gewandt, deren Gebete immer schneller wurden, bis sie nur mehr ein undeutliches Gemurmel waren, sagte er: »Ich liebe dich.« Dann zu V: »Fang an.«

Vishous hob die Hand. Darin lag ein Skalpell, und schneller als Butch ihm mit den Augen folgen konnte, schnitt er mit der Klinge tief in eines seiner Handgelenke. Zweimal. Blut quoll hervor, ein helles, glitzerndes Rot, und ihm wurde übel, als er es über seinen Arm rinnen sah.

Dieselben beiden brennenden Schnitte wurden auch in sein anderes Handgelenk gemacht.

»Du lieber Himmel.« Durch seinen rasenden Herzschlag floss sein Blut noch schneller.

Heftige Furcht überfiel ihn, und er musste den Mund öffnen, um noch Luft zu bekommen.

Aus der Ferne hörte er Stimmen, aber er konnte sie nicht zuordnen. Und der Raum schien zurückzuweichen. Während die Realität sich verzerrte und verdrehte, heftete er den Blick auf Marissas Gesicht, auf die hellblauen Augen und das weißblonde Haar. Er hielt sich daran fest.

Er tat sein Bestes, um die Panik herunterzuschlucken, um ihr keine Angst zu machen. »Ist schon okay«, sagte er. »Ist okay, ist okay. Ich bin okay …«

Jemand griff nach seinen Knöcheln, und er zuckte überrascht zurück – aber es war nur Wrath. Und der König hielt ihn fest, als Vishous die Liege noch stärker neigte, damit das Blut noch schneller aus ihm herausfließen konnte. Dann kam V zu ihm herum und legte seine Arme sanft über die Kante, so dass sie nach unten hingen. Näher am Abfluss.

»V?«, fragte Butch. »Geh nicht weg, ja?«

»Niemals.« Mit einer Geste, die so zärtlich war, dass sie für einen Mann völlig unangebracht schien, strich er ihm das Haar aus der Stirn.

Irgendwie wurde alles jäh beängstigend. Aus einem Überlebensreflex heraus begann Butch sich zu wehren, doch V lehnte sich von oben auf seine Schultern und hielt ihn fest.

»Ganz ruhig, Bulle. Wir sind alle bei dir. Entspann dich, wenn es geht.«

Die Zeit dehnte sich aus. Zeit ... die Zeit verging doch, oder? Leute sprachen mit ihm, aber Marissas brüchige Stimme war alles, was er wirklich hörte ... obwohl er nicht wusste, was sie sagte, weil sie immer noch betete.

Er hob den Kopf und sah nach unten, aber er konnte seine Handgelenke nicht mehr sehen, um sich zu überzeugen, was da ...

Urplötzlich begann er unkontrolliert zu zittern. »Mir ist k-k-kalt.«

V nickte. »Ich weiß. Beth, dreh bitte die Heizung höher.«

Hilflos blickte Butch zu Marissa. »Mir wird immer kälter.«

Sie unterbrach den Strom ihrer Gebete. »Kannst du meine Hand auf deinem Arm spüren?« Er nickte. »Fühlst du, wie warm sie ist? Gut. Stell dir vor, sie läge auf deinem ganzen Körper. Ich halte dich. Ich habe dich im Arm. Du liegst bei mir. Ich liege bei dir.«

Er lächelte. Das gefiel ihm.

Doch dann flatterten seine Augenlider, und ihr Bild flimmerte vor seinen Augen wie ein Kinofilm auf einem kaputten Projektor.

»Kalt ... mehr Heizung.« Seine Haut kribbelte, sein Magen fühlte sich an wie eine Bleikugel. Das Herz flatterte in seiner Brust statt zu schlagen.

»Kalt …« Seine Zähne klapperten so laut, dass er nichts anderes mehr hören konnte. »Liebe … dich …«

Marissa beobachtete, wie die Lache von Butchs hellrotem Blut sich um den Abfluss herum immer weiter ausdehnte, bis sie ihre Füße erreichte. O mein Gott, sämtliche Farbe war aus ihm gewichen, seine Haut war kalkweiß. Er schien nicht mehr zu atmen.

V kam mit einem Stethoskop an die Liege und hielt es auf Butchs Brust. »Er ist jetzt nah dran. Beth, komm her. Ich brauche dich.« Er gab der Königin das Stethoskop. »Lausche seinem Herzschlag. Du musst mir sofort Bescheid geben, wenn du länger als zehn Sekunden lang nichts hörst.« Er deutete auf die Uhr an der Wand. »Kontrollier das mit dem Sekundenzeiger. Marissa, du stellst dich hierhin und hältst unserem Jungen die Fußgelenke fest, klar? Wrath bekommt jetzt gleich was zu tun.«

Als sie zögerte, schüttelte V den Kopf. »Wir brauchen jemanden, der ihn auf der Liege festhält, und Wrath und ich müssen uns an die Arbeit machen. Du bist ja trotzdem bei ihm und kannst von dort hinten mit ihm sprechen.«

Also beugte sie sich zu Butch herunter, küsste ihn auf die Lippen und flüsterte ihm zu, dass sie ihn liebte. Dann übernahm sie Wraths Platz am Fußende, damit Butch nicht von der Liege auf den Fußboden rutschte.

»Butch?«, rief sie. »Ich bin hier, *Nallus*. Spürst du mich?« Sie drückte die kalte Haut über seinen Knöcheln. »Ich bin hier bei dir.«

Mit ruhiger Stimme sprach sie weiter zu ihm, obwohl sie schreckliche Angst vor dem hatte, was als Nächstes passieren würde. Besonders, als Vishous den Defibrillator dicht an die Liege schob.

»Bereit, Wrath?«, fragte der Bruder.

»Wo soll ich hin?«

»Direkt hier neben seine Brust.« Vishous nahm eine lange, dünne, sterile Packung und riss sie auf. Die Nadel darin war ungefähr fünfzehn Zentimeter lang und wirkte so dick wie ein Bleistift. »Wie sieht es mit dem Herzschlag aus, Beth?«

»Verlangsamt sich. Mein Gott, er ist so schwach.«

»Marissa? Ich möchte dich bitten, still zu sein, damit sie besser hören kann, in Ordnung?«

Marissa gehorchte und betete im Geiste weiter. In den folgenden Minuten erstarrten sie wie Figuren auf einem Gemälde um Butch herum. Das Einzige, was sich bewegte, war das Blut, das aus den tiefen Wunden an seinem Handgelenk tropfte und in den Abfluss rann. Das leise *gluck, gluck, gluck* machte Marissa schier wahnsinnig.

»Es schlägt noch«, wisperte Beth.

»Wir werden jetzt Folgendes machen«, erklärte Vishous und sah alle nacheinander an. »Wenn Beth mir das Signal gibt, bringe ich die Liege wieder in die Waagerechte. Während ich mit Wrath beschäftigt bin, müsst ihr zwei Butchs Handgelenke versiegeln. So schnell wie möglich, jede Sekunde zählt. Die Wunden müssen unbedingt geschlossen werden, kapiert?«

Die beiden Frauen nickten.

»Langsamer«, verkündete Beth. Ihre dunkelblauen Augen fixierten die Uhr an der Wand, und sie presste sich mit einer Hand den Ohrstöpsel des Stethoskops fester ins Ohr. »Langsamer ...«

Sekunden dehnten sich ins Unendliche aus, und Marissa schaltete auf Autopilot, vergrub ihre Angst und ihre Panik unter einer starken Konzentration.

Beth runzelte die Stirn. Beugte sich weiter herunter, als könnte das helfen. »Jetzt!«

V klappte die Liege herunter, und Marissa rannte zu Butchs linkem Handgelenk, während Beth sich neben das rechte kniete. Sie saugten an den Wunden, um sie zu schließen. Zeitgleich schob V die dicke Nadel direkt in Wraths Armbeuge.

»Zur Seite«, bellte V, als er die Nadel wieder aus der Vene des Königs zog.

Er wechselte seinen Griff um den Kolben, so dass er die Spritze nun in der Faust hielt, dann beugte er sich über Butch. Eilig tastete er das Brustbein mit den Fingerspitzen ab. Dann rammte er die Nadel geradewegs in Butchs Herz.

Marissa taumelte rückwärts, als er den Kolben herunterdrückte. Jemand fing sie auf. Wrath.

V zog die Spritze wieder heraus und warf sie auf den Tisch. Er nahm die Elektroden des Defibrillators in die Hand, dann hörte man das Anspringen der Maschine.

»Alle weg!«, rief V. Er klatschte die Metallplättchen auf Butchs Brustkorb.

Butchs Oberkörper zuckte heftig, und V legte seine Finger an seine Halsschlagader.

»Zur Seite!« Er wiederholte den Stromstoß.

Marissa sackte in Wraths Armen zusammen, als Vishous die Elektroden auf den Rollwagen schleuderte, Butch die Nase zuhielt und ihm zweimal in den Mund blies. Dann begann der Bruder mit einer Herzmassage. Er knurrte und fletschte die Fänge, als wäre er stocksauer auf Butch.

Dessen Haut allmählich eine graue Färbung annahm.

»... drei ... vier ... fünf ...«

Während V immer weiterzählte, riss sich Marissa los. »Butch? Butch ... geh nicht ... bleib bei uns. Bleib bei mir.«

»... neun ... zehn ...« V hob den Kopf, blies wieder zweimal in Butchs Mund und fühlte mit dem Finger den Puls an seinem Hals.

»Bitte, Butch«, flehte sie.

V nahm sich das Stethoskop. Tastete suchend herum. »Nichts. Verflucht!«

15

Zwei Minuten später rüttelte Marissa Vs Schultern, als der Bruder die Herz-Lungen-Wiederbelebung beendete. »Du kannst nicht aufhören!«

»Tue ich ja nicht. Gib mir deinen Arm.« Sie tat es, und Vishous schnitt ihr mit einer raschen Bewegung ins Handgelenk. »Auf seinen Mund. *Schnell.*«

Marissa rannte zu Butchs Kopf, drückte Lippen und Zähne auseinander und legte ihm den Schnitt genau über den Mund, während Vishous weiterhin den Brustkorb des Ex-Cops bearbeitete. Sie hielt den Atem an, betete, dass Butch zu trinken anfangen würde, hoffte, dass ein paar Tropfen von allein die Kehle hinunterfließen und ihm helfen würden.

Aber nein ... er war tot ... Butch war tot ... *Butch war tot –*

Jemand stöhnte. Sie. Ja, sie.

Vishous hielt inne und legte prüfend die Finger an Butchs Hals. Dann tastete er nach dem Stethoskop. Gerade positionierte er den Trichter, als Marissa glaubte, eine Bewegung in Butchs Brustkorb zu sehen. Oder vielleicht auch nicht.

»Butch?«, sagte sie.

»Ich habe was.« Vishous legte den Schalltrichter neu an. »Ja – ich habe was ...«

Butchs Rippen dehnten sich aus, als er durch die Nase einatmete. Dann bewegte sich sein Mund an ihrem Handgelenk.

Sie veränderte die Stellung ihres Armes, damit er besser über seine Lippen passte. »Butch?«

Jetzt blähte sich sein Brustkorb schon weiter auf, die Lippen rückten von ihrem Handgelenk ab, während er die Luft tief in seine Lungen saugte. Es gab eine Pause, dann einen weiteren Atemzug. Noch tiefer ...

»Butch? Kannst du ...«

Butchs Augen öffneten sich. Und sie spürte einen eiskalten Schauer.

In diesem Augenblick war er nicht der Mann, den sie liebte. In seinem Blick lag nichts, nur blanker Hunger.

Mit einem Brüllen packte er ihren Arm, sein Griff war so kräftig, dass ihr die Luft wegblieb. Es gab kein Entrinnen, er biss sich an ihr fest und trank in brutalen Zügen. Sich windend, zerfleischte er ihr das Handgelenk, die Augen starr, beinahe tierisch, während er durch die Nase atmete und ruckartig schluckte.

Durch den Schmerz hindurch empfand sie eine heftige, bittere Furcht.

Sag mir, dass du immer noch da drin bist, dachte sie. Sag mir, dass du noch bei uns bist ...

Es dauerte nicht lange, bis ihr schwindlig wurde.

»Er nimmt zu viel.« Vishous' Stimme hatte einen alarmierenden Tonfall.

Bevor sie noch reagieren konnte, nahm sie einen Duft im Raum wahr, einen dunklen ... ja, einen Bindungsduft. Er stammte eindeutig von Wrath. Nur warum sollte er den Drang verspüren, sein Revier hier und jetzt abzustecken?

Sie schwankte, und Vishous' harte Finger umschlossen ihren Oberarm. »Marissa, du bist fertig.«

Aber Butch war ausgehungert, wahnsinnig vor Gier. »Nein! Nein ...«

»Lass mich übernehmen.«

Marissas Kopf schnellte zu Beth herum – und dann zu Wrath. Er stand neben seiner *Shellan*, aggressive Gewalt in der Miene, der ganze Körper angespannt, als wollte er gleich gegen etwas oder jemanden kämpfen.

»Marissa? Gestattest du mir, ihn zu nähren?«, fragte Beth.

Marissa blickte die Königin an. Mein Gott, diese Worte, dieselben Worte, die damals im Juli gesprochen worden waren ... als Wraths Leben auf Messers Schneide stand, und Marissas Blut benötigt wurde.

»Lässt du mich, Marissa?«

Als sie benommen mit dem Kopf nickte, begann Wrath zu knurren, die Lippen entblößten seine verlängerten Fänge, die weiß und tödlich glitzerten.

O Gütige Jungfrau, das war eine höchst gefährliche Situation. Gebundene Vampire teilten ihre *Shellans* nicht. Niemals. Sie würden eher auf Leben und Tod kämpfen, als einen anderen Vampir auch nur in die Nähe ihrer Frauen zu lassen, wenn es ums Nähren ging.

Beth blickte zu ihrem *Hellren* empor. Doch noch bevor sie etwas sagen konnte, stieß Wrath aus: »V, beweg deinen Arsch hierher und halt mich fest.«

Vishous wünschte wirklich, Rhage wäre bei ihm, als er auf den König zuging.

Scheiße, das war keine gute Idee. Ein reinblütiger, gebundener männlicher Vampir sollte dabei zusehen, wie seine *Shellan* einen anderen nährte. Verdammter Mist, als die Jungfrau der Schrift vorgeschlagen hatte, Beth zu holen, hatte V vermutet, es ginge um zeremonielle Zwecke.

Nicht, dass sie ihr Blut zur Verfügung stellen sollte. Aber was blieb ihnen denn sonst übrig? Butch würde Marissa leer saugen und immer noch nicht genug haben, und eine andere Frau stand nicht zur Verfügung: Mary war immer noch ein Mensch, und Bella war schwanger.

Außerdem wären Rhage oder Z wohl kaum leichter in den Griff zu kriegen. Für Hollywoods innere Bestie bräuchten sie mindestens Elefanten-Tranquilizer, und für Z ... ach, *vergiss es.*

Beth streichelte ihrem *Hellren* über die Wange. »Vielleicht solltest du lieber nicht zuschauen.«

»Geh zu ihm. Sofort.« Er schob sie von sich weg, dann rammte er seinen Rücken gegen die Wand. »Vishous, du solltest mich besser jetzt festhalten. Sonst wird das hier noch unschön.«

Wraths gigantischer Körper erzitterte, seine Muskeln waren zum Zerreißen gespannt, die Augen leuchteten so wild, dass man sie durch die Sonnenbrille erkennen konnte.

Ohne weiteres Zögern warf sich V auf seinen König und traf auf unmittelbaren Widerstand. Lieber Gott, das würde ungefähr so spaßig werden, wie einen wütenden Bullen zu bändigen.

»Warum ... gehst du nicht raus?«, knurrte V, während er mühsam Wraths Körper zügelte.

»Müsste ... an ihnen vorbei ... zur Tür. Völlig ... ausgeschlossen.«

V drehte den Kopf herum und schielte zur Liege.

Mann, Marissa würde gleich umkippen, wenn sie sich nicht von Butch befreite. Und der Bulle würde auf keinen Fall zulassen, dass die Blutquelle sich von seinem Mund entfernte.

»Beth!«, stieß V atemlos hervor, während er mit Wrath rang. »Halt ihm die Nase zu. Ganz fest zuhalten und die Stirn nach unten drücken. Sonst lässt er sie nie los.«

Als Beth Butchs Nase packte, stieß der Ex-Cop ein unmenschliches Geräusch aus, als wüsste er, was jetzt kommen würde. Und sein Oberkörper schnellte hoch, bereit jeden anzufallen, der ihm seine Nahrung wegnehmen wollte.

Gütige Jungfrau, lass ihn nicht Beth angreifen, dachte V. Wrath war so aufgepeitscht, dass er den Kerl umbringen würde. *Bitte ...*

Die Frauen machten einfach alles richtig. Marissa riss ihr Handgelenk weg und schlug Butch auf die Schultern, drückte ihn mit aller Gewalt nach unten und hielt ihn fest, während Beth ihr Handgelenk an seinen Mund anlegte. Als er die frische Ader schmeckte, schmatzte Butch wie ein Baby und stöhnte vor Entzücken.

Woraufhin Wrath natürlich fast durch die Decke ging.

Der König machte einen Satz auf die Liege zu, Vishous hinter sich herschleifend.

»Marissa!« V rutschte an Wrath herunter, so dass er ihm wie eine Schärpe um die Taille hing. »Ich brauche Hilfe!«

Sie warf einen Blick auf Wrath – und sie war gut. Verdammt, die Frau war gut.

Unübersehbar wollte sie lieber an Butchs Seite bleiben. Trotzdem war sie wie der Blitz bei ihm und rammte ihren Körper in das Knäuel aus Vishous und Wrath, das sich eben zu entwirren drohte. Unter der Wucht des Aufpralls taumelte der König rückwärts, und V konnte seinen Griff erneuern. Zwar war jetzt sein Kopf in einem unangenehmen Winkel verdreht, aber seine Arme lagen genau richtig: Einer von hinten um Wraths Hals geschlungen, der andere um die Hüfte. Nur so aus Spaß schob er außerdem noch ein Bein zwischen Wraths Unterschenkeln durch, so dass der erst mal stolpern würde, falls er loszustürmen versuchte.

Wie auf Kommando tat Marissa es ihm gleich; sie wickelte ein Bein um Wraths herum und presste ihm einen Arm von vorn gegen die Brust.

Ach du Scheiße. Sie blutete heftig aus dem Handgelenk.

»Marissa ... schieb deinen Arm näher zu mir ...« Vishous keuchte, die Muskeln bis zum Zerreißen angespannt. »Marissa ...«

Sie schien ihn nicht zu hören. War zu beschäftigt damit, die Geschehnisse auf der Liege zu beobachten.

»Marissa ... du verblutest. Halt dein Handgelenk tiefer.«

Sie verlagerte ihren Ellbogen, und der Unterarm sank herab, obwohl sie immer noch nicht auf sich selbst konzentriert war.

Bis V seine Lippen auf ihre Haut legte. Dann schnappte sie nach Luft und senkte den Kopf.

Ihre Blicke trafen sich. Marissas Augen waren weit aufgerissen.

»Nur, damit du aufhörst zu bluten«, sagte er an ihrem Handgelenk.

Als Butch ein Geräusch machte, wandte sie sich ihm wieder zu.

Und plötzlich blieb für V die Zeit stehen, trotz der Last, die er zurückzuhalten hatte. Unverwandt betrachtete er Marissas perfektes Profil, während er ihr schlimm zerbissenes Handgelenk ableckte, die Wunden versiegelte, den Schmerz linderte, den Heilungsprozess anstieß. Getrieben von etwas, das er nicht benennen wollte, fuhr er wieder und wieder mit der Zunge über ihre Haut, schmeckte ihr Blut und ... Butchs Mund.

Vishous dehnte das Lecken länger aus, als er musste. Und beim letzten Mal, da er wusste, dass er aufhören musste, weil er die Grenze schon überschritten hatte ... da er wusste, er würde die Kontrolle über Wrath verlieren, wenn er nicht aufpasste ... beim letzten Mal sah er Butch an. Und formte die Lippen zu einem Kuss.

Er hatte das merkwürdige Gefühl, dass er sich von seinem Mitbewohner verabschiedete.

Butch erwachte in einem Strudel. Einem Whirlpool. Einem ... Mixer.

In seinem Körper war ein Toben, etwas, das jeden einzelnen Muskel zur Kontraktion brachte. Er ... trank etwas. Etwas so Gutes, dass es ihm Tränen in die Augen trieb ... es war dickflüssig und wunderbar angenehm auf der Zunge, wie ein schwerer, dunkler Wein. Wieder und wieder schluckte er und dachte benommen, dass er so etwas schon einmal geschmeckt hatte. Nicht genau denselben Jahrgang, aber ...

Seine Augenlider klappten hoch, und er wurde beinahe ohnmächtig.

Verflucht noch mal, er war am Leben und auf der anderen Seite und ...

Moment, das war nicht Marissa. Das Haar, das ihm ins Gesicht hing, war rabenschwarz.

Er riss seinen Mund weg. »Marissa?«

Als er sie antworten hörte, drehte er den Kopf in die Richtung, aus der ihre Stimme kam. Nur, um sofort zurückzuschrecken.

Du lieber Himmel. Das war nicht gerade der Anblick, den er erwartet hatte. Und auch kein besonders fröhliches Begrüßungskomitee in seinem neuen Leben.

Wrath schien direkt aus einem Horrorfilm entsprungen zu sein – ein riesiges, fauchendes Vampirmonster, die Fänge gefletscht, die Augen leuchtend. Und er wollte Butch an die Gurgel.

Die gute Nachricht war, dass er von Vishous und Marissa festgehalten wurde. Die schlechte, dass die beiden nicht mehr lange durchhalten würden.

Butch blickte zu Beth auf, die an der Wunde an ihrem Handgelenk saugte, um sie zu schließen. »Ach, du Scheiße.« Er hatte ziemlich viel von ihr getrunken, oder? *Ach, du Scheiße.*

Er ließ den Kopf zurück auf die Liege fallen. Wrath würde

ihn umbringen, so viel stand fest. Wenn sie den Burschen losließen, dann würde der König mit ihm den Fußboden aufwischen.

Noch während Butch hektisch den Abstand zur Tür prüfte, spazierte Beth zu dem Trio hinüber.

»Wrath?« Mit leiser Stimme fügte sie hinzu: »Noch nicht loslassen.«

Butch drehte sich auf die Seite und sah Marissa in die Augen. Er betete, dass er nicht jetzt gleich sein Leben verlieren würde. Und er konnte es kaum erwarten, zu seiner Frau zu kommen. Aber diese Situation musste mit Bedacht entschärft werden.

»Wrath?«, wiederholte Beth.

Wraths Instinkte waren so übersteuert, dass sie eine Weile mit ihm sprechen musste, bevor er sich auf sie konzentrieren konnte statt auf Butch.

»Es ist vorbei, okay?« Sie berührte sein Gesicht. »Es ist vorbei, wir sind fertig.«

Mit einem verzweifelten Stöhnen presste Wrath seine Lippen in ihre Handfläche, dann kniff er gequält die Augen zu. »Sag ihnen ... sag ihnen, sie sollen mich langsam loslassen. Und Beth – Beth, ich werde mich auf dich stürzen. Dagegen ... kann ich nichts machen. Aber besser, als ihn zu töten ...«

»Ja, viel besser«, bekräftigte Butch.

Beth trat einen Schritt zurück und holte tief Luft. »Lasst ihn los.«

Es war, wie einen Tiger aus dem Käfig zu lassen. Marissa ging geduckt aus dem Weg, während Wrath Vishous mit solcher Kraft abschüttelte, dass der Bruder donnernd in einen Schrank krachte.

In einer einzigen fließenden Bewegung warf sich der König auf Beth und biss ihr in den Hals. Als sie aufkeuchte und in Ekstase den Kopf zurückfallen ließ, drehte sich Wrath herum und durchbohrte Butch mit einem mordlüsternen Blick.

Es war deutlich sichtbar, dass der König nicht auf Nahrung aus war. Sein Bindungsduft war eine brüllend laute Warnung, die den ganzen Raum erfüllte. Sobald er das Gefühl hatte, seine Botschaft wäre angekommen, hob er seine *Shellan* hoch und verließ den Raum. Es gab keine Frage, wohin er ging: in das nächstgelegene Zimmer mit einer Tür, um in ihr sein zu können.

Butch streckte die Hände nach Marissa aus, und sie kam zu ihm und brachte die Hoffnung mit: eine helle Wärme, ein Versprechen auf eine lebenswerte Zukunft, eine liebende Segnung. Als sie sich über ihn beugte und fest in die Arme nahm, küsste er sie sanft und brabbelte einen Haufen Unsinn; unkontrolliert und unüberlegt strömten ihm die Worte über die Lippen.

Als sie sich kurz voneinander lösten, um Atem zu schöpfen, fiel sein Blick auf Vishous. Der Bruder stand etwas betreten an der offenen Tür und starrte auf den Boden, sein großer Körper zitterte kaum merklich.

»V?«

Die Diamantaugen hoben sich, und er blinzelte rasch. »Hey, Kumpel.« Als Butch eine Hand ausstreckte, schüttelte V den Kopf. »Bin froh, dass du wieder da bist, Bulle.«

»Leck mich, komm her. V ... rück rüber.«

V schob die Hände in die Taschen und ging langsam zu der Liege. Marissa war es, die die beiden verknüpfte, indem sie Vishous' Arm hochzog, damit Butch die Hand des Bruders erreichen konnte.

»Alles klar bei dir?«, fragte Butch und quetschte die Hand.

Den Bruchteil einer Sekunde wurde der Druck erwidert. Dann stampfte V mit dem Stiefel auf wie ein Pferd und zog seinen Arm weg. »Ja, alles klar.«

»Danke.«

»Schon gut.«

V war so zappelig, dass Butch Mitleid mit ihm bekam und das Thema wechselte. »Also ist es jetzt vorbei? War's das?«

V strich sich über das Bärtchen und warf einen Blick auf die Uhr. Dann wieder auf Butchs Körper. »Warten wir noch zehn Minuten.«

Na gut, bitte. Butch vertrieb sich die Zeit damit, über Marissas Arme zu streichen. Und über die Schultern. Und das Gesicht. Und die Haare.

Schließlich murmelte V: »Ich schätze mal, es ist vorbei.«

Obwohl in der Stimme des Bruders eine seltsame Enttäuschung lag, grinste Butch. »So schlimm war es ja gar nicht. Also jetzt abgesehen von dem Teil mit dem Sterben. Das war nicht so …« Die Worte erstarben auf seinen Lippen, und er legte die Stirn in Falten.

»Was ist denn?«, fragte Marissa.

»Ich weiß nicht. Ich …« Etwas passierte … in seinen Eingeweiden.

Vishous kam wieder näher. »Was ist los, Kumpel?«

»Ich …« Die ungeheure Schmerzattacke traf ihn wie ein Mantel aus Nägeln, der sich um seinen gesamten Körper legte und ihn aus allen Richtungen zu durchbohren schien. Er keuchte laut, sein Blick trübte sich, dann konnte er wieder sehen. »Ach, du Scheiße. Ich sterbe …«

Vishous' Gesicht tauchte vor seinem auf. Und der Mistkerl lächelte – ein fettes, zufriedenes, breites Grinsen. »Das ist die Wandlung, mein Freund. Jetzt … jetzt wandelst du dich.«

»Was zum T…« Er konnte das Wort nicht zu Ende sprechen. Rotglühender Schmerz vernebelte sein Bewusstsein, und er zog sich tief in sein Inneres zurück, verlor sich in den kreiselnden Folterqualen. Immer stärker wurde die Pein, er hoffte, ohnmächtig zu werden. Doch so ein Glück war ihm nicht beschieden.

Nach ungefähr einhundertfünfzig Lichtjahren Leiden setzte das Knacken ein: Die Knochen in seinen Oberschenkeln barsten als erstes, und er heulte auf. Aber ihm blieb keine Zeit, sich damit länger aufzuhalten, denn schon waren seine Oberarme an der Reihe. Dann die Schultern. Seine Wirbelsäule, die Unterschenkel … Hände … Füße … sein Schädel hämmerte, und der Kiefer schmerzte. Er drehte sich zur Seite, spuckte zwei Zähne aus …

Während des Hurrikans der Wandlung blieb Marissa an seiner Seite, sprach mit ihm. Er klammerte sich an ihrer Stimme und an seinem Bild von ihr fest, dem einzig Guten in einer Welt der Qual.

16

Am anderen Ende der Stadt trank John in einem sehr hübschen, sehr abgeschiedenen Haus sein erstes Bier aus. Und dann sein zweites. Und sein drittes. Er war erstaunt, dass sein Magen damit zurechtkam, aber die Biere rutschten problemlos seine Kehle hinunter.

Blaylock und Qhuinn saßen auf dem Boden vor dem Bett und spielten auf einem Plasmafernseher *sKillerz,* dieses irrsinnig coole Spiel, das jetzt jeder hatte. Durch eine absurde Fügung des Schicksals hatte John beide besiegt, so dass sie jetzt untereinander um den zweiten Platz spielten.

John machte es sich auf Blaylocks Bettdecke bequem und setzte die Corona-Flasche an, stellte fest, dass sie leer war, und blickte auf die Uhr. Fritz würde ihn in ungefähr zwanzig Minuten abholen, und das könnte ein Problem werden. Er war total aufgedreht.

Fühlte sich echt gut an.

Blaylock lachte und kippte zur Seite. »Ich kann nicht fassen, dass du mich geschlagen hast, du Sack.«

Qhuinn nahm seine Bierflasche und tippte Blay damit leicht ans Bein. »Sorry, Riesenbaby. Aber du spielst miserabel.«

John stützte den Kopf in die Hand und genoss das Gefühl, auf angenehme Art benebelt und total locker zu sein. Er war so lange pausenlos wütend gewesen, dass er sich kaum noch erinnern konnte, wie es sich anfühlte, relaxt zu sein.

Jetzt warf Blay ihm mit einem Grinsen auf dem Gesicht einen Blick zu. »Obwohl natürlich der große Schweiger da oben der echte Champion ist. Ich hasse dich, weißt du das?«

John lächelte und zeigte ihm den Finger. Als die beiden auf dem Fußboden in Gelächter ausbrachen, klingelte irgendwo ein BlackBerry.

Qhuinn ging dran. Machte einige Mal *M-hm*. Legte auf. »Mann, Lash wird so schnell nicht wieder zurückkommen. Sieht aus, als hättest du« – er sah John an – »ihm einen Mordsschrecken eingejagt.«

»Der Typ war doch schon immer ein Arschloch«, sagte Blay.

»Ungelogen.«

Eine Weile lang schwiegen sie und lauschten »Nasty« von Too Short. Dann bekam Qhuinn einen ernsten Gesichtsausdruck.

Seine Augen – eins blau, eins grün – verengten sich. »Du, Blay ... wie war es denn eigentlich?«

Blay verdrehte die Augen zur Decke. »Bei *sKillerz* zu verlieren, meinst du? Total nervig, danke der Nachfrage.«

»Du weißt genau, dass ich das nicht meine.«

Mit einem leisen Fluch öffnete Blay einen kleinen Kühlschrank, nahm noch ein Bier heraus und machte es auf. Er hatte schon sieben getrunken und wirkte so nüchtern wie eh und je. Natürlich hatte er außerdem vier Big Macs, zwei große Portionen Pommes, einen Schokomilkshake und zwei Cherry Pies vertilgt. Plus eine Tüte Chips.

»Blay? Komm schon, was passiert genau dabei?«

Blaylock nahm einen Schluck aus der Flasche und schluckte geräuschvoll. »Nichts.«

»Leck mich doch.«

»Na *gut.*« Wieder trank er. »Ich ... wäre am liebsten gestorben, kapiert? Und ich war auch fest überzeugt davon, dass ich sterben würde. Und dann, ihr wisst schon ...« Er räusperte sich. »Dann habe ich von ihr getrunken. Und danach wurde es noch schlimmer. Noch verdammt viel schlimmer.«

»Von wem hast du getrunken?«

»Von Jasim.«

»Wow. Die ist scharf.«

»Kann sein.« Blay lehnte sich zur Seite, schnappte sich ein Sweatshirt, zog es über den Kopf und weit bis über seine Hüften. Als hätte er dort etwas zu verbergen.

Qhuinn folgte seiner Bewegung mit den Augen. Genau wie John.

»Hast du sie gehabt, Blaylock?«

»Nein! Das könnt ihr mir glauben, wenn die Transition losgeht, dann habt ihr anderes im Kopf als Sex.«

»Aber ich habe gehört, dass hinterher ...«

»Nein, ich hab es nicht mit ihr gemacht.«

»Okay, cool.« Aber man konnte deutlich erkennen, dass Qhuinn seinen Freund für bescheuert hielt. »Und was ist mit der Wandlung? Wie hat sich das angefühlt?«

»Ich ... man bricht auseinander und wird neu zusammengesetzt.« Blaylock nahm noch einen tiefen Schluck. »Das war's.«

Qhuinn bog seine schmalen Hände durch, dann ballte er sie zu Fäusten. »Fühlst du dich jetzt anders?«

»Ja, schon.«

»Und wie?«

»Ach, Mann, Qhuinn ...«

»Was hast du denn zu verheimlichen? Wir müssen doch

alle da durch. Ich meine ... John, du willst es doch auch hören, oder?«

John sah Blay an und nickte. Er hoffte inständig, die beiden würden weiterreden.

In der folgenden Stille streckte Blaylock seine Beine aus. Durch seine neue Jeans konnte man die kräftigen Muskeln erkennen.

»Also, wie fühlst du dich jetzt?«, hakte Qhuinn nach.

»Ganz normal. Nur ... ich weiß auch nicht, so viel *stärker.*«

»Suuuuper!«, lachte Qhuinn. »Ich kann es kaum erwarten.«

Blaylocks Augen flatterten. »Das ist nichts, worauf man sich freuen muss. Glaub mir.«

Qhuinn schüttelte den Kopf. »Da liegst du so was von falsch.« Pause. Dann: »Wirst du jetzt oft steif?«

Blay wurde so rot wie ein Feuermelder. »*Was?*«

»Ach, komm schon, du musst doch geahnt haben, dass die Frage kommt. Also, ist es so?« Die Stille dehnte sich aus. »Hallo, Blay? Beantworte die Frage. Ist das so?«

Blay rieb sich das Gesicht. »Äh – ja.«

»Oft?«

»Ja.«

»Und, kümmerst du dich dann drum? Ich meine, das musst du doch, oder? Also, wie ist das so?«

»Bist du völlig irre? Ich werde doch nicht ...«

»Erzähl es uns einfach kurz. Dann fragen wir dich nie wieder. Versprochen. Stimmt's, John?«

John nickte langsam, ihm fiel auf, dass er den Atem anhielt. Er selbst hatte schon Träume gehabt, erotische Träume, aber das war nicht dasselbe, als würde es tatsächlich passieren. Oder Informationen aus erster Hand darüber zu bekommen.

Leider schien Blaylock unbedingt mauern zu wollen.

»Ach, Blay, bitte ... wie ist es? Sag schon. Mein ganzes Leben lang warte ich schon auf das, was du jetzt hast. Sonst kann ich doch niemanden fragen ... oder glaubst du, ich würde meinem Vater gleich alles erzählen? Spuck es schon aus. Wie fühlt es sich an, wenn man kommt?«

Blay zupfte am Etikett seiner Bierflasche herum. »Mächtig. Das ist es. Wie ein mächtiger Sturm, der sich in einem aufbaut und dann ... explodiert man und treibt vor sich hin.«

Qhuinn schloss die Augen. »Mann, das will ich auch. Ich will ein Mann sein.«

Und genau danach sehnte sich John ebenfalls.

Blay leerte seine Bierflasche, dann wischte er sich den Mund ab. »Jetzt will ich es natürlich mit jemandem machen.«

Qhuinns Mund verzog sich zu seinem typischen schiefen Lächeln. »Was ist mit Jasim?«

»Nee. Sie ist nicht mein Typ. Und das ist das Ende dieses Gesprächs. Mehr sage ich nicht.«

John schielte zur Uhr, dann rutschte er zur Bettkante. Eilig kritzelte er etwas auf seinen Block und zeigte ihn dann den beiden. Blay und Qhuinn nickten.

»Hört sich gut an«, sagte Blay.

»Hast du Lust, morgen wieder vorbeizukommen?«, erkundigte sich Qhuinn.

John bejahte und stand auf – nur, um ins Taumeln zu geraten und sofort wieder auf die Matratze zu sinken.

Qhuinn lachte. »Sieh dir den Kleinen an. Total voll.«

John zuckte nur mit den Schultern und konzentrierte sich darauf, wohlbehalten zur Tür zu kommen. Als er die Klinke runterdrückte, rief ihm Blay nach: »Hey, John.«

John blickte über die Schulter und zog eine Augenbraue fragend nach oben.

»Wo können wir diese Zeichensprache lernen?«

Qhuinn nickte und machte noch ein Bier auf. »Genau, wo kann man das?«

John blinzelte. Dann schrieb er auf den Block: Internet. Sucht nach *Gebärdensprache*.

»Alles klar. Und du kannst uns dabei helfen, oder?«

John nickte wieder.

Dann wandten sich die beiden wieder dem Fernseher zu und luden ein neues Spiel. Als John die Tür hinter sich schloss, hörte er sie lachen, und ein Lächeln breitete sich auf seinem Gesicht aus. Woraufhin er sich sofort schämte.

Tohr und Wellsie waren tot, dachte er. Er sollte sich nicht ... gut fühlen. Ein richtiger Mann würde sich nicht von seinem Ziel, von seinen Feinden abbringen lassen – einfach nur durch die Gesellschaft von Freunden.

Er schlingerte den Flur entlang, einen Arm ausgestreckt, um das Gleichgewicht zu halten.

Das Blöde war nur ... es tat so gut, einfach einer von den Jungs zu sein. Er hatte sich immer Freunde gewünscht. Es musste ja keine Riesenclique sein oder so was. Einfach nur ein paar verlässliche, starke ... Freunde.

Von der Sorte, auf die man sich bis in den Tod verlassen konnte. Wie auf Brüder.

Marissa begriff nicht, wie Butch überleben konnte. Noch was mit seinem Körper geschah. Es schien einfach unmöglich. Doch genau das mussten männliche Vampire offenbar durchmachen, besonders Krieger. Und da er von Wraths Linie abstammte, hatte er definitiv dessen starkes Blut in sich.

Als es überstanden war, Stunden später, lag Butch auf der Liege in dem nun eiskalten Raum und atmete einfach nur. Seine Haut war wachsbleich und so mit Schweiß bedeckt, als hätte er zwölf Marathons hinter sich. Die Füße baumelten über die Kante der Stahlliege hinaus. Seine Schultern waren fast doppelt so breit wie vorher, und seine Boxershorts dehnten sich straff über den Oberschenkeln.

Doch sein Gesicht tröstete sie. Es war dasselbe wie vorher, proportional zu seinem neuen Körper zwar, aber dasselbe. Und als er die Augen aufschlug, hatten sie das Haselnussbraun, das ihr so vertraut war, und verrieten den Geist, der ihm allein gehörte.

Er war zu benommen, um zu sprechen, aber er zitterte, also holte sie ihm eine Decke und breitete sie über ihm aus. Beim Auftreffen des zarten, weichen Stoffs auf seiner Haut zuckte er zusammen, als wäre alles überempfindlich. Doch dann formten seine Lippen die Worte *Ich liebe dich*, und er sank langsam in den Schlaf.

Plötzlich wurde sie müder, als sie je zuvor gewesen war.

Mit einer Sprühflasche in der Hand putzte Vishous den Rest des Bodens sauber und sagte: »Lass uns was essen.«

»Ich möchte ihn nicht alleinlassen.«

»Das war mir klar. Deshalb habe ich Fritz gebeten, uns etwas zu bringen und es draußen abzustellen.«

Marissa folgte dem Bruder aus dem Geräteraum, und beide setzten sich auf breite Bänke, die in die Wand gemauert waren. Dort verspeisten sie Fritz' kleines Picknick zwischen Regalen voller Nunchakus, Trainingsdolchen, Schwertern und Pistolen. Die Sandwichs schmeckten gut, genau wie der Apfelsaft und die Haferkekse.

Ein Weilchen später zündete sich Vishous eine Selbstgedrehte an und lehnte sich zurück. »Er kommt schon wieder in Ordnung.«

»Mir ist es ein Rätsel, wie er das überstehen konnte.«

»Meine Transition war genauso.«

Sie ließ das zweite Schinkensandwich mitten in der Luft hängen. »Wirklich?«

»Noch schlimmer sogar. Ich war schmächtiger, als es anfing.«

»Aber innerlich ist er doch noch derselbe, oder?«

»Ja, er ist immer noch dein Butch.«

Als sie ihr Sandwich aufgegessen hatte, legte sie beide Beine auf die Bank hoch und lehnte sich an die Wand. »Danke.«

»Wofür?«

»Dass du meine Wunde verschlossen hast.« Sie hielt ihr Handgelenk hoch.

Sein Diamantblick wandte sich ab. »Gern geschehen.«

In der Stille fielen ihre Lider herunter, und sie schüttelte sich wieder wach.

»Schlaf ruhig«, murmelte Vishous. »Ich passe schon auf ihn auf, und sobald er wach wird, gebe ich dir Bescheid. Also los, leg dich hin.«

Sie streckte sich aus, dann rollte sie sich auf der Seite zusammen. Sie rechnete nicht damit, schlafen zu können, machte aber trotzdem die Augen zu.

»Heb mal kurz den Kopf«, forderte V sie auf. Sie gehorchte, und er legte ihr ein aufgerolltes Handtuch unter das Ohr. »So ist es besser für deinen Hals.«

»Du bist sehr nett.«

»Machst du Witze? Der Bulle würde mir kräftig in den Hintern treten, wenn ich dich so unbequem hier liegen lassen würde.«

Sie hätte schwören können, dass Vishous ihr mit der Hand über das Haar streichelte; aber dann sagte sie sich, das müsse wohl Einbildung gewesen sein.

»Was ist mit dir?«, sagte sie leise, als er sich wieder auf die andere Bank legte. Er musste doch ebenso müde sein wie sie.

Sein Lächeln war nicht zu deuten. »Mach dir um mich keine Sorgen, Frau. Schlaf einfach.«

Und überraschenderweise tat sie das auch.

V sah Marissa zu, wie sie vor lauter Erschöpfung die Besinnung verlor. Dann neigte er den Kopf, um durch die Tür einen freien Blick auf die Liege zu haben. Aus diesem Winkel konnte er nur Butchs jetzt viel größere Fußsohlen erkennen. Wahnsinn ... Butch war jetzt tatsächlich einer von ihnen. Ein richtiger, mit Fängen bewehrter Vampirkrieger, der wahrscheinlich an die zwei Meter groß war.

Wraths Blutlinie war unverkennbar in dem Burschen – und V fragte sich, ob sie jemals den Grund dafür erfahren würden.

Die Tür schwang auf, und Z kam herein, Phury im Schlepptau.

»Was ist passiert?«, fragten die beiden unisono.

»Sch-sch.« V deutete mit dem Kopf auf Marissa. Dann sagte er etwas leiser: »Schaut ihn euch selbst an. Er liegt da drinnen.«

Die Zwillinge traten in den Türrahmen. »Heilige Scheiße ...«, raunte Phury.

»Das ist aber ein ganz schöner Brocken«, murmelte Z. Dann schnüffelte er. »Warum hängt Wraths Bindungsduft so satt im Raum? Oder bin das ich?«

V stand auf. »Kommt mit raus, ich will keinen von den beiden wecken.«

Die drei gingen hinaus auf die blauen Matten, und V zog die Tür bis auf einen schmalen Spalt zu.

»Wo ist Wrath denn jetzt?«, wollte Phury wissen, als sie sich hinsetzten. »Ich dachte, er war dabei?«

»Er hat zu tun.« Ohne Zweifel.

Z starrte die Tür an. »Dieser Kerl ist riesig, V, wirklich riesig.«

»Ich weiß.« V legte sich flach auf den Rücken und zog an seiner Zigarette. Beim Ausatmen wich er dem Blick der Brüder aus.

»V, er ist echt groß.«

»Jetzt hört schon damit auf. Es ist noch viel zu früh, um einzuschätzen, wie er sein wird.«

Z rieb sich über den geschorenen Schädel. »Ich sage ja nur, er ist ...«

»Ja-ha.«

»Und er hat Wraths Blut in sich.«

»Stimmt ja alles. Aber es ist zu früh, Z. Einfach noch zu früh. Außerdem ist seine Mutter keine Auserwählte.«

Zs gelbe Augen verengten sich vor Ärger. »Das ist eine total bescheuerte Regelung, wenn du mich fragst.«

17

Butch wachte davon auf, dass er tief durch die Nase einatmete. Er ... roch etwas. Etwas, das ihm außerordentlich zusagte. Etwas, das ihn vor Kraft innerlich summen ließ. *Mein,* sagte eine Stimme in seinem Kopf.

Er versuchte, das Wort abzuschütteln, aber es wurde nur noch lauter. Mit jedem Atemzug, den er machte, wiederholte sich die Silbe in seinem Gehirn, bis sie so automatisch wie sein Herzschlag wurde. Die wahre Quelle seines Lebens. Der Sitz seiner Seele.

Stöhnend setzte er sich auf der Liege auf, verlor aber sofort das Gleichgewicht und fiel beinahe auf den Boden. Er fing sich mühsam ab und betrachtete fragend seine Arme. Was zum – nein, hier stimmte etwas nicht, ganz und gar nicht. Das waren nicht seine Arme, und auch nicht seine Beine. Seine Oberschenkel waren *gigantisch.*

Das bin nicht ich, dachte er.

Mein, sagte die Stimme wieder.

Er sah sich um. Alles in diesem Krankenzimmer war kristallklar, als wären seine Augen Fenster, die geputzt worden waren. Und seine Ohren ... er betrachtete die Neonlampen an der Decke. Er konnte buchstäblich den Strom durch die Röhren fließen hören.

Mein.

Wieder sog er die Luft ein. Marissa. Dieser Duft gehörte zu Marissa. Sie war in der Nähe.

Sein Mund öffnete sich von ganz allein, und er stieß ein tiefes, rhythmisches Schnurren aus, das in einem geknurrten Wort endete: *Mein.*

Sein Herz begann zu hämmern, als ihm bewusst wurde, dass die Steuerung in seinem Kopf vollständig von einer fremden Macht übernommen worden war. Statt von Logik wurde er jetzt von Instinkten beherrscht, gegen die sich seine bisherigen Gefühle für Marissa wie eine vorübergehende Schwärmerei anfühlten.

Mein!

Er warf einen Blick auf seine Hüften und traute seinen Augen kaum: Auch sein Schwanz war gewachsen, zusammen mit seinem restlichen Körper, und jetzt drängte er sich von innen gegen den dünnen Baumwollstoff der inzwischen viel zu knappen Boxershorts. Das Gerät zuckte, als wollte es seine Aufmerksamkeit erregen.

O mein Gott. Sein Körper wollte sich vereinigen. Mit Marissa. *Sofort.*

Als hätte er ihren Namen gerufen, tauchte sie im Türrahmen auf. »Butch?«

Ohne Vorwarnung verwandelte er sich in einen Torpedo, der Kurs auf sie nahm und quer durch den Raum schoss. Er riss sie mit sich zu Boden und küsste sie heftig, bestieg sie, während er gleichzeitig den Reißverschluss ihrer Hose herunterzog. Knurrend zerrte er ihr mühsam die Hose über die glatten Beine, spreizte grob ihre Schenkel und vergrub das Gesicht in ihrer Mitte.

Als hätte er eine gespaltene Persönlichkeit, beobachtete er sich selbst aus der Ferne, sah, wie seine Hände ihren Pulli hochschoben und ihre Brüste umfingen, während er sie gleichzeitig leckte. Dann machte er einen Satz nach vorn, fletschte Fänge, die er aus irgendeinem Grund zu nutzen wusste, und biss ihren BH durch. Die ganze Zeit wollte sein Verstand seinen Körper bremsen, aber er war in einer Art Mahlstrom gefangen, und Marissa ... sie war das Zentrum, um das er kreiste.

Aus dem Strudel heraus ächzte er: »Es tut mir leid ... o mein Gott ... ich kann nicht aufhören ...«

Sie nahm sein Gesicht zwischen ihre Hände – und er wurde vollkommen reglos. Es war unglaublich, und er hatte keine Ahnung, wie sie das machte. Aber sein Körper kam zum totalen Stillstand. Wodurch ihm klar wurde, was für eine seltsame Macht sie über ihn hatte. Wenn sie nein sagte, würde er aufhören. Auf der Stelle. Schluss.

Allerdings trat sie gar nicht auf die Bremse. In ihren Augen schimmerte ein erotisches Leuchten. »Nimm mich. Mach mich zu deiner Frau.«

Sie bog ihm ihre Hüften entgegen, und sein Körper versank sofort wieder in dieser Raserei. Er bäumte sich auf, riss den Gummibund seiner Unterhose durch und stieß mit voller Wucht in sie hinein, ohne die Stofffetzen erst abzulegen. Er drang so tief in sie ein, dehnte sie so weit, dass es sich anfühlte, als umfinge sie jeden einzelnen Zentimeter seines Körpers.

Als sie aufschrie, und ihre Nägel in seinen Hintern bohrte, ging er hart und schnell zur Sache. Und während der Sex tobte, spürte er die beiden Hälften seines Selbst verschmelzen. Während er wild pumpte, verbanden sich die innere Stimme, die er immer als seine eigene gekannt hatte, und diese neue, die zu ihm sprach, zu ein und derselben.

Er sah ihr in die Augen, als sein Orgasmus begann, und

die Ejakulation war anders als alles, was er je erlebt hatte. Machtvoller, heftiger, und sie dauerte schier endlos, als hätte er einen unbegrenzten Vorrat von dem Samen, mit dem er sie anfüllte. Und sie war verzückt, warf den Kopf vor Lust nach hinten auf die Fliesen, die Beine fest um seine Hüften geschlungen, während sie alles in sich aufsaugte, was er ihr gab.

Als es vorbei war, sank Butch in sich zusammen, keuchend, schwitzend, schwindlig. Erst jetzt bemerkte er, dass sie anders zusammenpassten als vorher; sein Kopf überragte ihren weit, seine Hüften beanspruchten mehr Platz zwischen ihren Schenkeln, seine Hände sahen neben ihrem Gesicht viel größer aus.

Sie küsste ihn auf die Schulter. Leckte ihm über die Haut. »Mhmm ... und du riechst auch so gut.«

Ja, das tat er. Der dunkle Duft, der ihm früher schon ein paar Mal entströmt war, hing jetzt lebendig im Raum. Und die Kennzeichnung war überall auf Marissas Haut und Haar ... und sie war auch in ihr.

So sollte es sein. Sie gehörte *ihm*.

Er rollte von ihr herunter. »Baby – ich weiß auch nicht genau, warum ich das tun musste.« Na ja, das stimmte nur zur Hälfte. Die andere Hälfte wollte es gleich wieder tun.

»Ich bin froh darüber.« Das Lächeln, das sie ihm schenkte, war strahlend. So hell wie die Mittagssonne.

Und dieser Anblick führte ihm vor Augen, dass er auch ihr Mann war: Es funktionierte gegenseitig. Sie gehörten einander.

»Ich liebe dich, Baby.«

Sie wiederholte die Worte, doch dann verschwand ihr Lächeln. »Ich hatte solche Angst, dass du sterben würdest.«

»Bin ich aber nicht. Es ist jetzt vorbei und überstanden. Und ich bin auf der anderen Seite. *Ich bin bei dir auf der anderen Seite.*«

»Noch mal kann ich das nicht durchstehen.«

»Das musst du auch nicht.«

Sie entspannte sich etwas und streichelte sein Gesicht. Dann runzelte sie die Stirn. »Es ist ein wenig kalt hier drin, oder?«

»Komm, wir ziehen uns an und gehen rüber ins Haupthaus.« Er wollte ihr den Pulli wieder herunterziehen ... da blieb sein Blick an ihren Brüsten mit den vollkommenen rosa Nippeln hängen.

Er wurde wieder hart. Zum Bersten gefüllt. Gierig nach einer weiteren Entladung.

Ihr Lächeln kehrte zurück. »Leg dich wieder auf mich, *Nallus*. Lass meinen Körper deinem Erleichterung verschaffen.«

Sie musste ihn nicht zweimal bitten.

Draußen vor dem Geräteraum unterbrachen V, Phury und Zsadist ihre Unterhaltung und lauschten. Den gedämpften Geräuschen nach, war Butch wach, auf den Beinen und ... schwer beschäftigt. Als die Brüder loslachten, ließ V die Tür ganz ins Schloss fallen und dachte still, dass er sehr glücklich für die beiden da drin war. Sehr ... glücklich.

Er und die Zwillinge quatschten weiter, hin und wieder zündete sich V eine an und aschte in eine leere Wasserflasche. Eine Stunde später ging die Tür auf, und Marissa und Butch erschienen. Marissa war in einen Kampfsport-Gi gekleidet, Butch hatte sich ein Handtuch um die Hüften gewickelt; an beiden hing schwer der Bindungsduft. Sie sahen ermattet und sehr, sehr zufrieden aus.

»O – ähm, hallo, Jungs«, sagte Butch errötend. Im Prinzip sah er gut aus, aber seine Bewegungen waren noch nicht so rund. Um genau zu sein benutzte er seine Frau als Stütze.

V verzog den Mund zu einem Grinsen. »Du siehst größer aus.«

»Ja, aber ich fürchte, ich bin noch nicht so gelenkig. Ist das normal?«

Phury nickte. »Auf jeden Fall. Ich hab ziemlich lang gebraucht, um mich an meinen neuen Körper zu gewöhnen. In ein paar Tagen hast du das im Griff, aber es wird sich noch eine Zeit lang komisch anfühlen.«

Die beiden gingen weiter, doch Marissa sah aus, als wäre ihr Mann zu schwer für sie, und Butch wirkte wackelig auf den Beinen. Offenbar versuchte er, sich nicht allzu schwer auf sie zu stützen.

V erhob sich. »Braucht ihr Hilfe auf dem Weg in die Höhle?« Butch nickte. »Das wäre super. Ich will sie nicht zerquetschen.«

V ging zu ihm und legte sich seinen Arm um die Schulter. »Nach Hause, Dicker?«

»O ja. Ein Königreich für eine Dusche.«

Butch nahm Marissas Hand, und die drei machten sich langsam auf den Weg zur Höhle.

Auf dem Weg durch den Tunnel schwiegen sie, und man hörte nichts außer dem Schlurfen von Butchs Füßen. V musste an den Tag denken, als er aus seiner eigenen Transition hervorgegangen war. Beim Aufwachen hatte er feststellen müssen, dass sich überall auf seinem Gesicht und seiner Hand und seiner Schamgegend Tätowierungen mit Warnungen befanden. Wenigstens war Butch in Sicherheit und hatte Leute um sich, die ihn beschützten, solange er Kraft sammelte.

V hatte man weggeschafft und in dem Glauben, er wäre tot, im Wald jenseits eines Kriegercamps abgelegt.

Und noch einen Vorteil hatte Butch: eine Frau, die ihn liebte. Marissa leuchtete förmlich an seiner Seite, und V bemühte sich, sie nicht allzu oft anzustarren ... doch er konnte einfach nicht anders. Ihr Blick war so warm, wenn sie Butch ansah. So unheimlich warm.

V fragte sich unwillkürlich, wie es wohl sein mochte, so angesehen zu werden.

In der Höhle angekommen, stieß Butch ein röchelndes Seufzen aus. Seine Kräfte waren eindeutig völlig am Ende, ihm stand der Schweiß auf der Stirn, und er hielt sich nur mühsam aufrecht.

»Wie wär's mit deinem Bett?«, schlug V vor.

»Nein ... lieber die Dusche. Ich brauche eine Dusche.«

»Hast du Hunger?«, fragte Marissa.

»Ja, und wie. Ich will ... Speck. Speck und ...«

»Schokolade«, meinte V ironisch, während er den Bullen in sein Zimmer schleppte.

»Au ja, Schokolade! Verdammt, dafür würde ich jetzt töten.« Butch stockte. »Aber eigentlich mag ich gar keine Schokolade.«

»Jetzt schon.« Mit dem Fuß stieß V die Badezimmertür auf, und Marissa schlüpfte in die Duschkabine, um das Wasser aufzudrehen.

»Noch was?«, fragte sie.

»Pfannkuchen. Und Waffeln mit Sirup und Butter. Und Eier ...«

V warf ihr einen Blick zu. »Bring einfach irgendwas Essbares. Im Moment würde er sogar seine eigenen Schuhsohlen essen.«

» ... und Eis und Brathähnchen und ...«

Marissa küsste Butch auf die Lippen. »Ich bin gleich wieder d-«

Blitzschnell umklammerte Butch ihren Kopf und presste ihn stöhnend an seinen Mund. Der Bindungsduft flackerte wieder auf, und er manövrierte sie an die Wand und nagelte sie dort mit seinem Körper fest, die Hände tastend, die Hüften nach vorn drängend.

Ah, ja, dachte V. *Der frisch gewandelte Vampir.* Butch würde eine Zeit lang alle Viertelstunde eine Latte kriegen.

Marissa lachte, völlig entzückt von ihrem Partner. »Später. Erst hole ich dir was zu essen.«

Sofort ließ Butch von ihr ab, als wäre seine Begierde bei Fuß gerufen worden und hätte artig gehorcht. Aber als sie ging, sah er ihr mit wildem Hunger und Anbetung im Blick nach.

V schüttelte den Kopf. »Du bist ein Volltrottel.«

»Mann, wenn ich vorher schon dachte, ich liebe sie ...«

»Die Bindung an eine Frau ist nicht ohne.« V nahm Butch das Handtuch ab und schob ihn unter die Dusche. »Zumindest nicht nach dem, was ich so gehört habe.«

»Aua.« Misstrauisch beäugte Butch den Duschkopf. »Nicht gut.«

»Deine Haut wird noch ungefähr eine Woche lang hyperempfindlich sein. Schrei, wenn du mich brauchst.«

V war schon halb im Flur, als er ein Winseln hörte. Sofort spurtete er zurück und stürmte durch die Tür. »Was? Was ist denn ...«

»Ich werde kahl!«

V riss den Duschvorhang zur Seite und runzelte die Stirn. »Wovon redest du denn? Du hast doch noch alle Haare ...«

»Nicht auf dem Kopf! Am Körper, du Idiot! Mir gehen alle Haare aus!«

Jetzt senkte V den Blick. Butchs Oberkörper und Beine schälten sich, dunkelbraune Härchen rieselten an ihm herab und versammelten sich langsam um den Abfluss.

V brach in Gelächter aus. »Sieh es mal so: Wenigstens musst du dir nicht den Rücken rasieren, wenn du alt wirst. Keine schmerzhafte Wachsbehandlung, ist doch prima.«

Er war nicht überrascht, als ein Stück Seife auf ihn zugesaust kam.

19

Eine Woche nach der Schießerei fand Van etwas sehr Wichtiges über sich heraus.

Seine Menschlichkeit war verschwunden.

Ein Stöhnen, das durch den leeren Keller hallte, lenkte seinen Blick auf den auf dem Tisch festgeschnallten Vampir. Mr X bearbeitete das Wesen, und Van sah zu. Als wäre das Ganze nichts weiter als ein Friseurbesuch.

Er hätte das für falsch halten sollen. In all seinen Jahren als Kämpfer hatte er seinen Gegnern reichlich Schmerz zugefügt; aber immer hatte er es vermieden, Unschuldige zu verletzen, und er hatte Menschen verachtet, die sich die Schwachen vornahmen. Und jetzt? Seine einzige Reaktion auf diese furchtbare Grausamkeit war Verärgerung – weil es nicht funktionierte. Die einzige Information über O'Neal, die sie bekommen hatten, war ziemlich dürftig. Ein Mensch, auf den die Beschreibung passte, war in Begleitung einiger Vampire, die möglicherweise Brüder waren, in einigen Bars in der Innenstadt gesichtet worden. Vor allem im *Screamer's* und im *ZeroSum*. Aber das hatten er und X ja schon vorher gewusst.

Allmählich bekam er den Verdacht, dass der Haupt-*Lesser* an der Kreatur auf dem Tisch vor allem seinen Frust abreagierte. Was eine solche Zeitverschwendung war. Van wollte Vampire jagen, nicht stiller Beobachter solch eines blutigen Schauspiels sein.

Noch immer hatte er keine Gelegenheit gehabt, einen dieser Blutsauger zu erledigen. Dank Mr X, der ihn immer aus der Schusslinie hielt, hatte er seit seinem Eintritt in die Gesellschaft der *Lesser* nichts außer anderen *Lessern* massakriert. Jeden Tag stellte ihn Mr X gegen einen neuen Untoten auf. Und jeden Tag schlug Van seinen Gegner erst zu Brei und rammte ihm dann das Messer in die Brust. Und mit jedem Tag regte sich Mr X mehr auf. Es war, als sei der Haupt-*Lesser* ständig von Van enttäuscht, obwohl bei einem Stand von sieben zu null schwer zu kapieren war, warum genau das so war.

Gurgelnde Geräusche drangen durch die angstgeschwängerte Luft zu Van durch, und er fluchte unterdrückt.

»Langweile ich Sie hier?«, fauchte Mr X.

»Überhaupt nicht. Das ist total spannend.«

Es gab ein kurzes Schweigen. Dann ein angewidertes Zischen. »Seien Sie nicht so ein Waschlappen.«

»Ist ja schon gut. Ich bin ein Kämpfer, Mann. Ich steh nicht darauf, Geiseln zu foltern, vor allem nicht, wenn es nichts bringt.«

Die ausdruckslosen, blassen Augen loderten auf. »Dann gehen Sie mit ein paar Kollegen auf Patrouille. Denn, wenn ich Sie noch länger anschauen muss, dann liegen Sie bald selbst hier auf dem Tisch.«

»Na, endlich.« Van ging zur Treppe.

Als er die erste Stufe erreichte, rief Mr X ihm verächtlich hinterher: »Ihr schwacher Magen ist wirklich eine Schande.«

»Mein Magen ist hier nicht das Problem, glauben Sie mir.«
Van ging einfach weiter.

Butch stieg vom Laufband und wischte sich mit dem T-Shirt den Schweiß von der Stirn. Er war gerade achtzehn Kilometer gerannt. In fünfzig Minuten. Was einen Schnitt von gut einundzwanzig Stundenkilometern ergab. Heilige Mutter Gottes!

»Wie fühlst du dich?«, fragte V von der Hantelbank.

»Wie der verfluchte Lee Majors.«

Man hörte ein Scheppern, als dreihundert Kilo auf der Halterung zu liegen kamen. »Der *Sechs-Millionen-Dollar-Mann*, was? Du bist ein ganz schön alter Sack, Bulle, wenn du dich daran noch erinnern kannst.«

»Na und? Ich bin eben in den Siebzigern aufgewachsen. Was dagegen?« Butch trank einen Schluck Wasser, dann wandte er plötzlich den Kopf zur Tür. Ihm stockte der Atem, und eine halbe Sekunde später kam Marissa herein.

Sie sah in der schwarzen Hose und der cremefarbenen Jacke einfach umwerfend aus – professionell-schick, und doch feminin. Und ihre hellen Augen blitzten durch den Raum.

»Ich wollte noch mal vorbeischauen, bevor ich mich auf den Weg mache«, sagte sie.

»Freut mich, meine Süße.« Er trocknete sich den Schweiß ab, so gut es ging, doch sie schien es nicht zu stören, wenn er verschwitzt war. Überhaupt nicht. Sie legte die Hand um sein Kinn, als er sich zu ihr herunterbeugte und sie begrüßte.

»Du siehst gut aus«, flüsterte sie und strich ihm mit der Hand über den Hals bis hinunter auf die nackten Brustmuskeln. Dann fuhr sie mit dem Finger die Form des goldenen Kreuzes nach. »Sehr gut.«

»Ach ja?« Bei der Erinnerung daran, wie er sie vor eineinhalb Stunden aufgeweckt hatte, musste er lächeln und wurde schon wieder hart in der kurzen Trainingshose. »Sicher nicht so gut wie du.«

»Das möchte ich bestreiten.« Er zischte, als sie dicht an ihn herantrat.

Mit einem Knurren ging er im Geiste den Lageplan des Trainingszentrums durch. Wohin könnten sie schnell mal für zehn Minuten verschwinden? Ah, genau, ganz in der Nähe war ein Unterrichtsraum mit solidem Schloss an der Tür. Perfekt. Er schielte zu V hinüber, um ihm einen *Bin gleich zurück*-Blick zuzuwerfen, ertappte den Bruder aber dabei, wie er sie beide beobachtete, die Lider gesenkt und mit undeutbarer Miene.

»Also, ich muss los«, verkündete Marissa und trat zurück. »Ich habe heute eine lange Nacht vor mir.«

»Kannst du nicht noch ein bisschen bleiben? Fünf Minuten?«

»Würde ich ja gerne, aber nein.«

Moment mal, dachte er da. Irgendetwas an ihrem Blick war anders als sonst. Ihre Augen fixierten eine Stelle seitlich an seinem Hals, und ihr Mund war leicht geöffnet. Dann fuhr sie sich mit der Zunge rasch über die Unterlippe, als hätte sie etwas Leckeres geschmeckt. Oder vielleicht wollte sie auch etwas Leckeres schmecken?

Eine wilde Lust blitzte in ihm auf.

»Baby?«, fragte er mit rauer Stimme. »Brauchst du etwas von mir?«

»Ja …« Sie stellte sich auf die Zehenspitzen und flüsterte ihm ins Ohr. »Während deiner Transition habe ich dir so viel gegeben, dass ich geschwächt bin. Ich brauche dein Blut.«

Wahnsinn – darauf hatte er schon die ganze Zeit gewartet. Die Gelegenheit, sie von sich trinken zu lassen.

Butch schlang ihr den Arm um die Taille, hob sie vom Boden hoch und trug sie in Richtung der Tür, so hastig, als stünde der Fitnessraum in Flammen.

»Noch nicht sofort, Butch.« Sie lachte. »Lass mich runter. Deine Wandlung ist doch erst eine knappe Woche her.«

»Nein.«

»Butch, lass mich runter.«

Sein Körper gehorchte ihrem Befehl, obwohl sein Geist nicht einverstanden war. »Wie lange noch?«

»Bald.«

»Ich bin jetzt stark.«

»Ein paar Tage kann ich schon noch warten. Und das wäre auch besser für uns beide.«

Sie küsste ihn und sah auf die Uhr. Sein Lieblingsstück aus seiner Kollektion, die Patek Philippe mit dem schwarzen Krokoarmband. Die Vorstellung, dass Marissa sie immer und überall bei sich trug, gefiel ihm ungemein.

»Ich werde die ganze Nacht über im Asyl sein«, sagte sie. »Wir haben einen Neuzugang, eine Vampirin mit zwei Kindern, und ich möchte da sein, wenn sie ankommen. Außerdem werde ich das erste Mitarbeitertreffen einberufen. Mary kommt auch, wir halten es zusammen ab. Also werde ich wahrscheinlich erst im Morgengrauen zurück sein.«

»Ich bin hier.« Als sie sich umdrehte, hielt er sie am Arm fest und wirbelte sie noch einmal zu sich herum. »Pass auf dich auf da draußen.«

»Das mache ich.«

Dann küsste er sie noch einmal intensiv, die Arme um ihren schlanken Körper geschlungen. Mann, er konnte es kaum erwarten, bis sie zurückkam. Er vermisste sie jetzt schon.

»Ich bin so was von armselig«, verkündete er, als sich die Tür hinter ihr geschlossen hatte.

»Sag ich doch.« V stand von der Bank auf und schnappte sich zwei Hanteln. »Gebundene Vampire sind eine Sache für sich.«

Kommentarlos schüttelte Butch den Kopf und versuchte,

sich wieder auf sein Trainingsprogramm für heute Nacht zu konzentrieren. Die letzten sieben Tage war er, während Marissa ihrer neuen Arbeit nachging, auf dem Anwesen geblieben und hatte daran gearbeitet, seinen neuen Körper in den Griff zu bekommen. Die Lernkurve verlief steil. Anfangs hatte er mit den einfachsten Tätigkeiten Schwierigkeiten gehabt. Mit Besteck essen oder einen Stift halten. Inzwischen testete er seine physischen Grenzen aus, um ein Gefühl dafür zu bekommen, wann – und ob – er sich verletzte. Die gute Nachricht war, dass bisher alles funktionierte. Na gut, fast alles. Eine Hand war ein bisschen ramponiert, aber nichts Ernstes.

Und die Fänge waren fantastisch.

Wie auch seine Kraft und Ausdauer. Egal, wie sehr er sich abrackerte, sein Körper nahm die Strapaze hin und reagierte darauf mit Wachstum. Bei den Mahlzeiten langte er ebenso zu wie Rhage und Z, nahm jeden Tag fünftausend Kalorien zu sich. Und trotzdem hatte er immer Hunger. Er legte an Muskelmasse zu, als würde er sich regelmäßig Steroide reinziehen.

Zwei Fragen blieben allerdings weiterhin ungeklärt. Konnte er sich dematerialisieren? Und wie würde er auf Sonnenstrahlen reagieren? V hatte den Vorschlag gemacht, die beiden Experimente noch um etwa einen Monat zu verschieben, und damit war er einverstanden. Er hatte momentan genug andere Sorgen.

»Du hörst doch wohl nicht schon auf, oder?«, fragte V zwischen seinen Bizepsbeugern. In jeder Hand stemmte er ungefähr fünfunddreißig Kilo.

So viel konnte Butch jetzt auch drücken.

»Keine Sorge, ich hab noch Saft.« Er stieg auf einen Crosstrainer und dehnte seine Beine.

Apropos Saft – über seine körperliche Fitness hinaus war er absolut und endlos sexbesessen. Ununterbrochen. Marissa war mittlerweile in sein Zimmer in der Höhle gezogen, und er konnte die Hände nicht von ihr lassen. Er hatte ein wahnsinnig schlechtes Gewissen deshalb und bemühte sich, sein Verlangen zu verbergen, aber sie spürte unweigerlich, wann er sie wollte, und wies ihn nie ab.

Sie schien die sexuelle Macht, die sie über ihn hatte, wirklich zu genießen. Genau wie er.

Meine Güte, er wurde schon wieder hart. Er musste nur an sie denken und stand schon Gewehr bei Fuß, selbst wenn er sie an dem Tag schon vier, fünf Mal gehabt hatte. Es ging ihm dabei nicht einfach darum, sich Erleichterung zu verschaffen. Es ging ausschließlich um sie. Er wollte bei ihr sein, in ihr sein, um sie herum sein: kein Sex zum Selbstzweck, sondern – na ja – Liebe machen. Mit ihr. Das machte die ganze Sache zu so einem köstlichen Vergnügen.

Scheiße noch mal, er war wirklich ein armseliger Typ.

Aber warum sollte er sich auch verstellen? Das war die beste Woche seines ganzen erbärmlichen Lebens gewesen. Er und Marissa waren so gut zusammen – und nicht nur im Bett. Neben seinem Training verbrachte er viel Zeit damit, sie bei ihrem sozialen Projekt zu unterstützen, und dieses gemeinsame Ziel hatte sie einander noch näher gebracht.

Das Refugium, wie sie ihr Haus getauft hatte, war zur Eröffnung bereit. V hatte die alte Villa im Kolonialstil generalstabsmäßig verdrahtet und gesichert, und obwohl noch eine Menge zu tun blieb, konnten sie schon Bedürftige aufnehmen. Bisher lebte nur die Frau mit der Tochter und ihrem Gipsbein dort, aber es klang so, als kämen bald noch viel mehr.

In dieser ganzen Zeit voller Neuerungen, Veränderungen und Herausforderungen war Marissa einfach wunderbar. Klug. Kompetent. Mitfühlend. Er kam zu dem Schluss, dass der Vampir in ihm, dieser bislang verborgene Teil seines Wesens, sich seine Gefährtin sehr weise gewählt hatte.

Wobei er immer noch Schuldgefühle hatte, sich mit ihr vereinigt zu haben. Immer wieder musste er an all das denken, was sie aufgegeben hatte – ihren Bruder, ihr altes Leben, die ganze Glitzerwelt der *Glymera*. Er hatte sich stets wie ein Waisenkind gefühlt, nachdem er sowohl seine Familie als auch seine Herkunft hinter sich gelassen hatte, und so etwas wollte er nicht für sie. Doch freigeben würde er sie deshalb auf keinen Fall.

Hoffentlich konnten sie ihre Trauungszeremonie bald zu Ende bringen. V hatte gesagt, ihm während der ersten Woche zusätzliche Schnitte zuzufügen, sei keine so tolle Idee. Was okay für ihn war, aber er wollte die Sache so schnell wie möglich vollenden. Und dann würden er und Marissa auch vor den Altar treten.

Komisch, er hatte sich angewöhnt, regelmäßig die Mitternachtsmesse zu besuchen. Die Red-Sox-Kappe in die Stirn gezogen, den Kopf gesenkt saß er ganz hinten in der Kirche *Our Lady* und blieb für sich, während er die Verbindung zu Gott und der Kirche neu knüpfte. Die Gottesdienste beruhigten ihn unermesslich, mehr als alles andere.

Denn die Finsternis war noch immer in ihm. Er war nicht allein in seiner Haut. In seinem Inneren wohnte ein Schatten, lauerte in ihm, eingeschlossen von Wirbeln und Rippen. Er spürte es dort zu jeder Zeit, wie es wanderte, sich hin und her schob, lauerte. Manchmal blickte es buchstäblich durch seine Augen nach draußen, und in diesen Momenten fürchtete er sich am meisten.

Doch in die Kirche zu gehen half. Er stellte sich gern vor, dass die Güte, die dort in der Luft lag, in ihn hineinsickerte. Wollte gern glauben, dass Gott ihm zuhörte. Musste wissen, dass es außerhalb seines Körpers eine Kraft gab, die ihm helfen würde, die Verbindung zu seiner Menschlichkeit und seiner Seele aufrechtzuerhalten. Denn ohne das wäre er tot, auch wenn sein Herz weiterschlüge.

»Hey, Bulle?«

Ohne auf seinem Crosstrainer auszusetzen wandte Butch den Kopf der Tür zu. Phury stand dort, seine irrsinnigen Haare glänzten rot, gelb und braun unter dem Neonlicht.

»Was gibt's, Phury?«

Der Bruder kam herein. Es war kaum zu merken, dass er ein Bein nachzog »Wrath möchte, dass du heute Abend zu unserem Treffen kommst, bevor wir losziehen.«

Butch schielte zu V hinüber. Der emsig seine Hanteln stemmte und die Augen auf den Boden gerichtet hatte. »Warum?«

»Einfach so.«

»Ist gut.«

Nachdem Phury wieder gegangen war, meinte er: »V, weißt du, was es damit auf sich hat?«

Sein Mitbewohner zuckte mit den Schultern. »Komm einfach zu den Treffen.«

»*Den* Treffen? Im Sinne von jede Nacht?«

V stemmte weiter, sein Bizeps wölbte sich unter dem Druck der Gewichte. »Ja. Jede Nacht.«

Drei Stunden später fuhren Butch und Rhage im Escalade los ... und Butch fragte sich, was zum Teufel eigentlich los war. Er war bis an die Zähne bewaffnet, unter der schwarzen Lederjacke trug er je eine Glock unter den Achseln und zusätzlich ein zwanzig Zentimeter langes Jagdmesser an der Hüfte.

Heute Nacht zog er als Kämpfer los.

Es war nur ein Probeeinsatz, und er musste sein Vorgehen mit Marissa besprechen, aber er wünschte sich so sehr, dass es klappte. Er wollte ... ja, er wollte kämpfen. Und die Brüder wollten das auch. Die ganze Truppe hatte es besprochen, vor allem die Sache mit seiner dunklen Seite. Herausgekommen war, dass er in der Lage und auch willens war,

Lesser zu töten; und die Bruderschaft brauchte mehr Mitstreiter auf ihrer Seite der Front. Also würden sie heute einen Versuchsballon steigen lassen.

Rhage saß am Steuer, und Butch sah aus dem Fenster und wünschte sich, V wäre heute Nacht nicht freigestellt. Ihm wäre es lieber gewesen, wenn sein Mitbewohner bei seinem Jungferneinsatz dabei gewesen wäre. Wenigstens setzte V aus, weil er turnusmäßig dran war, nicht, weil er nicht mehr kampffähig war. Es schien ihm sogar inzwischen besser zu gehen, schon lange war er tagsüber nicht mehr schreiend aus seinen Träumen aufgewacht.

»Bereit zur Jagd?«, fragte Rhage.

»Ja.« Mehr als das, sein Körper brüllte danach, eingesetzt zu werden. Und zwar hier, im Kampf.

Ungefähr fünfzehn Minuten später parkte Rhage hinter dem *Screamer's*. Als sie ausstiegen und Richtung Tenth Street losmarschierten, blieb Butch auf halbem Weg stehen und wandte sich der Seitenmauer des Gebäudes zu.

»Butch?«

In Gedenken an seine eigene Geschichte streckte er die Hand aus und berührte noch einmal den verrußten Fleck, wo Darius' Wagen in die Luft geflogen war. Ja, hier hatte alles begonnen … an genau dieser Stelle. Und doch – als er die rissigen, feuchten Ziegel unter den Fingern spürte, wusste er, dass der wahre Anfang genau hier, in diesem Moment lag. Sein wahres Wesen war zutage getreten. Jetzt erst war er, wer er sein musste.

»Alles klar, Kumpel?«

»Der Kreis schließt sich, Hollywood.« Er drehte sich zu seinem Bruder um. »Der Kreis schließt sich.« Auf Rhages ratlosen Blick reagierte Butch mit einem Lächeln und ging weiter.

»Also, wie läuft das normalerweise ab?«, fragte er, als sie in der Tenth Street ankamen.

»Üblicherweise decken wir einen Radius von fünfundzwanzig Häuserblocks zweimal ab. Im Prinzip gehen wir auf die Pirsch. Die *Lesser* suchen nach uns, wir suchen nach ihnen. Der Kampf beginnt, sobald wir ...«

Butch blieb abrupt stehen, sein Kopf schnellte von ganz allein herum, die Oberlippe gefletscht, die nagelneuen Fänge entblößt.

»Rhage«, sagte er leise.

Der Bruder stieß ein tiefes, zufriedenes Lachen aus. »Wo sind sie, Bulle?«

Butch flitzte bereits los, auf das Signal zu, das er aufgeschnappt hatte. Im Laufen spürte er die rohe Kraft seines Körpers. Er war wie ein Wagen mit einem brandneuen Hochleistungsmotor, kein stinknormaler Ford mehr. Und er hielt sich nicht zurück, donnernd rannte er im Gleichschritt mit Rhage die dunkle Straße hinunter.

Zwei Killer auf der Jagd.

Sechs Häuserblocks weiter stießen sie auf drei *Lesser*, die an der Mündung einer Seitenstraße eine Lagebesprechung abhielten. Völlig synchron wandten sie die Köpfe zu den heranstürmenden Vampiren um, und sobald ihre Blicke sich begegneten, spürte Butch dieses schreckliche gegenseitige Erkennen zwischen ihnen aufblitzen. Die Verbindung war unabänderlich, auf seiner Seite mit Entsetzen gekoppelt, auf ihrer mit Verwirrung: Sie schienen wahrzunehmen, dass er sowohl einer von ihnen als auch ein Vampir war.

In der dunklen, schmutzigen Gasse tobte die Schlacht rasch wie ein Sommergewitter, die Gewalt ballte sich zusammen und explodierte dann in Tritten und Schlägen. Butch steckte Hiebe an Kopf und Körper ein und schenkte keinem davon Beachtung. Nichts tat weh genug, um sich darum zu kümmern, als wäre seine Haut ein Panzer und seine Muskeln aus Stahl.

Schließlich schleuderte er einen der Jäger zu Boden,

setzte sich rittlings auf ihn und tastete nach dem Messer an seiner Hüfte.

Doch dann hielt er inne, überwältigt von einem Bedürfnis, gegen das er machtlos war. Die Klinge blieb, wo sie war; stattdessen brachte er sein Gesicht ganz dicht vor das seines Gegners und hielt ihn mit seinem Blick unter Kontrolle. Die Augen des *Lesser* traten vor Angst hervor, als Butch den Mund öffnete.

Wie aus weiter Ferne drang Rhages Stimme zu ihm durch: »Butch? Was machst du denn da? Ich habe die anderen beiden, du brauchst deinen nur noch mit dem Messer aufzulösen. Butch? *Mit dem Messer.*«

Doch Butch schwebte weiter über den Lippen des *Lesser*. Die Macht, die er in sich spürte, hatte *nichts* mit seinem Körper und *alles* mit dem dunklen Teil in ihm zu tun. Das Einsaugen begann langsam, beinahe sanft ... doch der Atemzug schien sich endlos fortzusetzen, ein stetiges Ziehen, das an Kraft gewann, bis die Schwärze aus dem *Lesser* entwich und in den Ex-Cop eindrang. Die Übertragung der wahren Essenz des Bösen, des ureigensten Wesens Omegas. Als Butch die widerwärtige schwarze Wolke schluckte und in sein Blut und seine Knochen einsinken fühlte, löste sich der *Lesser* in grauen Staub auf.

»*Ach, du Scheiße*«, raunte Rhage.

Van bremste an der Einfahrt der schmalen Straße, ein Instinkt befahl ihm, sich in die Schatten zu drücken. Er war kampfbereit hier angekommen, gerufen von einem Vampirjäger, der ihm von einem Handgemenge mit zwei Brüdern berichtet hatte. Doch als er jetzt eintraf, entdeckte er etwas, das auf keinen Fall richtig sein konnte.

Ein gigantischer Vampir hockte auf einem *Lesser*, die Blicke ineinander versenkt, während der Vampir ... *Verdammter Mist*, den Jäger einfach ins Nirwana saugte.

Als eine Aschewolke aufs Pflaster rieselte, sagte der blonde Bruder: »Ach, du Scheiße.«

In diesem Moment hob der Vampir, der den *Lesser* eingesaugt hatte, den Kopf und blickte genau zu Van, obwohl die Dunkelheit seine Gegenwart eigentlich hätte verbergen müssen.

Verflucht noch mal – das war der, nach dem sie suchten. Der Cop. Van hatte im Internet ein Foto von dem Kerl in einem Artikel über die Polizei von Caldwell gesehen. Nur, dass er damals ein Mensch gewesen war. Und jetzt mit Sicherheit keiner mehr war.

»Da ist noch einer«, sagte der Vampir mit heiserer, brüchiger Stimme. Schwach hob er den Arm und deutete auf Van. »Genau dort.«

Van nahm die Beine in die Hand, er war nicht scharf darauf, sich inhalieren zu lassen.

Es wurde allerhöchste Zeit, Mr X aufzutreiben.

19

Etwa einen Kilometer davon entfernt, in einem Penthouse mit Blick über den Fluss öffnete Vishous eine neue Flasche Grey Goose. Während er sich einen weiteren Klaren eingoss, beäugte er die beiden leeren Einliterflaschen, die schon auf der Küchentheke standen.

Sie würden bald einen neuen Freund haben. Sehr bald.

Zu hämmerndem Rap nahm er sein Kristallglas in die eine und die volle Flasche in die andere Hand und torkelte zur Terrassentür. Er ließ das Schloss aufspringen und schob die Glastür weit auf.

Ein kalter Windstoß traf ihn, und er lachte laut, während er nach draußen trat, den Nachthimmel betrachtete und einen tiefen Schluck nahm.

Was für ein guter Lügner er doch war. So ein guter Lügner.

Alle glaubten, es ginge ihm gut. Weil er seine kleinen Problemchen geschickt tarnte. Trug jetzt immer die Sox-Kappe, um das Zucken des Augenlides zu verstecken. Stellte sich den Wecker an seiner Armbanduhr auf alle halbe Stunde, um den Traum zurückzudrängen. Aß, obwohl er keinen Appetit hatte. Lachte, auch wenn er nichts komisch fand.

Und geraucht hatte er schon immer wie ein Schlot.

Er war sogar so weit gegangen, dass er sich Wrath gegenüber verstellt hatte. Auf die Frage des Königs nach seinem Befinden hatte V dem Bruder direkt in die Augen gesehen und mit bedächtiger, nachdenklicher Stimme behauptet, er habe zwar weiterhin »Schwierigkeiten« beim Einschlafen, der Albtraum sei aber »weg« und er fühle sich viel »ausgeglichener«.

Totaler Quatsch. Er war eine Glasscheibe mit einer Million Sprüngen darin. Es bräuchte nur ein sanftes Pochen, und er würde zerbersten.

Seine Zerbrechlichkeit lag nicht nur daran, dass seine Visionen ihn im Stich gelassen hatten. Auch nicht daran, dass er von seinem abartigen Albtraum gequält wurde. Das alles machte die Sache natürlich noch schlimmer, aber er wusste, ohne all das wäre er dennoch in einer ähnlichen Verfassung.

Butch und Marissa zu beobachten brachte ihn um.

Nicht, dass er ihnen ihr Glück nicht gönnte oder so was in der Art. Im Gegenteil, er freute sich wahnsinnig, dass die beiden zusammengefunden hatten, und inzwischen mochte er Marissa sogar inzwischen ein wenig. Es tat einfach nur weh, in ihrer Nähe zu sein.

Die Sache war die: Obwohl es vollkommen unangebracht und ihm selbst unheimlich war – betrachtete er Butch als ... *seins.* Er hatte dem Mann Einlass in ihre Welt gewährt. Er hatte monatelang mit ihm zusammengelebt. Er hatte ihn gefunden und zurückgeholt, nachdem die *Lesser* ihn in ihren schmutzigen Händen gehabt hatten. Und er hatte ihn geheilt.

Und es waren seine Hände gewesen, die ihn gewandelt hatten.

Fluchend schlingerte Vishous zu der einen Meter zwanzig hohen Mauer, die um die gesamte Terrasse der Dachwohnung verlief. Die Wodkaflasche machte ein schabendes Geräusch, als er sie abstellte, und er geriet ins Schwanken, als er das Glas an den Mund hob. Hoppla, Moment, er brauchte Nachschub. Beim Eingießen verschüttete er etwas, und wieder machte die Flasche beim Absetzen das schabende Geräusch.

Rasch kippte er das Zeug runter, dann lehnte er sich über die Mauer und schaute die dreißig Stockwerke hinunter auf die Straße. Schwindel packte und schüttelte ihn, bis die ganze Welt sich im Kreis drehte. Mitten in dem wirbelnden Tumult fand er endlich den passenden Begriff für seine spezielle Form des Leidens: Er hatte ein gebrochenes Herz.

Verfluchter Dreck, was für ein Chaos.

Ohne jede Freude lachte er über sich selbst, doch der harte Klang wurde vom stürmischen, bitterkalten Märzwind verschluckt.

Unsicher setzte er einen nackten Fuß hoch auf den kalten Stein. Dann streckte er den Arm aus, um sich festzuhalten, wobei sein Blick auf die Hand ohne den Handschuh fiel. Er erstarrte vor Schreck.

»O ... Gütiger ... *nein* ...«

Mr X starrte Van unverwandt an. »Was haben Sie gesagt?«

Die beiden standen in einem Schattenstreifen an der Ecke Commerce und Fourth Street, und Mr X war sehr froh, dass sie alleine waren. Denn er konnte nicht glauben, was er da hörte, und wollte nicht vor irgendwelchen anderen Jägern allzu fassungslos wirken.

Van zuckte die Achseln. »Er ist ein Vampir. Sah aus wie einer. Benahm sich wie einer. Und er hat mich sofort erkannt, obwohl ich keinen Schimmer habe, wie er mich überhaupt sehen konnte. Aber der Jäger, den er erledigt hat – das war das wirklich Merkwürdige daran. Der Bursche ist einfach … verdampft. Überhaupt nicht so wie sonst, wenn Sie einen von uns erstechen. Außerdem war der blonde Bruder auch total geschockt. Passieren solche Sachen denn öfter?«

Nichts davon passierte öfter. Ganz besonders nicht der Mittelteil mit dem Kerl, der mal ein Mensch gewesen war und jetzt offenbar Fänge hatte. So ein Scheiß verstieß gegen die Natur, genau wie die Nummer mit dem Inhalieren.

»Und sie haben Sie einfach so abhauen lassen?«, fragte Mr X jetzt.

»Der Blonde hat sich Sorgen um seinen Kumpel gemacht.«

Loyalität. Herrgott noch mal. Immer diese Loyalität unter den Brüdern. »Ist Ihnen an O'Neal irgendetwas aufgefallen? Abgesehen davon, dass er offenbar die Wandlung durchlaufen hat?«

Vielleicht täuschte sich Van …

»Ähm, mit der einen Hand stimmte was nicht. Die war … irgendwie krumm.«

Mr X spürte ein innerliches Kribbeln, als wäre sein Körper eine Glocke, die geläutet worden war. Mit Absicht hielt er seine Stimme ruhig. »Was genau stimmte denn nicht damit?«

Van hob seine Hand und zog den kleinen Finger ganz nah an die Innenfläche. »Sie sah ungefähr so aus. Der kleine Finger war ganz steif und gekrümmt, als könnte er ihn nicht bewegen.«

»Welche Hand?«

»Hmm … die rechte. Genau, die rechte.«

Benommen lehnte sich Mr X mit dem Rücken an die Seitenwand der chemischen Reinigung. Und rief sich die Prophezeiung ins Gedächtnis:

Es wird Einer kommen, das Ende vor den Meister zu bringen,
ein Kämpfer moderner Zeit, angetroffen im Siebten des
Einundzwanzigsten
und man wird ihn erkennen an den Zahlen, die er trägt:
Eines mehr als der Umkreis, dessen er gewahr wird,
doch zu seiner Rechten bloße Vier zu zählen.
Drei Leben hat er,
zwei Kerben in seiner Front
und mit einem einzigen schwarzen Auge wird in einem
Quell er geboren werden und sterben.

Mr X bekam am ganzen Körper eine Gänsehaut. Scheiße, Scheiße, Scheiße.

Wenn O'Neal die Anwesenheit von *Lessern* spüren konnte, dann bedeutete das vielleicht »eines mehr als den Umkreis, dessen er gewahr wird«. Und das mit der rechten Hand passte auch dazu, falls er den kleinen Finger nicht ausstrecken konnte. Aber was war mit der zusätzlichen Narbe? Moment mal – die Öffnung, durch die Omega das Stück seiner selbst in O'Neal gesteckt hatte. Zusammen mit seinem Nabel wären das zwei Kerben. Und das schwarze Mal, das dabei zurückgeblieben war, wäre vielleicht das Auge, das die Schriftrollen erwähnten. Was das Geborenwerden und Sterben betraf, so war O'Neal in Caldwell als Vampir neu zur Welt gekommen und würde vermutlich auch hier irgendwann den Tod finden.

Die Gleichung ging auf, aber der echte Hammer daran war nicht die Mathematik. Sondern dass man noch nie, absolut niemals davon gehört hatte, dass ein *Lesser* auf diese Art und Weise ins Jenseits befördert wurde.

Jetzt richtete Mr X den Blick wieder auf Van, die Erkenntnis sickerte durch, alles musste völlig neu ausgerichtet werden. »Sie sind es nicht.«

»Du hättest mich einfach dort lassen sollen«, sagte Butch, als er und Rhage vor Vs Haus anhielten. »Und dem anderen *Lesser* hintererlaufen.«

»Ja, klar. Du sahst aus, als hätte dich ein Bus überfahren, und es waren noch mehr von den Kerlen unterwegs, das garantiere ich dir.« Rhage schüttelte den Kopf, als die beiden ausstiegen. »Soll ich mit hochkommen? Du hast immer noch so ein komisches Glänzen in den Augen.«

»Ja, kann schon sein. Aber geh du lieber raus und mach die Arschlöcher fertig.«

»Ich mag es, wenn du schmutzige Worte benutzt.« Rhage lächelte kurz, dann wurde er ernst. »Hör mal, was da passiert ist …«

»Genau deshalb muss ich mit V sprechen.«

»Gut. V weiß alles.« Rhage drückte Butch den Schlüssel zum Escalade in die Hand und schlug ihm freundschaftlich die Schulter. »Ruf mich, wenn du mich brauchst.«

Damit löste er sich in Luft auf, und Butch ging in die Lobby, winkte dem Wachmann und stieg in den Aufzug. Die Fahrt nach oben schien endlos lang zu dauern, und die ganze Zeit über spürte er das Böse in seinen Adern. Sein Blut war wieder schwarz. Er wusste es genau. Und er stank widerlich nach Talkum. Er kam sich vor wie ein Aussätziger.

Als er aus dem Lift stieg, hörte er schon laut Musik wummern. Ludacris. *Chicken N Beer* dröhnte durch das gesamte Treppenhaus.

Er hämmerte an die Tür. »V?«

Nichts. Mist. Er war schon mal unangemeldet reingeplatzt und …

Aus irgendeinem Grund hörte er ein Klicken im Schloss, und die Tür ging einen Spaltbreit auf. Butch drückte dagegen, seine Polizisten-Antennen aufs Äußerste angespannt. Die Musik wurde lauter.

»Vishous?« Eine kalte Brise wehte durch die offene Terrassentür in das Penthouse. »Hey, V?«

Im Vorbeigehen warf Butch einen Blick auf die Küchentheke. Da standen zwei leere Wodkaflaschen. Drei Deckel lagen daneben. Eine sichere Fahrkarte ins Koma.

Er rechnete damit, V bewusstlos in einem Sessel vorzufinden.

Doch stattdessen bot sich ihm ein schauderhafter Anblick: Vishous stand auf der Mauer, die um die Terrasse herum verlief, nackt, im Wind schwankend und ... von Kopf bis Fuß leuchtend.

»Du lieber Himmel, V.«

Der Bruder wirbelte herum, dann breitete er seine strahlenden Arme weit aus. Mit einem irren Lächeln drehte er sich langsam einmal im Kreis herum. »Hübsch, was? Es ist überall auf mir.« Er hob eine Flasche Grey Goose an die Lippen und nahm einen langen Schluck. »Hey, glaubst du, sie wollen mich jetzt festbinden und jeden Zentimeter meiner Haut tätowieren?«

Ganz langsam überquerte Butch die Terrasse. »V, mein Freund, wie wär's, wenn du mal da runterkommst?«

»Warum denn? Ich wette, dass ich klug genug zum Fliegen bin.« V warf einen Blick über die Schulter auf den Abgrund hinter sich. Während er im Wind vor und zurück schaukelte, war sein leuchtender Körper erschreckend schön. »Ja, ich bin so beschissen schlau, dass ich bestimmt die Schwerkraft überlisten kann. Willst du mal sehen?«

»V ...« Ach, Mist. »V, Kumpel, jetzt komm schon da runter.«

Vishous wandte ihm wieder den Kopf zu und schien abrupt nüchtern zu werden. Seine Augenbrauen waren so weit zusammengezogen, dass sie sich in der Mitte trafen. »Du riechst wie ein *Lesser.*«

»Ja, ich weiß.«

»Warum?«

»Das erzähle ich dir, wenn du runterkommst.«

»So was nennt man Erpressung.« V nahm noch einen Schluck Wodka. »Ich will nicht runterkommen, Butch. Ich will fliegen ... wegfliegen.« Er legte den Kopf wieder in den Nacken und sprang hoch ... fing sich aber wieder, indem er wild mit der Flasche fuchtelte. »Hoppla. Beinahe abgestürzt.«

»Vishous ... jetzt lass den Quatsch!«

»Soso, Bulle. Du hast also wieder Omega in dir. Und dein Blut fließt schwarz in deinen Adern.« V schob sich die Haare aus den Augen, so dass man die Tätowierung an der Schläfe sehen konnte, von hinten beleuchtet durch den Schein unter seiner Haut. »Und doch bist du nicht eigentlich böse. Wie hat sie das noch formuliert? Ach, genau ... der Sitz des Bösen ist in der Seele. Und du ... du, Butch O'Neal, hast eine gute Seele. Besser als das, was ich in mir habe.«

»Vishous, komm sofort runter.«

»Ich mochte dich, Bulle. Vom ersten Moment an. Nein, nicht im allerersten Moment. Da wollte ich dich töten. Aber dann mochte ich dich. Sehr.« Mein Gott, so hatte Butch Vishous noch nie gesehen. Traurig, zärtlich, aber vor allem – sehnsüchtig. »Ich hab euch beiden zugeschaut, Butch. Ich hab dich gesehen, als du ... sie geliebt hast.«

»Was?«

»Marissa. Ich habe gesehen, wie du auf ihr gelegen hast, in der Klinik.« Er wedelte mit seiner weiß glühenden Hand in der Luft herum. »Das war falsch, ich weiß, und es tut mir sehr leid ... aber ich konnte mich von dem Anblick nicht losreißen. Ihr beide ward so wunderschön zusammen, und ich wollte das auch ... was auch immer das war. Ich wollte das auch fühlen. Nur ein Mal. Ich wollte wissen, wie das ist, ganz normal Sex zu haben; wie das ist, wenn einem derjenige etwas bedeutet, mit dem man kommt.« Er lachte unschön auf.

»Tja, das, was ich will, ist nicht gerade normal, oder? Wirst du mir meine Perversion verzeihen? Wirst du mir meinen beschämenden und schändlichen Diebstahl verzeihen? Verflucht noch mal ... wie ich uns beide erniedrige ...«

Butch hätte im Augenblick absolut alles gesagt, um seinen Freund von dieser Mauer herunterzulocken, aber er spürte ganz deutlich, dass V von sich selbst entsetzt war. Was vollkommen unnötig war. Niemand konnte doch etwas für seine Gefühle, und Butch empfand diese Offenbarung nicht als Bedrohung. Aus irgendeinem Grund auch nicht als Überraschung.

»V, Kumpel. Wir sind Freunde. Du und ich ... wir sind doch Freunde.«

Der sehnsüchtige Ausdruck verschwand von Vs Miene, und sein Gesicht wurde zu einer kalten Maske, die in Anbetracht ihrer Situation beängstigend war. »Du warst der einzige Freund, den ich je hatte.« Wieder dieses furchtbare Lachen. »Auch wenn meine Brüder bei mir waren, warst du doch der Einzige, dem ich mich nahe fühlte. Ich bin nicht so gut in Beziehungskisten, weißt du. Aber bei dir war es anders.«

»V, das empfinde ich ganz genauso. Aber wir sollten dich ...«

»Und du warst nicht wie die anderen, dir hat es nie was ausgemacht, dass ich anders war. Die anderen ... die haben mich gehasst, weil ich anders war. Was jetzt auch egal ist. Sie sind sowieso alle tot. Tot, tot ...«

Butch hatte keine Ahnung, wovon V sprach, aber der Inhalt spielte auch keine große Rolle. Die Vergangenheitsform war akut das Problem.

»Ich bin immer noch dein Freund. Ich bleibe immer dein Freund.«

»Immer ... komisches Wort, immer.« V beugte die Knie, er konnte kaum das Gleichgewicht halten, während er in die Hocke ging.

Butch machte einen Schritt nach vorn.

»Das lässt du schön bleiben, Bulle. Bleib da stehen.« V stellte den Wodka ab und strich leicht mit dem Finger über den Flaschenhals. »Das Zeug hat sich immer gut um mich gekümmert.«

»Warum trinken wir dann nicht einen zusammen?«

»Ach nee. Aber du kannst den Rest haben.« Vishous' Diamantblick hob sich, die linke Pupille dehnte sich mehr und mehr aus, bis sie den gesamten weißen Teil verschlungen hatte. Es gab eine lange Pause, dann lachte V. »Weißt du, ich kann nichts sehen … selbst wenn ich mich öffne, selbst wenn ich mich freiwillig melde, bin ich blind. Ich bin visionsbehindert.« Er sah an sich herunter. »Aber ich bin trotzdem noch ein verdammtes Nachtlicht. Wie eine von diesen Lampen, die man in die Steckdose einstöpselt und die dann leuchten.«

»V …«

»Du bist doch ein guter Ire, oder?« Als Butch nickte, fuhr V fort: »Ire, Ire, lass mich mal überlegen. Genau …« Vishous' Augen bekamen einen nüchternen Ausdruck und mit brechender Stimme sagte er: »Möge die Straße uns zusammenführen. Und der Wind in deinem Rücken sein. Sanft falle der Regen auf deine Felder und warm auf dein Gesicht der Sonnenschein. Und, mein lieber Freund, bis wir uns wiedersehen, halte Gott dich im Frieden seiner Hand.«

Mit einem mächtigen Satz sprang V rückwärts von der Mauer ins Leere.

20

»John, ich muss mit dir sprechen.«

John blickte von Tohrs Sessel auf, als Wrath ins Arbeitszimmer kam und die Tür hinter sich schloss. Dem finsteren Gesichtsausdruck des Königs nach zu urteilen, ging es um etwas Ernstes. Also legte er das Lehrbuch der Alten Sprache beiseite und machte sich innerlich auf etwas gefasst. Was, wenn es um die Nachricht ging, vor der er sich seit drei Monaten gefürchtet hatte?

Wrath ging um den Schreibtisch herum und drehte den Thron so, dass er John gegenübersaß. Dann setzte er sich hin und holte tief Luft.

Ja, das ist es. Tohr ist tot. Sie haben seine Leiche gefunden.

Wrath zog die Stirn in Falten. »Ich kann deine Angst und deine Traurigkeit riechen, mein Junge. Und beides kann ich gut nachvollziehen. Die Beerdigung ist in drei Tagen.«

John schluckte und schlang sich die Hände um die Schultern, ein schwarzer Strudel wirbelte um ihn herum und nahm die Welt mit sich.

»Die Familie deines Klassenkameraden hat darum gebeten, dass alle Schüler dabei sind.«

John riss den Kopf hoch. *Was?*, formten seine Lippen.

»Dein Klassenkamerad, Hhurt. Er hat die Wandlung nicht überstanden. Er ist letzte Nacht gestorben.«

Dann war Tohr gar nicht tot?

Mühsam erholte sich John von dem einen Schock, nur um gleich den nächsten zu erleiden. Einer der Schüler war an der Wandlung *gestorben?*

»Ich dachte, du hättest schon davon gehört.«

John verneinte und rief sich Hhurts Bild vor Augen. Er hatte ihn nicht besonders gut gekannt, aber trotzdem ...

»Das kann vorkommen, John. Aber darum solltest du dir keine Sorgen machen. Wir werden uns gut um dich kümmern.«

Jemand war während der Transition *gestorben? O Mann ...*

Ein längeres Schweigen entstand. Dann stützte Wrath die Ellbogen auf die Knie und beugte sich vor. Als ihm das glänzende schwarze Haar über die Schultern nach vorn fiel, strich es über seine in Leder gehüllten Oberschenkel.

»Wir müssen uns langsam Gedanken machen, wer für dich da sein soll, wenn du durch die Wandlung gehst. Du weißt schon – wer dich nähren soll.«

John musste an Sarelle denken, die zusammen mit Wellsie von den *Lessern* getötet worden war. Sein Herz krampfte sich zusammen. Sie hätte diejenige sein sollen, die während der Transition für ihn da war.

»Es gibt zwei Möglichkeiten für uns, mein Sohn. Wir könnten dich mit jemandem von außen zusammenbringen. Bella kennt einige Familien mit Töchtern, und eine von denen ... eine von ihnen könnte sogar eine gute Partnerin für dich abgeben.« Als John sich verkrampfte, fuhr Wrath schnell fort: »Aber ich will ehrlich zu dir sein: Mich begeistert diese Lösung nicht so sehr. Es könnte schwierig sein, jemanden von außen rechtzeitig zu dir zu bringen. Fritz müsste sie abholen, und wenn die Wandlung kommt, zählt jede Minute. Falls du das allerdings möchtest ...«

John legte Wrath die Hand auf den tätowierten Unterarm und schüttelte den Kopf. Er kannte die andere Option nicht, aber er war sich verdammt sicher, dass er nicht in die Nähe einer verfügbaren Vampirin kommen wollte. Ohne weiter nachzudenken sagten seine Hände: *Keine Partnerin. Was bleibt mir sonst für eine Möglichkeit?*

»Wir könnten dich eine der Auserwählten nutzen lassen.«

John legte den Kopf zur Seite.

»Das sind die engsten Vertrauten der Jungfrau der Schrift, Vampirinnen, die auf der anderen Seite leben. Rhage benutzt eine von ihnen, Layla, weil er sich von Marys Blut nicht nähren kann. Layla ist eine sichere Option, und wir können sie in null Komma nichts hier herholen.«

Jetzt tippte John Wrath auf den Arm und nickte mit dem Kopf.

»Ist es das, was du möchtest?«

Ja, wer auch immer diese Vampirin sein mochte.

»Okay. Prima. Das ist sicher eine gute Idee, Sohn. Ihr Blut ist sehr rein, und das wird hilfreich sein.«

John lehnte sich im Sessel zurück, wie von Ferne hörte er das alte Leder knarren. Er dachte an Blaylock und Butch, die beide die Wandlung überlebt hatten ... vor allem dachte er an Butch. Der Ex-Cop war jetzt so glücklich. Und so groß. Und stark.

Die Transition war das Risiko auf jeden Fall wert, redete John sich gut zu. Abgesehen davon – ihm blieb ja ohnehin nichts anderes übrig, als sich darauf einzulassen. Es war nicht so, dass er in dieser Sache eine Wahl gehabt hätte.

Wrath sprach weiter. »Ich werde die Directrix der Auserwählten fragen, aber das ist eine reine Formalität. Komisch eigentlich, früher war es immer so, dass Krieger von diesen Vampirinnen ihre Kraft erhielten. Sie werden entzückt sein.« Jetzt fuhr er sich mit der Hand durchs Haar. »Du wirst sie natürlich vorher kennenlernen wollen.«

John bestätigte das. Dann wurde er leicht nervös.

»Ach, mach dir keine Gedanken. Layla wird dich mögen. Danach darfst du sie bestimmt sogar nehmen, wenn du willst. Darin, Vampire auf diese Art und Weise einzuweihen, können die Auserwählten sehr gut sein. Manche, wie Layla, sind sogar dazu ausgebildet.«

John spürte, wie sich ein dümmlicher Gesichtsausdruck auf seine Miene legte. Wrath sprach ja wohl nicht über Sex, oder?

»Doch, Sex. Je nachdem, wie hart die Wandlung für dich war, könnte es sein, dass du unmittelbar danach Sex haben willst.« Wrath stieß ein trockenes Kichern aus. »Frag nur Butch.«

Als Antwort konnte John den König nur anstarren und rot flackern wie ein Leuchtturm.

»Das hätten wir dann also geklärt.« Wrath stand auf und schob den massiven Thron ohne die geringste Anstrengung zurück an den Schreibtisch. Dann legte er den Kopf schief. »Was dachtest du denn, worüber ich mit dir reden wollte?«

John ließ den Kopf sinken und strich geistesabwesend über die Armlehne von Tohrs Sessel.

»Ach so, du dachtest, es ging um Tohrment?«

Der Klang dieses Namens brachte Johns Augen zum Brennen, und er weigerte sich, aufzusehen, als Wrath seufzte.

»Du dachtest, ich würde dir sagen, dass er tot ist.«

John zuckte mit den Schultern.

»Tja, ich persönlich glaube nicht, dass er in den Schleier gegangen ist.«

Jetzt schnellte Johns Kopf automatisch hoch.

»Ich kann immer noch einen Widerhall von ihm in meinem Blut spüren. Als wir Darius verloren, da fühlte ich nichts mehr in den Adern. Deshalb bin ich überzeugt davon, dass Tohr noch lebt.«

Erleichterung übermannte John, doch dann nahm er das Streicheln über die Lehne wieder auf.

»Du glaubst, du bist ihm egal, weil er sich nicht gemeldet hat oder zurückgekommen ist?«

John nickte.

»Weißt du, mein Sohn, wenn ein gebundener Vampir seine Partnerin verliert, dann verliert er sich selbst. Das ist die schlimmste Art von Trennung, die man sich vorstellen kann – ich habe gehört, es soll für einen Mann sogar noch schlimmer sein, als ein Kind zu verlieren. Deine Gefährtin ist dein Leben. Beth ist meines. Wenn ich sie verlöre … ja, ich habe einmal zu Tohr gesagt, dass ich mir das nicht einmal rein theoretisch vorstellen kann.« Wrath streckte die Hand aus und legte sie John auf die Schulter. »Eines will ich dir sagen. Falls Tohr je zurückkommt, dann wird es deinetwegen sein. Für ihn warst du wie ein eigenes Kind. Vielleicht könnte er die Bruderschaft hinter sich lassen, aber dich niemals. Darauf hast du mein Wort.«

John stiegen die Tränen in die Augen, aber er würde nicht vor dem König weinen. Er drückte den Rücken durch und biss die Zähne zusammen, und Wrath senkte den Kopf, als wollte er seine Anstrengung anerkennen.

»Du bist ein Mann von Wert, John, und du wirst Tohr stolz machen. Und jetzt werde ich mich an Layla wenden.«

Der König ging zur Tür, dann warf er noch einen letzten Blick über die Schulter. »Z hat mir erzählt, dass ihr beide euch jede Nacht trefft. Das ist gut. Ich möchte, dass ihr das fortsetzt.«

Als Wrath gegangen war, sank John in den Sessel zurück. Mein Gott, diese Spaziergänge mit Z waren so seltsam. Sie sprachen nicht miteinander, sondern zogen sich nur unmittelbar vor Morgengrauen ihre Parkas über und marschierten durch den Wald. Er wartete immer noch darauf, dass der Bruder ihm irgendwelche Fragen stellte, bohrte und löcherte, in seinem Kopf herumzuwühlen versuchte. Doch bisher war nichts dergleichen geschehen. Sie waren einfach nur schweigend zu zweit unter den hohen Kiefern herumgelaufen.

Das Merkwürdige daran war, dass er sich inzwischen an ihre Touren gewöhnt hatte, sich fest darauf verließ. Und nach dem Gespräch über Tohr würde er heute Nacht wirklich einen kleinen Streifzug brauchen.

Butch schrie aus Leibeskräften, während er über die Terrasse rannte. Er stieß sich ab und warf sich auf die Mauer, konnte aber nichts erkennen, weil er so weit oben war und sich auf dieser Seite des Gebäudes keine Laternen befanden. Was das Geräusch eines auf den Boden prallenden Körpers betraf – er schrie weiß Gott laut genug, um diese Art von dumpfem Schlag zu übertönen.

»Vishous!«

O mein Gott, wenn er doch nur schnell genug hinterherkäme, dann könnte er ... was auch immer, V zu Havers bringen oder so was ... irgendwas. Er fuhr herum, um zum Aufzug zu rennen ...

Da erschien Vishous vor ihm wie ein leuchtendes Gespenst, eine perfekte Spiegelung dessen, was der Bruder gewesen war, eine ätherische Vision von Butchs einzig wahrem Freund.

Butch geriet ins Taumeln, ein jämmerliches Winseln kam ihm über die Lippen. »V ...«

»Ich konnte es nicht«, sagte das Gespenst.

Butchs Miene wurde fragend. »V?«

»So sehr ich mich selbst hasse – ich will nicht sterben.«

Butch wurde es eiskalt. Dann glühte er plötzlich so heiß wie der Körper seines Mitbewohners.

»Du verfluchtes Arschloch!« Ohne nachzudenken schoss er auf Vishous zu und umklammerte seine Kehle. »Du verfluchtes ... Arschloch! Du hast mich zu Tode erschreckt!«

Er riss den Arm zurück und schlug V direkt ins Gesicht, krachend landete seine Faust auf dem Kieferknochen. Rasend vor Wut machte er sich auf einen Gegenschlag gefasst. Doch statt sich zu wehren, schlang V die Arme um Butch, ließ den Kopf an seine Schulter sinken und – brach in Tränen aus. Bebte am ganzen Körper. Zitterte so stark, dass er zu zerbrechen drohte.

Immer noch stinksauer stützte Butch Vishous, hielt den nackten, leuchtenden Körper seines Bruders fest umschlungen, während der kalte Wind um sie herum heulte.

Als ihm langsam die Kraftausdrücke ausgingen, raunte er V ins Ohr: »Wenn du so was noch mal abziehst, dann bringe ich dich höchstpersönlich um. Haben wir uns verstanden?«

»Ich verliere den Verstand«, nuschelte V an Butchs Hals. »Das Einzige, was mich immer gerettet hat, verliere ich jetzt ... habe ich schon verloren ... ist verschwunden. Es ist das Einzige, was mich gerettet hat, und jetzt habe ich nichts mehr ...«

Als Butch ihn noch fester an sich drückte, bemerkte er in seinem Inneren ein Gefühl von Erleichterung und Heilung. Wobei er nicht länger darüber nachdachte, da er etwas Heißes und Nasses in seinen Kragen tropfen spürte. Er hatte so einen Verdacht, dass es Tränen waren, wollte aber nicht darauf herumreiten. V war zweifellos entsetzt über diese Zurschaustellung von Schwäche, falls er wirklich weinte.

Butch legte seinem Mitbewohner die Hand in den Nacken und murmelte: »Überlass das mit dem Retten doch einfach mir, bis du wieder klar im Kopf bist, was meinst du dazu? Ich sorge dafür, dass dir nichts passiert.«

Als Vishous endlich nickte, dämmerte Butch plötzlich etwas. Scheiße – er war dem Leuchten ganz nah ... aber er brannte nicht, und er spürte auch keinen Schmerz. Im Gegenteil, er konnte fühlen, wie die Schwärze aus seiner Haut und seinen Knochen sickerte, in das weiße Licht hinein strömte, das Vishous war: Das war die Erleichterung, die er vorhin gespürt hatte.

Warum nur verglühte er nicht?

Aus dem Nichts sagte eine weibliche Stimme: »Weil dies ist, was sein soll, das Licht und die Dunkelheit vereint, zwei Halbe, die ein Ganzes ergeben.«

Butch und V rissen die Köpfe herum. Die Jungfrau der Schrift schwebte über die Terrasse, ihr schwarzer Umhang unbewegt, trotz der eisigen Böen um sie herum.

»Deshalb wirst du nicht von der Hitze verzehrt«, sagte sie. »Und deshalb erkannte er dich von Anfang an.« Sie lächelte leicht, obwohl Butch nicht klar war, woher er das wusste. »Das ist der Grund, aus dem das Schicksal dich zu uns geführt hat, Butch, Nachkomme des Wrath, Sohn des Wrath. Der Zerstörer ist angekommen, und du bist er.

Und nun beginnt eine neue Epoche in diesem Kriege.«

21

Nickend wechselte Marissa das Handy ans andere Ohr und überprüfte die Bestellliste auf ihrem Schreibtisch. »Ganz recht, wir brauchen eine Großküchenausstattung. Mindestens sechs Kochplatten.«

Sie spürte jemanden im Türrahmen stehen und blickte auf. Nur um völlig den Faden zu verlieren. »Könnte ich ... äh, könnte ich Sie vielleicht zurückrufen?« Sie wartete nicht auf eine Entgegnung, sondern legte direkt auf. »Havers. Wie hast du uns gefunden?«

Ihr Bruder neigte den Kopf. Er war gekleidet wie üblich – Burberrysakko, graue Hose und Fliege. Die Hornbrille war neu. Und sah doch genauso aus wie die, die sie an ihm kannte.

»Meine Krankenschwestern haben mir mitgeteilt, wo du dich aufhältst.«

Marissa erhob sich von ihrem Stuhl und verschränkte die Arme vor der Brust. »Und was führt dich hierher?«

Anstatt zu antworten, sah er sich um. Sie konnte sich gut

vorstellen, dass er nicht besonders beeindruckt war. Ihr Büro bestand im Augenblick lediglich aus einem Tisch, einem Stuhl, einem Laptop und viel nacktem Holzfußboden. Daraus, und aus Tausenden von Zetteln, auf denen sie notiert hatte, was es zu erledigen galt. Havers' Arbeitsraum dagegen war ein typisches, vornehmes Studierzimmer der Alten Welt. Auf den Böden lagen Aubusson-Teppiche, an den Wänden hingen seine Zeugnisse aus Harvard neben einem Teil seiner Kunstsammlung.

»Havers?«

»Du hast Großes geleistet in dieser Einrichtung.«

»Wir fangen gerade erst an, und es ist ein Heim, ein Refugium, keine *Einrichtung*. Also, warum bist du hier?«

Er räusperte sich. »Ich bin auf Bitte des *Princeps*-Rates hier. Beim nächsten Treffen soll über das Bannungs-Gesuch abgestimmt werden, und der Leahdyre sagte, er habe die ganze letzte Woche versucht, dich zu erreichen. Du hast keinen seiner Anrufe erwidert.«

»Ich bin beschäftigt, wie du siehst.«

»Aber sie können nicht abstimmen, wenn nicht alle Mitglieder anwesend sind.«

»Dann sollten sie mich eben ausschließen. Es überrascht mich geradezu, dass sie nicht längst ausgetüftelt haben, wie das geht.«

»Du gehörst zu den sechs Gründerblutlinien. So wie die Dinge liegen, kannst du weder ausgeschlossen noch entschuldigt werden.«

»Tja, wie unpraktisch für euch. Du wirst allerdings Verständnis dafür haben, dass ich an dem Abend nicht abkömmlich bin.«

»Ich habe dir noch gar kein Datum genannt.«

»Wie ich schon sagte, ich bin nicht abkömmlich.«

»Marissa, wenn du mit dem Gesuch nicht einverstanden bist, dann kannst du deinen Standpunkt während der Einlassungsphase des Treffens geltend machen. Du kannst dir Gehör verschaffen.«

»Und alle, die ein Wahlrecht besitzen, werden das Gesuch unterstützen?«

»Es ist wichtig, für die Sicherheit unserer Frauen zu sorgen.«

Marissa wurde innerlich kalt. »Und doch hast du mich aus dem einzigen Heim, das ich besaß, vertrieben, und das dreißig Minuten vor Sonnenaufgang. Bedeutet das, du hast dir dein Engagement für mein Geschlecht anders überlegt? Oder bin ich für dich nur einfach keine Frau?«

Immerhin wurde er rot. »Zu dem Zeitpunkt war ich emotional stark aufgewühlt.«

»Auf mich hast du sehr ruhig gewirkt.«

»Marissa, es tut mir leid ...«

Sie brachte ihn mit einer scharfen Handbewegung zum Schweigen. »Sei still. Ich will es nicht hören.«

»Bitte. Aber du solltest dem Rat keine Steine in den Weg legen, nur um dich an mir zu rächen.«

Als er an seiner Fliege nestelte, erhaschte sie einen flüchtigen Blick auf den Familiensiegelring an seinem kleinen Finger. Mein Gott – wie hatte es so weit mit ihnen kommen können? Sie konnte sich noch genau an Havers' Geburt erinnern und wie er auf dem Arm ihrer Mutter ausgesehen hatte. So ein niedliches Baby. So ein ...

Marissa erstarrte, als ihr plötzlich ein Gedanke kam. Hastig verbarg sie den Schock, der sich sicherlich auf ihrer Miene abzeichnete. »In Ordnung. Ich komme zu dem Treffen.«

Havers ließ erleichtert die Schultern sinken, und er teilte ihr Zeit und Ort mit. »Danke. Ich danke dir dafür.«

Sie lächelte kühl. »Sehr gern geschehen.«

Ein Schweigen entstand, während er ihre Hose und den Pulli und den überfüllten Schreibtisch musterte. »Du wirkst ... verändert.«

»Das bin ich auch.«

An seinem verkniffenen, verlegenen Gesichtsausdruck erkannte sie, dass er noch derselbe war. Natürlich hätte er es vorgezogen, wenn sie sich dem Idealbild der *Glymera* angepasst hätte: eine würdevolle Vampirin, die einem distinguierten Heim vorsteht. Tja, Pech gehabt. Sie hielt sich jetzt nur noch an ihre neue oberste Regel: Ob richtig oder falsch, sie selbst traf die Entscheidungen in ihrem Leben. Niemand sonst.

Jetzt nahm sie das Telefon wieder zur Hand. »Wenn du mich jetzt entschuldigen würdest.«

»Ich möchte dir meine Dienste anbieten. Die der Klinik, meine ich. Kostenfrei.« Er schob sich die Brille auf der geraden Nase zurecht. »Die Frauen und Kinder, die hier Unterschlupf finden, werden medizinische Versorgung benötigen.«

»Danke. Danke ... dafür.«

»Außerdem werde ich das Pflegepersonal anweisen, Ausschau nach Anzeichen von Missbrauch zu halten. Wir werden jeden Verdachtsfall an dich verweisen.«

»Das wäre sehr hilfreich.«

Noch einmal neigte er den Kopf. »Wir stehen gern zu Diensten.«

Als ihr Handy klingelte, sagte sie: »Auf Wiedersehen, Havers.«

Seine Augen weiteten sich, und ihr wurde bewusst, dass sie zum ersten Mal *ihn* fortgeschickt hatte.

Doch Veränderung war immer gut – und er gewöhnte sich besser schnell an die neue Weltordnung.

Wieder klingelte das Telefon. »Schließ bitte die Tür hinter dir. Wenn es dir nichts ausmacht.«

Als er weg war, prüfte sie die Nummer auf dem Display und seufzte erleichtert auf: Butch, der Jungfrau sei Dank. Sie musste jetzt seine Stimme hören.

»Hallo«, begann sie, »du glaubst ja nicht, wer gerade ...«

»Kannst du nach Hause kommen? Sofort?«

Ihre Hand umschloss den Hörer fester. »Was ist denn los? Bist du verletzt?«

»Mir geht es gut.« Seine Stimme war viel zu ruhig. Unglaubwürdig ruhig. »Aber ich brauche dich hier. Sofort.«

»Ich bin schon unterwegs.«

Sie schnappte sich ihren Mantel, schob das Telefon in die Tasche und machte sich auf die Suche nach ihrer bisher einzigen Angestellten.

Als sie die ältere *Doggen* gefunden hatte, sagte sie: »Ich muss weg.«

»Herrin, Ihr scheint beunruhigt. Kann ich irgendetwas tun?«

»Nein danke. Ich komme bald zurück.«

»Ich werde mich an Eurer statt um alles kümmern.«

Sie drückte die Hand der Frau und eilte nach draußen. Auf dem Rasen vor dem Haus, in der frischen Frühlingsnacht, versuchte sie, sich zu entspannen und zu dematerialisieren. Da es nicht sofort klappte, überlegte sie, Fritz anzurufen, damit er sie abholte: Nicht nur war sie besorgt, sie brauchte auch Blut.

Doch dann merkte sie, wie sie sich verflüchtigte. Sobald sie sich vor der Höhle wieder materialisiert hatte, stürmte sie in die Vorhalle. Das Schloss sprang auf, noch ehe sie das Gesicht vor die Kamera halten konnte, und Wrath stand auf der anderen Seite der schweren Tür aus Holz und Stahl.

»Wo ist Butch?«

»Ich bin hier.« Butch trat in ihr Gesichtsfeld, kam aber nicht näher.

In der Totenstille, die darauf folgte, trat Marissa langsam ins Haus. Die Luft schien sich in eine zähe Masse verwandelt zu haben, durch die sie sich mühsam kämpfen musste. Wie betäubt hörte sie Wrath die Tür schließen und aus dem Augenwinkel sah sie Vishous hinter seinen Computern aufstehen. Als er um den Schreibtisch herum kam, wechselten die drei Männer einen Blick.

Butch streckte die Hand aus. »Komm her, Marissa.«

Sie ließ sich von ihm zu den Computern führen, dann deutete Butch auf einen der Monitore. Auf dem Bildschirm sah sie … einen Text. Einen dicht gesetzten Text. Genauer gesagt gab es zwei Spalten, die in der Mitte voneinander abgesetzt waren.

»Was ist das?«, fragte sie.

Sanft drückte Butch sie auf den Stuhl und stellte sich hinter sie, dann legte er ihr die Hände auf die Schultern. »Lies die kursive Passage.«

»Welche Seite?«

»Egal. Sie sind identisch.«

Stirnrunzelnd ließ sie die Augen über etwas gleiten, das ihr beinah wie ein Gedicht vorkam:

Es wird Einer kommen, das Ende vor den Meister zu bringen,
ein Kämpfer moderner Zeit, angetroffen im Siebten des
Einundzwanzigsten
und man wird ihn erkennen an den Zahlen, die er trägt:
Eines mehr als der Umkreis, dessen er gewahr wird,
doch zu seiner Rechten bloße Vier zu zählen.
Drei Leben hat er,
zwei Kerben in seiner Front
und mit einem einzigen schwarzen Auge wird in einem
Quell er geboren werden und sterben.

Verwirrt suchte sie den Text darum herum ab, und zu ihrem Entsetzen sprangen ihr schreckliche Begriffe ins Auge: »Gesellschaft der *Lesser*«, »Einführung«, »Meister«. Sie fand die Überschrift der Seite und schauderte.

»Lieber Himmel – es geht um die *Lesser*.«

Butch hörte die eisige Panik in ihrer Stimme und kniete sich neben sie. »Marissa –«

»Was zum Teufel hat das zu bedeuten?«

Tja, wie sollte man das jetzt beantworten? Er selbst hatte ja noch die größten Schwierigkeiten damit. »Es sieht fast so aus, als wäre ... ich das.« Er tippte auf den Bildschirm und betrachtete dann seinen verformten kleinen Finger, der bis zur Handfläche gekrümmt war – den er nicht ausstrecken konnte.

Misstrauisch rückte Marissa von ihm ab. »Und das ist *was* genau?«

Glücklicherweise schaltete V sich ein. »Was du da siehst, sind zwei unterschiedliche Übersetzungen der Gesetzesrollen der Gesellschaft der *Lesser*. Eine besaßen wir schon länger. Die andere stammt von einem Laptop, den ich vor etwa zehn Tagen bei einem *Lesser* konfisziert habe. Die Gesetzesrollen sind quasi das Handbuch der Gesellschaft und der Abschnitt, den du hier vor dir hast, nennt sich *Die Prophezeiung des Zerstörers*. Wir wussten schon seit Generationen davon, seit uns das erste Exemplar der Gesetzesrollen in die Hände fiel.«

Marissas Hand legte sich auf ihre Kehle, als sie zu verstehen begann. Langsam schüttelte sie den Kopf. »Aber sie sprechen doch in Rätseln. Das kann doch sicher ...«

»Butch hat alle Kennzeichen.« V zündete sich eine Selbstgedrehte an und stieß Rauch aus. »Er kann die *Lesser* spüren, was bedeutet, er nimmt eins mehr als Nord, Süd, Ost und West wahr. Sein kleiner Finger ist seit der Transition verformt, also kann er nur vier Finger an dieser Hand zeigen. Er hatte drei Leben, Kindheit, Erwachsenenalter und jetzt als Vampir. Und man könnte sagen, er wurde in Caldwell geboren, als wir ihn gewandelt haben. Aber eindeutig wird es durch die Narbe auf seinem Bauch. Sie ist das schwarze Auge und eine von zwei Kerben in seiner Front. Wenn man davon ausgeht, dass sein Nabel die erste ist.«

Sie wandte sich an Wrath. »Und was bedeutet das alles?«

Der König holte tief Luft. »Es bedeutet, dass Butch unsere beste Waffe in diesem Krieg ist.«

»Aber wie ...« Marissas Stimme verlor sich.

»Er kann die Rückkehr eines *Lesser* zu Omega umgehen. Während der Einführung eines Menschen in die Gesellschaft der *Lesser* tritt Omega jedem neuen Jäger ein Teil von sich ab, und dieses Stück kommt zum Meister zurück, wenn der *Lesser* getötet wird. Da Omega ein endliches Wesen ist, hat diese Rückkehr eine entscheidende Bedeutung. Er muss zurückbekommen, was er in sie hineingesteckt hat, wenn er weiter seine Kämpfer bestücken will.« Wrath deutete mit dem Kopf auf Butch. »Er kann diesen Teil des Kreislaufs unterbrechen. Je mehr *Lesser* Butch demnach konsumiert, desto schwächer wird Omega, bis am Ende buchstäblich nichts mehr von ihm übrig ist. Es ist, wie mit einem Meißel langsam einen Felsbrocken zu bearbeiten.«

Marissas Blick glitt zurück zu Butch. »Wie genau konsumierst du sie?«

Den Teil der Geschichte würde sie vermutlich nicht so berauschend finden. »Ich ... inhaliere sie einfach. Ich nehme sie in mich auf.«

Der Schrecken in ihren Augen war furchtbar für ihn. »Aber wirst du dann nicht selbst zu einem *Lesser*? Warum ergreifen sie nicht Besitz von dir?«

»Ich weiß es nicht.« Butch hockte sich auf die Fersen, er hatte Angst, sie könnte wegrennen. Nicht, dass er ihr das übel genommen hätte. »Aber Vishous hilft mir. So wie er mich schon früher mit der Hand geheilt hat.«

»Wie oft hast du das ... was du da machst, schon getan?«

»Dreimal. Einschließlich heute.« Sie kniff die Augen zu. »Und wann hast du das zum ersten Mal gemacht?«

»Vor ungefähr zwei Wochen.«

»Keiner von euch weiß also, was das für Spätfolgen haben kann, richtig?«

»Aber es geht mir gut ...«

Unvermittelt sprang Marissa vom Stuhl auf und trat mit gesenktem Blick und um die Taille geschlungenen Armen hinter dem Schreibtisch hervor. Vor Wrath blieb sie stehen und funkelte ihn wütend an. »Und du willst ihn benutzen.«

»Es geht um das Überleben unserer Art.«

»Was ist mit seinem Leben?«

Da erhob sich auch Butch. »Ich *will* dafür benutzt werden, Marissa.«

Mit hartem Blick musterte sie ihn von oben bis unten. »Darf ich dich daran erinnern, dass du an der Verseuchung durch Omega beinahe gestorben wärst?«

»Das war etwas anderes.«

»Ach ja? Wenn du dir immer mehr und mehr von diesem Bösen in den Organismus jagen willst, was genau ist dann daran anders?«

»Ich sagte doch, V hilft mir, das zu verarbeiten. Es bleibt nicht in mir.« Darauf bekam er keine Antwort. Sie stand einfach nur stocksteif mitten im Raum, so abweisend, dass er nicht wusste, wie er sie erreichen sollte. »Marissa, es geht hier um eine Aufgabe. Um meine Aufgabe.«

»Komisch, noch heute Morgen im Bett hast du mir erzählt, ich sei dein Leben.«

»Das bist du. Aber das hier ist etwas anderes.«

»Natürlich, alles ist anders, wenn du es willst.« Sie schüttelte den Kopf. »Deine Schwester konntest du nicht retten, aber jetzt – jetzt hast du die Chance, Tausende von Vampiren zu retten. Dein Heldenkomplex muss ja Samba tanzen vor Freude.«

Butch musste heftig schlucken, seine Kiefer mahlten. »Das war unter der Gürtellinie.«

»Aber es stimmt.« Übergangslos fühlte sie sich unendlich müde. »Weißt du, ich habe diese ganze Gewalt so satt. Die Kämpfe. Leute, die verletzt werden, obwohl sie daran gar nicht beteiligt sind. Und du hast mir gesagt, du würdest dich in diesen Krieg nicht einmischen.«

»Damals war ich noch ein Mensch ...«

»Ach, bitte.«

»Marissa, du hast doch gesehen, wozu diese *Lesser* fähig sind. Du warst in der Klinik deines Bruders, als die Leichen gebracht wurden. Wie kann ich nicht dagegen kämpfen?«

»Aber hier geht es ja nicht nur um einen normalen Kampf Mann gegen Mann. Wir sprechen hier von einer völlig anderen Ebene. Vampirjäger einzusaugen. Wie kannst du sicher sein, dass du dich nicht in einen verwandelst?«

Aus heiterem Himmel überkam ihn eine große Furcht, und als ihre Augen sich verengten, wusste er, dass er die Angst nicht schnell genug versteckt hatte.

»Darüber machst du dir selbst Sorgen, oder etwa nicht? Du bist dir einfach nicht sicher, ob du nicht auch zu einem werden könntest.«

»Das stimmt nicht. Ich werde mich nicht verlieren. Das weiß ich einfach.«

»Ach. Und warum klammerst du dich dann so an dein Kreuz, Butch?«

Er senkte den Kopf. Mist, seine Hand hielt das Kruzifix wirklich so fest umschlossen, dass die Knöchel weiß hervortraten. Er zwang sich, den Arm sinken zu lassen.

Da unterbrach Wraths Stimme sie. »Wir brauchen ihn, Marissa. Wir alle brauchen ihn.«

»*Und was ist mit seiner Sicherheit?*« Sie stieß ein Schluchzen aus, drängte es aber rasch zurück. »Es tut mir leid, aber ich kann nicht lächeln und sagen: Los, schnappt sie euch. Ich habe tagelang in Quarantäne verbracht und ihm zugesehen ...« Sie wirbelte zu Butch herum. »Dir zugesehen, wie du beinahe gestorben wärst. Es hat mich fast umgebracht. Und damals hattest du keine Wahl, aber jetzt ... jetzt hast du eine, Butch.«

Damit hatte sie nicht unrecht. Aber er konnte jetzt nicht mehr zurück. Er war, was er war, und er musste daran glauben, stark genug zu sein, um nicht der Dunkelheit zum Opfer zu fallen. »Ich möchte kein verhätschelter Schoßhund der Bruderschaft sein, Marissa. Ich möchte eine Aufgabe –«

»Du hast eine Aufg-«

»– und diese Aufgabe besteht nicht darin, zu Hause zu sitzen und darauf zu warten, dass du von deinem Leben zurückkommst. Ich bin ein Mann, kein Möbelstück.« Als sie ihn nur wortlos anstarrte, sagte er: »Ich kann nicht still dasitzen, wenn ich weiß, dass ich etwas tun kann, um deiner Art – *meiner* Art zu helfen.« Er trat auf sie zu. »Marissa ...«

»Ich kann ... ich kann das nicht.« Sie zog ihre Hände zurück und wich zurück. »Ich habe dich schon zu oft an der Schwelle des Todes gesehen. Ich will nicht ... kann das nicht, Butch. So kann ich nicht leben. Es tut mir leid, aber du bist auf dich allein gestellt. Ich werde nicht abwarten und zusehen, wie du dich selbst zerstörst.«

Damit drehte sie sich um und verließ das Haus.

Im Haupthaus saß John in der Bibliothek und wartete, vor lauter Nervosität konnte er nicht stillhalten. Als die Uhr schlug, betrachtete er seine schmächtige Brust und die Krawatte, die an seinem Hals hing. Er hatte ordentlich aussehen wollen, aber vermutlich sah er eher aus wie ein verschüchterter Konfirmand.

Als er Schritte vernahm, warf er einen Blick durch die offen stehende Flügeltür. Marissa stapfte traurig vorbei zur Treppe, dicht gefolgt von Butch, der noch schlimmer aussah.

O je, hoffentlich ging es ihnen gut. Er mochte die beiden so gern.

Oben knallte eine Tür zu, und er stellte sich an eines der rautenförmigen Fenster und blickte hinaus. Er legte die

Hand auf die Scheibe und dachte daran, was Wrath gesagt hatte – dass Tohr am Leben war, irgendwo.

Er würde so gern daran glauben.

»Herr?« Beim Klang von Fritz' Stimme wandte er den Kopf. Der alte Mann lächelte. »Euer Gast ist eingetroffen. Darf ich sie zu euch geleiten?«

John schluckte. Zweimal. Dann nickte er. Fritz verschwand und kehrte einen Augenblick später mit einer Frau zurück. Ohne John anzusehen, verbeugte sie sich vor ihm und verharrte in dieser demütigen Pose, den Oberkörper parallel zum Fußboden geneigt. Sie musste etwa einen Meter achtzig groß sein und trug eine Art weiße Toga. Ihr blondes Haar hatte sie auf dem Kopf aufgetürmt, und obwohl er ihr Gesicht nicht sehen konnte, hatte sich ihm der kurze Anblick, den er beim Eintreten von ihr erhascht hatte, fest eingebrannt.

Sie war mehr als schön. Engelsgleich.

Lange Zeit hörte man keinen Laut, und John nutzte die Zeit, sie einfach nur anzustarren.

»Euer Gnaden«, begann sie leise. »Darf ich Euch in die Augen blicken?«

Er machte den Mund auf. Dann nickte er eifrig.

Doch sie rührte sich nicht. *Super, du Blödmann, sie kann dich ja nicht sehen.*

»Euer Gnaden?« Jetzt flackerte ihre Stimme leicht. »Vielleicht ... wünschtet Ihr eine andere von uns?«

John ging zu ihr und streckte die Hand aus, um sie zu berühren. Bloß wo? Dieses Toga-Ding war tief ausgeschnitten und hatte Schlitze in den Ärmeln wie auch vorne im Rock. Und sie roch so gut.

Unbeholfen tippte er ihr auf die Schulter, und sie zuckte, als hätte er sie überrascht.

»Euer Gnaden?«

Mit leichtem Druck auf ihre Arme richtete er sie auf.

Wow ... ihre Augen waren richtig grün. Wie Trauben. Oder das Innere einer Limette.

Er zeigte auf seine Kehle und machte dann eine Geste, als schnitte er sie durch.

Ihr vollkommenes Gesicht neigte sich zur Seite. »Ihr sprecht nicht, Euer Gnaden?«

Er schüttelte den Kopf, etwas überrascht, dass Wrath das nicht erwähnt hatte. Andererseits hatte der König auch wirklich viel um die Ohren gehabt in letzter Zeit.

Daraufhin leuchteten Laylas Augen geradezu, und sie lächelte, was ihn vollends umhaute. Ihre Zähne waren vollendet und die Fänge ... unglaublich hübsch. »Euer Gnaden, Euer Schweigegelübde ist sehr löblich. Solche Selbstbeherrschung. Ihr werdet ein Krieger von großer Kraft sein, Ihr, der Ihr abstammt von Darius, Sohn des Marklon.«

Ach, du liebes bisschen. Sie war ja ernsthaft beeindruckt von ihm. Und wenn sie glauben wollte, dass er ein Gelübde abgelegt hatte, bitte, von ihm aus. Kein Grund ihr mitzuteilen, dass er einen körperlichen Defekt hatte.

»Vielleicht wünscht Ihr, etwas über mich zu erfahren?«, fragte sie. »Damit Ihr Euch versichern könnt, dass es Euch an nichts mangeln wird?« Er nickte und schielte zur Couch. Gut, dass er einen Block dabeihatte. Sie könnten sich ein Weilchen setzen und einander kennenlernen ...

Als er ihr den Kopf wieder zuwandte, war sie herrlich nackt, die Toga um die Füße gebauscht.

John fielen fast die Augen aus dem Kopf. Ach, du ... *großer Gott.*

»Gefalle ich Euch, Euer Gnaden?«

Jesus, Maria und Joseph – selbst wenn er einen Kehlkopf besessen hätte, wäre er sprachlos gewesen.

»Euer Gnaden?«

Als John langsam nickte, dachte er: *O Mann, warte, bis ich das Blaylock und Qhuinn erzähle.*

22

Am nächsten Abend kam Marissa aus den Kellerräumen des Refugiums und tat so, als wäre ihre Welt nicht eingestürzt und zu Asche verbrannt.

»Mastimon möchte mit dir sprechen«, hörte sie eine Kinderstimme sagen.

Marissa drehte sich um und entdeckte die Kleine mit dem Gipsbein. Sie zwang sich zu einem Lächeln, hockte sich hin und sah dem Stofftiger ins Gesicht. »Ach ja?«

»Ja. Er sagt, du sollst nicht traurig sein, weil er hier ist und uns beschützt. Und er möchte dich umarmen.«

Marissa nahm das zerfledderte Stofftier und drückte es sich an den Hals. »Er ist gleichzeitig grimmig und freundlich.«

»Das stimmt. Und du solltest ihn jetzt mal kurz behalten.« Die Miene des Mädchens war sehr gewissenhaft. »Ich muss *Mahmen* helfen, das Erste Mahl zuzubereiten.«

»Ich passe gut auf ihn auf.«

Mit einem feierlichen Kopfnicken trollte sich die Kleine auf ihren Krücken.

Den Tiger im Arm haltend dachte Marissa an das Gefühl von letzter Nacht, als sie ihre Sachen gepackt und aus der Höhle ausgezogen war. Butch hatte versucht, es ihr auszureden, doch seine Entscheidung war in seinen Augen zu lesen gewesen, deshalb hatten die Worte nichts verändert.

Die Wahrheit war, dass ihre Liebe seine Todessehnsucht und sein waghalsiges Wesen nicht hatte heilen können. Und so schmerzlich die Trennung auch war, bei ihm zu bleiben wäre unerträglich gewesen: Nacht für Nacht würde sie auf den Anruf warten, dass er tot war. Oder noch tragischer, dass er sich in etwas Böses verwandelt hatte.

Zudem vertraute sie ihm, je mehr sie darüber nachdachte, immer weniger. Sie vertraute nicht darauf, dass er auf sich achtgab. Nicht nach seinem Selbstmordversuch in der Klinik. Und nach der Regression, zu der er sich bereit erklärt hatte. Dann auch noch die Transition, die er sich zugemutet hatte. Die Kämpfe. Und jetzt – das Verschlingen von *Lessern*. Schon richtig, bisher waren die Ergebnisse positiv gewesen, aber die Tendenz sah nicht gut aus: Es zeichnete sich ein beständiges Muster von Selbstverletzungen ab, das mit Sicherheit früher oder später schwere Schäden verursachen musste.

Sie liebte ihn zu sehr, um ihm dabei zuzusehen, wie er sich umbrachte.

Tränen stiegen ihr in die Augen, und sie wischte sie ärgerlich weg und starrte ins Leere. Nach einer Weile blitzte ein flüchtiger Gedanke wie ein Echo in ihrem Hinterkopf auf. Doch was auch immer es war, es verblasste rasch wieder.

Als sie endlich unter Aufbietung ihrer gesamten Selbstdisziplin wieder aufstand, war sie vorübergehend hilflos. Sie konnte sich buchstäblich nicht erinnern, was sie hatte tun wollen oder warum sie im Flur stand. Schließlich ging sie in ihr Büro, weil dort immer Arbeit auf sie wartete.

Eines änderte sich nie für einen ehemaligen Cop: Man verlor nie seinen Idiotenradar.

Butch blieb in der Seitenstraße neben dem *ZeroSum* stehen. Da hinten am Notausgang des Clubs lungerte dieser Dreikäsehoch herum, der stinkreiche, blonde, kleine Angeber, der vergangene Woche die Kellnerin so blöd angemacht hatte. Neben ihm stand einer seiner Dumpfbacken-Kollegen und die beiden zündeten sich gerade Zigaretten an.

Wobei nicht ganz einleuchtend war, warum sie das hier draußen in der Kälte taten.

Butch hielt sich im Hintergrund und wartete ab. Was ihm Zeit zum Nachdenken gab. Was, wie üblich, Mist war. Jedes Mal, wenn es etwas ruhiger wurde, dann sah er Marissa vor sich, die in Fritz' Mercedes stieg und durchs Tor verschwand.

Fluchend rieb sich Butch über die Brust und hoffte inständig, einen *Lesser* aufzutreiben. Er musste sich abreagieren, um diesen Dauerschmerz zu dämpfen. Und zwar schnell.

Von der Trade Street bog ein Wagen um die Ecke und fuhr in hohem Tempo die kleine Straße vor. Der schwarze Infiniti schoss vorbei und hielt mit quietschenden Bremsen vor dem Notausgang des *ZeroSum*. Vor lauter blitzendem Chrom hätte man ihn mit einer Discokugel verwechseln können. Und wer hätte es gedacht, Idioten-Blondie schlenderte wie auf Knopfdruck zu dem Auto rüber.

Während der Junge und der Fahrer des Wagens sich die Hände schüttelten und begrüßten, konnte Butch zwar nicht genau erkennen, was da abging; aber er war verdammt sicher, dass sie keine Backrezepte austauschten.

Kurze Zeit später fuhr der Infiniti rückwärts wieder aus der Straße heraus, und Butch trat aus dem Häuserschatten. Es gab nur einen Weg, seinen Verdacht zu bestätigen: Bluffen. »Du willst den Scheiß ja wohl nicht da drinnen verticken, oder? Der Reverend hasst Freischaffende.«

Der kleine Blonde schnellte herum, offenbar stinksauer. »Wer zum Henker bist ...« Die Worte erstarben. »Moment mal, dich hab ich doch schon mal gesehen, nur dass du ...«

»Ja, ich hab mir das Fahrgestell überholen lassen. Läuft jetzt um einiges besser. Also, was hast du da ...« Butch erstarrte, alle seine Instinkte schalteten auf Alarmbereitschaft. *Lesser.* Ganz in der Nähe. *Mist.*

»Jungs«, sagte er ruhig. »Ihr müsst euch verpissen. Und zwar nicht zurück durch diese Tür.«

Sofort spielte sich der kleine Holzkopf wieder auf. »Für wen hältst du dich eigentlich?«

»Vertrau mir einfach und setz dich in Bewegung. Sofort.«

»Leck mich, wir können die ganze Nacht hier stehen, wenn wir –« Plötzlich hielt der kleine Scheißer inne und wurde kalkweiß, als ein süßlicher Geruch zu ihnen geweht wurde. »O mein Gott.«

So, so, der blonde Trottel war ein Vampir vor der Transition, kein Mensch. »Wie gesagt. Verzieh dich, Kleiner.«

Die beiden machten sich aus dem Staub, waren aber nicht schnell genug: Drei *Lesser* tauchten am Ende der Straße auf und versperrten ihnen den Weg.

Na, super. Einfach riesig.

Butch aktivierte seine neueste Armbanduhr und sandte damit ein Lichtsignal sowie die Koordinaten aus. Innerhalb weniger Augenblicke materialisierten sich V und Rhage neben ihm.

»Wir bleiben bei der Strategie, die wir ausgearbeitet haben«, murmelte Butch. »Ich räume hinterher auf.«

Die beiden nickten, während die *Lesser* immer näher kamen.

Rehvenge stand von seinem Schreibtisch auf und zog den Zobelmantel an. »Ich muss los, Xhex. Ein Treffen des *Princeps*-Rates. Ich werde mich dematerialisieren, das Auto brauche ich also nicht. Bin hoffentlich in einer Stunde zurück. Aber sag mir vorher noch schnell eines: Wie ist der Stand bei der neuesten Überdosis?«

»Unterwegs ins Krankenhaus. Er wird wahrscheinlich überleben.«

»Und dieser Dealer?«

Xhex öffnete ihm die Tür, als wollte sie seinen Abgang beschleunigen. »Den haben wir immer noch nicht gefunden.«

Rehv fluchte, nahm seinen Stock und kam zu ihr. »Ich bin nicht gerade begeistert.«

»Was du nicht sagst«, murmelte sie. »Und ich dachte, du freust dich.«

Er sah sie durchdringend an. »Leg dich nicht mit mir an.«

»Keine Sorge, Boss«, zischte sie. »Wir tun, was wir können. Meinst du, es macht mir Spaß, wegen dieser Hohlköpfe den Notarzt zu rufen?«

Er atmete tief durch und bemühte sich, seine Wut zu zügeln. Mann, die Woche war wirklich schlimm gewesen. Bei ihnen beiden lagen die Nerven ziemlich blank, und das restliche Personal des *ZeroSum* wollte sich am liebsten auf der Toilette erhängen.

»Sorry«, sagte er. »Ich bin total fertig.«

Sie fuhr sich mit der Hand durch den Stoppelschnitt. »Ja, ich auch.«

»Was steht bei dir so an?«

Er erwartete eigentlich keine Antwort von ihr. Doch zu seiner Überraschung gab sie ihm eine. »Hast du von diesem Menschen gehört, O'Neal?«

»Ja. Er ist einer von uns. Wer hätte das gedacht.« Rehv hatte den Kerl noch nicht aus der Nähe in Augenschein nehmen können, aber Vishous hatte angerufen und ihm von dem Wunder berichtet.

Rehv wünschte dem Bullen ehrlich alles Gute. Er mochte diesen Mann – Verzeihung, Vampir – mit der großen Klappe. Gleichzeitig war ihm schmerzlich bewusst, dass damit seine Tage mit Marissa ein Ende hatten, wie auch seine Hoffnung, sich mit ihr zu vereinigen. Das tat weh, wirklich weh, obwohl es von vornherein keine gute Idee gewesen war.

»Stimmt es?«, fragte Xhex jetzt. »Das mit ihm und Marissa?«

»Ja, er ist nicht mehr sein eigener Herr.«

Ein merkwürdiger Ausdruck huschte über Xhexs Züge ... Traurigkeit? Ja, sah ganz so aus.

»Ich wusste nicht, dass du ihn so toll findest.«

Sofort hatte sie sich wieder im Griff. Ihr Blick war wachsam, die Miene hart wie Stein. »Nur, weil ich ihn gern gevögelt habe, heißt das noch nicht, dass ich ihn heiraten wollte.«

»Ist ja schon gut. Wie du meinst.«

Ihre Oberlippe entblößte die Fänge. »Sehe ich aus wie die Sorte Frau, die unbedingt einen Kerl braucht?«

»Nein, und ich danke dem Himmel dafür. Die Vorstellung, du könntest weich werden, verstößt gegen die natürliche Ordnung der Welt. Außerdem bist du die Einzige, bei der ich mich nähren kann, also brauche ich dich ungebunden.«

Er ging an ihr vorbei. »Ich sehe dich in zwei Stunden, allerhöchstens.«

»Rehvenge.« Als er sich umdrehte, sagte sie: »Ich brauche dich auch als Single.«

Ihre Blicke trafen sich. Mann, sie beide waren schon ein Paar. Zwei Freaks mitten unter den Normalos ... zwei Schlangen im hohen Gras.

»Keine Sorge«, murmelte er. »Ich werde nie eine *Shellan* nehmen. Marissa war ... ein Aroma, das ich gern gekostet hätte. Aber das hätte langfristig niemals funktioniert.«

Xhex nickte, wie um ihre Abmachung neu zu besiegeln, und Rehv ging.

Auf dem Weg durch den VIP-Bereich hielt er sich dicht an den Wänden. Er ließ sich lieber ohne seinen Stock sehen; und wenn er ihn benutzte, sollten die Leute denken, es sei ein modisches Accessoire, weswegen er sich nicht so stark darauf stützte. Was wiederum in Anbetracht seines mangelnden Gleichgewichtssinns gefährlich war.

Er erreichte den Notausgang, veranstaltete einen kleinen mentalen Zauber an der Alarmanlage und ließ die Tür aufgehen. Dann trat er hinaus und dachte ...

Verdammt noch mal! Draußen herrschte das totale Chaos. *Lesser.* Brüder. Und mittendrin zwei zivile Vampire, zusammengekauert und bibbernd. Und der große, böse Butch O'Neal.

Als die Tür hinter ihm ins Schloss fiel, baute Rehv sich breitbeinig auf und wunderte sich, warum die Überwachungskameras das Ganze nicht – ach so, ein *Mhis*. Sie waren von einem *Mhis* umgeben. Nette Geste.

Er blieb am Rande des Geschehens stehen und beobachtete den Kampf, lauschte dem dumpfen Schlag von Fäusten auf Haut, hörte das Knurren und das Schaben von Metall, roch den Schweiß und das Blut der Vampire vermischt mit der Talkum-Süße der Jäger.

Verdammt, er wollte auch mitspielen. Und er sah nicht ein, warum er es eigentlich nicht tun sollte.

Als ein *Lesser* auf ihn zugetaumelt kam, fing er den Burschen auf, donnerte ihn gegen die Backsteinwand und lächelte beim Blick in ein helles Augenpaar. Es war so lange her, dass Rehv etwas getötet hatte, und seine dunkle Seite vermisste das Gefühl. Gierte danach. Das Auslöschen von Leben war etwas, wonach sich das Böse in ihm sehnte.

Und er würde diese Bestie füttern. Hier und jetzt.

Trotz des Dopamins in seinem Organismus waren seine

Symphath-Fähigkeiten sofort zur Stelle, ritten auf der Welle seiner Aggression, trübten seinen Blick mit einem roten Schleier. Die Fänge zu einem breiten Lächeln fletschend gab er dem finsteren Teil in sich mit der ekstatischen Freude eines lange nicht befriedigten Süchtigen nach.

Mit unsichtbaren Händen bohrte er sich in das Gehirn des *Lesser*, wühlte darin herum und löste alle möglichen lustigen Erinnerungen aus. Es war, wie Deckel von gut geschüttelten Flaschen zu schrauben, und was hervorquoll, entkräftete seine Beute, brachte den *Lesser* so durcheinander, dass er wehrlos wurde. Igitt, welche Hässlichkeit im Kopf dieser Dreckskerle wohnte – dieser spezielle Jäger hatte eine sadistische Ader. Und als jede einzelne seiner Gemeinheiten und ekelhaften Untaten sein geistiges Auge umwölkte, fing er an zu schreien, schlug sich die Hände auf die Ohren und fiel zu Boden.

Rehv hob seinen Stock hoch und zog die äußere Hülle ab, wodurch eine tödliche Stahlklinge zum Vorschein kam, die Klinge so rot wie seine zweidimensionale Sicht. Doch gerade als er zustoßen wollte, hielt Butch seinen Arm fest.

»An der Stelle trete ich auf den Plan.«

Rehv funkelte ihn an. »Vergiss es, der gehört mir.«

»Nein, tut er nicht.« Butch ging neben dem *Lesser* auf die Knie und ...

Rehv hielt sich die Faust vor den Mund und beobachtete fasziniert, wie Butch sich über den Jäger beugte und etwas aus ihm herauszusaugen begann. Leider hatte er kaum Zeit, diese Folge von *Twilight Zone* in Ruhe zu genießen. Ein weiterer *Lesser* stürmte von hinten auf Butch zu, und Rehv musste zur Seite springen, weil Rhage den Kerl mit einem Hechtsprung zu Boden riss.

Jetzt hörte Rehv noch weitere Schritte und sah noch einen *Lesser* auf sie zu rennen. Gut. Um diesen würde *er* sich jetzt kümmern, dachte er mit einem kalten Grinsen.

Symphathen liebten den Kampf, und wie. In der Hinsicht bildete er keine Ausnahme vom Rest seiner Spezies.

Mr X donnerte die kleine Straße hinunter, wo die Schlacht stattfand. Obwohl er nichts sehen oder hören konnte, spürte er den Puffer um den Schauplatz herum, deshalb wusste er, dass er richtig war.

Hinter ihm keuchte Van. »Was zum Teufel ist hier los? Ich kann den Kampf spüren ...«

»Wir durchdringen gleich ein *Mhis*. Machen Sie sich bereit.«

Die beiden stürmten weiter und trafen auf etwas, das sich anfühlte wie eine Wand aus kaltem Wasser. Als sie durch die Barriere brachen, offenbarte sich ihnen das Gefecht: Zwei Brüder. Sechs Jäger. Zwei auf den Boden gekauerte Vampire. Ein sehr großer Kerl in einem langen Pelzmantel. Und Butch O'Neal.

Der Ex-Cop erhob sich gerade vom Asphalt, offenbar war ihm kotzübel. Er strahlte den Abdruck des Meisters förmlich aus. Als Mr X O'Neals Blick begegnete, blieb der Haupt-*Lesser* schlitternd stehen, überwältigt von einem Gefühl der Übereinkunft.

Und Ironie des Schicksals – genau in dem Augenblick, als die Verbindung geknüpft wurde, als das gegenseitige Erkennen stattfand, rief ihn Omega von der anderen Seite.

Zufall? Vollkommen gleichgültig. Mr X schob die Forderung von sich fort, schenkte dem Kribbeln unter seiner Haut keine Beachtung. »Van«, raunte er. »Es wird Zeit für Sie, zu zeigen, was Sie draufhaben. Schnappen Sie sich O'Neal.«

»Na endlich, geht doch.« Ohne zu zögern raste Van auf den neugeborenen Vampir zu, und die beiden gingen in Kampfstellung, umkreisten einander wie zwei Ringer. Zumindest, bis Van regungslos wurde und sich in eine atmende Statue verwandelte.

Weil Mr X ihn durch seinen Willen dazu zwang.

Mann, er musste lächeln, als er den panischen Ausdruck auf Vans Gesicht bemerkte. Die Kontrolle über die eigenen Muskeln und Sehnen zu verlieren, konnte einen Mann schon die Nerven verlieren lassen.

Und auch O'Neal war überrascht. Vorsichtig pirschte er sich an, misstrauisch, aber offenbar auch bereit, sich die Situation zunutze zu machen. Dann ging alles ganz schnell. O'Neal nahm Van in den Schwitzkasten, riss ihn hoch und knallte ihn mit dem Rücken auf den Boden.

Ein Arbeitsgerät wie Van zu opfern, ging Mr X gelinde gesagt am Arsch vorbei. Er musste wissen, was geschah, wenn – *ach, du Heiliger!*

O'Neal ... O'Neal hatte den Mund geöffnet und atmete ein und ... Van Dean wurde einfach ins Nichts gesaugt, absorbiert, geschluckt, einverleibt. Bis er zu Staub zerfiel.

Eine Welle der Erleichterung überrollte Mr X. Ja, ja, die Prophezeiung erfüllte sich. Die Prophezeiung hatte sich in der Haut eines Iren bewahrheitet, der zu einem Vampir geworden war. *Danke, Gott.*

Mr X machte einen zögerlichen, verzweifelten Schritt nach vorn. Jetzt ... jetzt fände er den Frieden, nach dem er suchte, sein Schlupfloch hatte sich aufgetan, seine Freiheit war gesichert. O'Neal war derjenige.

Da wurde Mr X plötzlich von einem Bruder mit Ziegenbärtchen und Tätowierungen im Gesicht abgefangen. Der große Kerl kam wie ein Rammbock aus dem Nichts gestürzt und versetzte X einen solchen Schlag, dass seine Knie nachgaben. Sie rangen miteinander, doch X hatte Todesangst, dass er erstochen würde, statt von O'Neal verschlungen zu werden. Weswegen er, als noch ein weiterer Jäger sich ins Getümmel und auf den Bruder stürzte, den Schauplatz verließ und das Weite suchte.

Omegas Ruf war inzwischen ein brüllender Befehl, das

grausige Kitzeln ein Prasseln auf seiner Haut, doch Mr X antwortete nicht. Er würde sich heute Nacht töten lassen. Aber nur auf die richtige Art und Weise.

Butch hob den Kopf von dem Aschehäufchen, das sein letztes Opfer gewesen war und musste heftig, krampfartig würgen. Er fühlte sich wie damals, als er in der Klinik erwacht war. Verseucht. Befleckt. Zu schmutzig, um je wieder reingewaschen werden zu können.

Was, wenn er zu viel geschluckt hatte? Was, wenn er den Punkt erreicht hatte, an dem es kein Zurück mehr gab?

Während er sich übergab, spürte er V näher kommen, auch wenn er ihn nicht sehen konnte. Mühsam hob er den Kopf und ächzte: »Hilf mir ...«

»Das werde ich, *Trahyner*. Gib mir deine Hand.« Als Butch sie verzweifelt ausstreckte, zog Vishous sich den Handschuh ab und umklammerte die Finger seines Freundes so fest er konnte. Vs Energie, dieses wunderschöne, weiße Licht floss an Butchs Arm herab und strömte in einem Schwall durch ihn hindurch, reinigend, erneuernd.

Verbunden durch die ineinander verschränkten Hände wurden sie wieder zu den zwei Hälften, dem Licht und der Dunkelheit. Dem Zerstörer und dem Retter. Ein Ganzes.

Butch nahm alles, was V ihm zu geben hatte. Und als es vorbei war, wollte er nicht loslassen, aus Angst, das Böse könnte irgendwie zurückkehren, wenn die Verbindung unterbrochen würde.

»Alles okay bei dir?«, fragte V sanft.

»Jetzt schon.« Meine Güte, seine Stimme war noch heiserer geworden von dem ganzen Inhalieren. Oder vielleicht auch vor Dankbarkeit.

V zupfte an seinem Arm, und Butch kam mit Schwung auf die Füße. Als er sich rückwärts an die Hauswand fallen ließ, stellte er fest, dass der Kampf vorüber war.

»Ganz ordentlich für einen Zivilisten«, bemerkte Rhage.

Butch warf einen Blick nach links, da er glaubte, er wäre gemeint. Doch dann entdeckte er Rehvenge. Der Vampir bückte sich vorsichtig und hob ein Futteral auf. Mit einer eleganten Bewegung ließ er das Schwert mit der roten Klinge wieder in die Scheide gleiten. Ach so – der Stock war auch eine Waffe.

»Danke«, entgegnete Rehv. Dann wandten sich seine Amethystaugen an Butch.

Als ihre Blicke sich trafen, wurde Butch bewusst, dass sie sich seit der Nacht, in der er Marissa genährt hatte, nicht mehr begegnet waren.

»Hey, Mann.« Butch streckte ihm den Arm entgegen.

Schwer auf seinen Stock gestützt kam Rehvenge auf ihn zu. Als sie sich die Hände schüttelten, atmeten alle Anwesenden auf.

»Also, Bulle«, begann Rehvenge, »was dagegen, wenn ich frage, was du da mit den Jägern angestellt hast?«

Ein Winseln unterbrach das Gespräch, und alle Köpfe wandten sich dem Müllcontainer gegenüber zu.

»Ihr könnt jetzt rauskommen, Jungs«, sagte Rhage. »Die Luft ist rein.«

Der blonde Angeber und sein gemieteter Schläger schlurften ins Licht. Beide sahen aus, als hätten sie eine Runde in der Geschirrspülmaschine hinter sich: Trotz der Kälte waren sie nass vor Schweiß, Haare und Klamotten waren völlig zerfetzt.

Rehvenges harte Miene zeigte Erstaunen. »Lash, warum bist du denn nicht beim Training? Dein Vater bekommt einen Anfall, wenn er hört, dass du hier bist statt …«

»Er nimmt sich eine kleine Auszeit vom Unterricht«, murmelte Rhage trocken.

»Um Drogen zu dealen«, ergänzte Butch. »Schau mal in seine Taschen.«

Rhage ging hinüber, um ihn zu filzen, und Lash war viel zu geschockt, um zu protestieren. Das Ergebnis war ein Bündel Scheine, so dick wie der Kopf des Burschen sowie eine Handvoll Zellophanpäckchen.

Rehvs Augen leuchteten vor Wut violett auf. »Gib mir das Zeug, Hollywood – das Pulver, nicht das Grüne.« Als Rhage seinem Wunsch nachkam, riss Rehv eines der Tütchen auf, leckte sich den Finger ab und steckte ihn hinein. Dann hielt er ihn sich an die Zunge, zog eine Grimasse und spuckte aus. Er hielt dem Jungen seinen Stock ins Gesicht. »Du bist hier nicht mehr willkommen.«

Diese kleine Ansage schien Lash aus seiner Erstarrung zu rütteln. »Warum nicht? Das ist ein freies Land.«

»Zuallererst ist das hier mal *mein* Haus, darum. Nicht, dass ich noch einen zweiten Grund bräuchte – aber zweitens möchte ich wetten, dass du für die ganzen Überdosen in meinem Laden in letzter Zeit verantwortlich bist. Also, wie schon gesagt: Du bist hier nicht mehr willkommen. Ich lasse mir doch von Pissern wie dir nicht das Geschäft kaputtmachen.« Rehv stopfte sich die Tütchen in die Manteltasche und blitzte Rhage an. »Was willst du mit ihm machen?«

»Ihn nach Hause fahren.«

Rehv lächelte kalt. »Wie praktisch für uns alle.«

Urplötzlich schaltete Lash auf Winselmodus. »Aber wir werden doch meinem Vater nicht erzählen …«

»Alles werden wir ihm erzählen«, zischte Rehvenge. »Glaub mir, dein Daddy wird verdammt noch mal *alles* erfahren.«

Lashs Knie zitterten. Und dann gingen dem großen Macker die Lichter aus.

Marissa betrat den Raum, in dem das Treffen des *Princeps*-Rates stattfand. Es war ihr egal, dass sie zum ersten Mal von *allen* angesehen wurde.

Andererseits hatte sie auch noch nie Hosen getragen oder ihre Haare zu einem Pferdeschwanz gebunden. Überraschung.

Sie nahm Platz, klappte ihre nagelneue Aktenmappe auf und blätterte durch Bewerbungen von Hausmeistern. Obwohl sie eigentlich nicht viel wahrnahm. Sie war erschöpft, nicht nur von der Arbeit und dem Stress, sondern weil sie trinken musste. Und zwar bald.

Allein bei der Vorstellung wurde ihr übel vor Kummer, und sie versank in Gedanken an Butch. Als sie ihn vor sich sah, kehrte dieses hartnäckige, dunstige Echo in ihrem Hinterkopf zurück. Es war wie ein kleines Glöckchen, das klingelte und sie an etwas erinnerte ... nur was?

Eine Hand landete auf ihrer Schulter. Sie zuckte zusammen und sah sich Rehv gegenüber, der sich neben sie setzte.

»Ich bin's nur.« Seine Amethystaugen tasteten ihr Gesicht und ihre Haare ab. »Es tut gut, dich zu sehen.«

»Dich auch.« Sie lächelte und wandte dann den Kopf ab. Ob sie wohl wieder auf sein Blut zurückgreifen müsste? Ach ... Mist. Natürlich müsste sie das.

»Was ist los, *Tahlly*? Geht es dir gut?«, fragte er sanft. Die Frage war so beiläufig, dass sie das unheimliche Gefühl hatte, er würde ihren Kummer und den Grund dafür ganz genau kennen. Irgendwie wusste er immer so gut, wie es in ihrem Inneren aussah.

Gerade, als sie etwas erwidern wollte, sauste der Hammer des *Leahdyre* auf das andere Ende des schimmernden Tischs herab. »Ich möchte um eure Aufmerksamkeit bitten.«

Die Stimmen in der Bibliothek verstummten rasch, und Rehv lehnte sich in seinem Stuhl zurück, einen gelangweilten Blick auf dem harten Gesicht. Mit eleganten, kräftigen Händen wickelte er sich den Zobelmantel um die Beine, als läge die Temperatur im Raum bei minus dreißig Grad statt der wohligen einundzwanzig.

Marissa klappte ihre Mappe zu und ließ sich zurücksinken. Ihr fiel auf, dass sie die gleiche Haltung angenommen hatte wie er, nur ohne den Pelz. Du meine Güte, dachte sie. Wie sehr sich doch alles verändert hat. Früher war sie so eingeschüchtert von all diesen Vampiren gewesen. Geradezu verängstigt in ihrer Gegenwart. Wenn sie sich jetzt unter den ganzen kostbar gekleideten Frauen und förmlich gewandeten Männern umsah, war sie nur … angeödet. Heute Nacht schienen die *Glymera* und der gesamte *Princeps*-Rat nichts als ein antiquierter gesellschaftlicher Albtraum ohne Relevanz für ihr Leben zu sein. Gott sei Dank.

Der *Leahdyre* lächelte und nickte einem *Doggen* zu, der nach vorn trat. In den Händen des Dieners befand sich ein Blatt Pergament, das auf ein Ebenholzbrett aufgezogen war. Lange Seidenbänder hingen von dem Dokument herab, die bunten Farben repräsentierten die sechs ursprünglichen Familien. Das Seidenband von Marissas Linie war blassblau.

Jetzt blickte sich der *Leahdyre* in der Runde um, geflissentlich musterte er Marissa. »Nun da der gesamte Rat sich versammelt hat, würde ich gern unseren ersten Tagesordnungspunkt besprechen, betreffend die Verabschiedung der Empfehlung an den König in der Angelegenheit der obligatorischen Bannung aller nicht vereinigter weiblichen Angehörigen unserer Spezies. Zunächst steht es per Verfahrensregelung den nicht stimmberechtigten Mitgliedern frei, Stellung zu nehmen.«

Rasch äußerten alle ihre Zustimmung … außer Rehvenge. Der seine Ansichten dennoch äußerst deutlich machte.

In der auf seine knappe Ablehnung des Gesuchs folgenden Pause konnte Marissa Havers' Blick auf sich spüren. Sie machte den Mund nicht auf.

»Sehr gut, verehrte Anwesende«, schloss der *Leahdyre*. »Nun werde ich das Register der sechs Stimmberechtigten aufrufen.« Bei jedem Namen, der verlesen wurde, erhob sich der entsprechende *Princeps,* gab die Zustimmung seiner oder ihrer Blutlinie und setzte das Siegel des Familienrings auf das Pergament. Das geschah reibungslos fünf Mal hintereinander. Und dann wurde der letzte Name aufgerufen.

»Havers, Sohn des Wallen, Enkel des ...«

Als ihr Bruder sich von seinem Stuhl erhob, klopfte Marissa vernehmlich mit den Fingerknöcheln auf den Tisch. Die Augen aller Anwesenden wandten sich zu ihr. »Falscher Name.«

Der *Leahdyre* riss seine Augen so weit auf, dass sie sicher war, er könnte seinen eigenen Rücken sehen. Und er war derart entgeistert über ihre Unterbrechung, dass er sprachlos zuließ, wie sie lächelte und einen Seitenblick zu Havers warf. »Du darfst dich setzen, Arzt«, sagte sie.

»Ich muss doch sehr bitten«, stammelte der *Leahdyre.*

Marissa stand auf. »Es ist so lange her, seit wir zuletzt eine solche Abstimmung abgehalten haben – seit dem Tod von Wraths Vater kam das nicht mehr vor.« Jetzt beugte sie sich nach vorn, die Hände auf den Tisch gestützt, und durchbohrte den *Leahdyre* mit einem festen Blick. »Damals, vor Jahrhunderten, lebte mein Vater noch und gab die Stimme unserer Familie ab. Daraus resultiert wohl deine Verwirrung.«

Der *Leahdyre* blickte in Panik zu Havers. »Vielleicht möchtest du deiner Schwester mitteilen, dass sie gegen die Ordnung ...«

Marissa ließ ihn nicht ausreden. »Ich bin nicht mehr seine Schwester, zumindest hat er mich das wissen lassen. Obwohl wir uns sicher alle einig sind, dass die Abstammung des Blutes unveränderlich ist. Wie auch die Abfolge der Geburten.« Sie lächelte kühl. »Wie es der Zufall will, wurde ich elf Jahre *vor* Havers geboren. Was bedeutet, dass ich älter bin als er. Was wiederum bedeutet, er kann sich hinsetzen, denn als das älteste noch lebende Mitglied meiner Familie besitze *ich* das Stimmrecht unserer Blutlinie. Und in diesem Falle stimme ich ... ganz entschieden gegen den Antrag.«

Jetzt brach Chaos aus. Totale Konfusion.

Nur Rehv saß mittendrin, lachte und klatschte in die Hände. »Verflucht noch mal, Frau. Du bist einfach der Hammer.«

Marissa empfand wenig Freude an dem kleinen Machtspielchen, aber sie war erleichtert. Die Abstimmung musste einstimmig ausfallen, sonst verlief das alberne Gesuch im Sande. Und dank ihr passierte nun exakt das.

»O mein Gott«, sagte jemand.

Als hätte sich mitten im Fußboden ein Loch aufgetan, wurde jegliches Geräusch aus dem Raum gesaugt. Marissa drehte sich um.

Im Türrahmen der Bibliothek ragte Rhage auf und hielt einen jungen Vampir am Kragen. Hinter ihm standen Vishous ... und Butch.

23

Butch gab sich die allergrößte Mühe, Marissa nicht allzu offen anzustarren. Was ihm schwerfiel. Besonders, da sie direkt neben Rehvenge saß.

Um sich abzulenken, sah er sich um. Das Treffen bestand praktisch nur aus arroganten Schnöseln. Man hätte glauben können, es handle sich um ein politisches Gipfeltreffen, hätten sich nicht alle so in Schale geworfen, besonders die Frauen. Die Klunker von Elizabeth Taylor waren ein Dreck gegen das, was diese Tussis trugen.

Und dann platzte die nächste Bombe.

Der Typ am Kopfende des Tisches drehte den Kopf, erspähte Lash und wurde kalkweiß. Ganz langsam kam er auf die Füße, schien aber seine Stimme verloren zu haben. Wie jeder andere im Raum.

»Wir müssen uns unterhalten, Sire«, sagte Rhage und schüttelte Lash ordentlich durch. »Über die außerschulischen Aktivitäten dieses Knaben hier. Deines Sohnes«

Rehvenge stand auf. »Und wie wir das müssen.« Das

sprengte die Versammlung wie eine Axt einen Eisblock. Lashs Vater sauste aus der Bibliothek und scheuchte Rhage, Rehvenge und den Jungen in einen Salon. Er wirkte, als würde er vor Scham am liebsten im Boden versinken. Gleichzeitig erhoben sich die vornehmen Gäste vom Tisch und stellten sich zu Grüppchen zusammen. Keiner von ihnen wirkte besonders glücklich, und die meisten warfen Marissa böse Blicke zu.

Was in Butch den Wunsch weckte, ihnen etwas Respekt beizubringen. Und zwar, bis sie bluteten.

Seine Hände ballten sich zu Fäusten, seine Nasenflügel blähten sich auf, und er schnüffelte, bis er Marissas Duft herausgefiltert hatte und durch jede verfügbare Pore in sich aufnahm. Selbstverständlich drehte er fast durch in dieser unmittelbaren Nähe zu ihr, sein Körper heizte sich auf, sein Verlangen wurde drängend. Er hatte alle Hände voll damit zu tun, seine Arme und Beine an Ort und Stelle zu halten. Besonders, als er ihren Blick auf sich spürte.

Ein kühler Windhauch, der durch das Haus strich, erinnerte Butch daran, dass die Eingangstür immer noch weit offen stand. Er sah in die Nacht hinaus und wusste, es wäre besser für ihn zu gehen. Sauberer. Und auch weniger gefährlich in Anbetracht seines dringenden Bedürfnisses, diese Snobs zu zermalmen, weil sie Marissa mit solcher Kälte behandelten.

Er ging hinaus und lief über den Rasen, spazierte ein Weilchen über den matschigen Frühlingsboden, bevor er sich wieder zum Haus wandte. Neben dem Escalade blieb er stehen, weil er merkte, dass er nicht mehr allein war.

Marissa trat hinter dem Wagen hervor. »Hallo, Butch.«

Herr im Himmel, sie war so schön. Besonders jetzt, wo sie so nah bei ihm war.

»Hi, Marissa.« Er steckte die Hände in die Taschen seiner Lederjacke. Wie sehr er sie vermisst hatte. Wie sehr er sie begehrte. Sich nach ihr verzehrte. Und nicht nur wegen des Sex.

»Butch – ich ...«

Ganz plötzlich spannte sich jeder Muskel in seinem Körper an, seine Augen entdeckten etwas, nein *jemanden,* der über den Rasen gelaufen kam. Ein Mann ... ein weißhaariger Mann ... ein *Lesser.*

»Verdammt«, zischte Butch. Blitzschnell hob er Marissa hoch und schleifte sie auf das Haus zu.

»Was machst du denn ...« Doch sobald sie den *Lesser* bemerkte, hörte sie auf, sich zu wehren.

»Lauf«, befahl er. »Lauf und sag Rhage und V Bescheid. Sie sollen sofort herkommen. Und schließ die Tür ab.« Er gab ihr einen Schubs und wirbelte dann herum. Erst als er hinter sich die Tür zuschlagen und die Schlösser einschnappen hörte, atmete er wieder aus.

Na, sieh mal einer an. Es war der Haupt-*Lesser,* der da über den Rasen auf ihn zukam.

Mann, wie er sich wünschte, jetzt kein Publikum zu haben. Denn er wollte den Kerl erst noch in Stücke reißen, bevor er ihn tötete. Auge um Auge, sozusagen.

Als der Kerl näher kam, hob er die Hände, wie um sich zu ergeben. Aber das kaufte Butch ihm nicht ab. Er ließ seine Sinne die Gegend absuchen, in Erwartung einer ganzen Armee von Jägern auf dem Gelände. Überraschenderweise fand er niemanden. Trotzdem fühlte er sich sicherer, als V und Rhage sich hinter ihm materialisierten und mit ihren Körpern die kalte Luft verdrängten.

»Ich glaube, er ist allein«, raunte Butch, ohne seinen Gegner aus den Augen zu lassen. »Und – das brauche ich wohl nicht zu betonen – der hier gehört mir.«

Der Jäger kam immer näher, und Butch machte sich bereit zum Kampf, doch dann wurde plötzlich alles sehr merkwürdig. Zum Teufel, das war ja wohl eine Halluzination: Dem *Lesser* konnten doch schlecht Tränen über die Wangen laufen, oder?

Mit gequälter Stimme sagte das Wesen: »Du. Du musst mich töten ... bring es zu Ende. Bitte ...«

»Lass dich nicht einwickeln«, flüsterte ihm Rhage von links zu.

Die Augen des *Lesser* wanderten zu dem Bruder, dann zurück zu Butch. »Ich will nur, dass es vorbei ist. Ich sitze in der Falle ... Bitte, töte mich. Du musst es tun, kein anderer.«

»Aber liebend gern«, murmelte Butch.

Er stürzte sich auf ihn, in Erwartung heftigster Gegenwehr, aber der Kerl verteidigte sich überhaupt nicht, sondern landete wie ein Sandsack auf dem Rücken.

»Danke ... Danke ...« Die gespenstischen Beteuerungen rollten dem *Lesser* von den Lippen, ein nicht enden wollender Strom, aus dem schmerzliche Erleichterung zu hören war.

Der Drang einzuatmen regte sich in Butch, und er hielt den Haupt-*Lesser* an der Kehle fest und öffnete den Mund. Er konnte die Blicke der *Glymera* durch die Fenster des Hauses unangenehm im Rücken spüren. Unmittelbar bevor er zu saugen begann, musste er an Marissa denken. Er wollte nicht, dass sie sah, was jetzt geschehen würde.

Nur, dass gar nichts geschah. Es gab keinen Austausch. Eine Art Blockade hinderte das Böse daran, übertragen zu werden.

Panisch riss der Haupt-*Lesser* die Augen weit auf. »Es hat doch funktioniert ... bei den anderen. Es hat funktioniert! Ich habe dich gesehen ...«

Butch saugte weiter und weiter, bis eindeutig klar war, dass er, aus welchem Grund auch immer, diesen Jäger nicht verschlingen konnte. Vielleicht, weil er der Haupt-*Lesser* war? Wen interessierte das schon.

»Bei den andern ...«, brabbelte der Jäger weiter, »bei den anderen hat es funktioniert ...«

»Bei dir offenbar nicht.« Butch griff nach seinem Messer.

»Gut, dass es noch einen anderen Weg gibt.« Er holte aus und hob die Klinge hoch über den Kopf.

Jetzt schrie der *Lesser* und fuchtelte wild mit Armen und Beinen. »Nein! Er wird mich foltern! Neeeeeeeiiiiiiiinnnnnn«

Das Gebrüll erstarb, als der Vampirjäger zerplatzte und sich zischend auflöste.

Erleichtert atmete Butch auf, froh, dass er es vollbracht hatte …

Doch da durchfuhr ihn eine Welle der Bösartigkeit, brannte wie extreme Kälte und Hitze gleichzeitig. Er schnappte nach Luft und hörte ein gemeines Lachen aus dem Nichts aufsteigen und sich durch die Nacht schlängeln, die Art von körperlosem Geräusch, bei der ein Mensch an seinen eigenen Sarg denken musste.

Omega.

Butch griff durch das Hemd nach seinem Kreuz und sprang auf die Füße, gerade als eine statisch aufgeladene Erscheinung des Bösen vor ihm auftauchte. Butchs gesamter Körper rebellierte, doch er wich nicht zurück. Wie durch einen Nebel merkte er, dass Rhage und V dicht neben ihn traten, ihn flankierten, beschützten.

»Was ist los, Bulle?«, fragte V kaum hörbar. »Was starrst du so an?«

Verdammt, sie konnten Omega nicht sehen.

Noch ehe Butch etwas erklären konnte, wand sich die unverkennbare, hallende Stimme des Bösen in seinen Kopf und wieder hinaus, in seine Gedanken und wieder in den Wind. »Du bist also der Eine, ist das wahr? Mein … Sohn, gleichsam.«

»Niemals.«

»Butch? Mit wem sprichst du?«, fragte V.

»Habe ich dich etwa nicht gezeugt?« Wieder lachte Omega. »Gab ich dir nicht einen Teil von mir? O ja, das tat ich. Und du weißt, was man von mir sagt, oder?«

»Ich will es nicht wissen.«

»Das solltest du aber.« Omega streckte eine Geisterhand aus, und obwohl sie ihm nicht nahe kam, spürte Butch sie auf dem Gesicht. »Ich erhebe immer Anspruch auf das, was mein ist. Sohn.«

»Sorry, aber der Job als Vater ist bei mir nicht mehr zu vergeben.«

Butch holte sein Kreuz hervor und ließ es an der Kette pendeln. Undeutlich hörte er V einen Fluch ausstoßen, als hätte sich der Bruder endlich zusammengereimt, was hier los war. Aber Butchs Aufmerksamkeit war ausschließlich auf die Ereignisse vor ihm konzentriert.

Omega betrachtete das schwere Goldkreuz. Dann ließ er den Blick über Rhage und V schweifen wie auch über das Haus hinter sich. »Solches Talmi macht keinen Eindruck auf mich. Ebenso wenig wie die Brüder. Oder die robustesten Schlösser und Türen.«

»Aber ich.«

Omegas Kopf schnellte herum.

Die Jungfrau der Schrift materialisierte sich hinter ihm, ganz ohne Umhang und leuchtend wie eine Supernova.

Sofort veränderte Omega seine Gestalt und verwandelte sich in ein Wurmloch im Gewebe der Realität, nicht länger eine Erscheinung, sondern ein rauchender, schwarzer Spalt.

»Ach, du Scheiße«, bellte V, als könnten er und Rhage jetzt alles sehen.

Omegas Stimme drang aus den finsteren Tiefen hervor. »Schwester, wie fühlst du dich heute Nacht?«

»Ich schicke dich zurück in die *Dhund*. Pack dich, auf der Stelle.« Ihr Schein wurde noch stärker, bis er Omegas schwarzen Schlund allmählich einhüllte.

Ein hässliches Knurren erklang. »Glaubst du etwa, dass Verbannung mein Dasein beenden kann? Wie einfältig du bist.«

»Mach dich fort.« Eine Flut von Worten floss aus ihr in die Nacht hinaus, Worte, die weder der Alten Sprache noch einer anderen Zunge entsprangen, die Butch je gehört hatte.

Unmittelbar bevor Omega vollständig verschwand, spürte Butch die Augen des Bösen, die sich in ihn hineinbohrten, während gleichzeitig diese grausige Stimme hallte: »Siehe, mein Sohn, wie du mich inspirierst. Und ich darf sagen, es wäre weise von dir, nach deinem Blut zu suchen. Familien sollten zusammenhalten.« Und mit einem grellen, weißen Auflodern war Omega fort. Wie auch die Jungfrau der Schrift.

Weg. Beide. Nichts blieb übrig außer einem bitterkalten Wind, der die Wolken vom Himmel vertrieb wie eine Hand, die ruckartig einen Vorhang wegzieht.

Rhage räusperte sich. »Okay ... also ich kann die nächsten eineinhalb Wochen nicht schlafen. Was ist mit euch?«

»Alles klar bei dir?«, fragte V Butch.

»Ja.« Nein.

Jesus Christus – er war doch nicht Omegas Sohn. Oder?

»Nein«, sagte V. »Das bist du nicht. Er möchte dich das nur glauben machen. Aber dadurch wird es nicht wahr.«

Lange Zeit sagte keiner etwas. Dann landete Rhages Hand schwer auf Butchs Schulter. »Außerdem siehst du ihm kein bisschen ähnlich. Ich meine, hallo? Du bist der bullige, irische Typ und er eher ... so eine Art LKW-Auspuff oder so was.«

Butch sah Hollywood aus dem Augenwinkel an. »Du bist echt krank, weißt du das?«

»Ja, aber du liebst mich, stimmt's? Komm schon. Ich weiß, dass es so ist.«

Butch fing als Erster an zu kichern. Dann stimmten die anderen beiden mit ein, die Last der unheimlichen Episode, die sie gerade erlebt hatten, fiel ein wenig von ihnen ab.

Doch als ihr Gelächter nach und nach verebbte, wanderte Butchs Hand zu seinem Bauch.

Er drehte sich um und suchte unter den bleichen, angstvollen Mienen hinter den Bleifenstern ein bestimmtes Gesicht. Marissa stand ganz vorne, ihr goldblondes Haar spiegelte sich im Mondlicht.

Er schloss die Augen und wandte sich ab. »Ich möchte mit dem Escalade nach Hause fahren. Allein.« Wenn er jetzt nicht ein bisschen Zeit für sich hätte, müsste er laut schreien. »Eine Frage noch: Müssen wir wegen der *Glymera* und dem, was sie gesehen haben, etwas unternehmen?«

»Wrath wird definitiv von ihnen hören«, murmelte V. »Aber was mich betrifft, sind sie auf sich allein gestellt. Von mir aus können sie gerne ihre Therapeuten dafür bezahlen, den ganzen Scheiß aufzuarbeiten. Ist nicht unsere Sache, bei denen Händchen zu halten.«

Nachdem Rhage und V sich zurück zum Anwesen der Bruderschaft dematerialisiert hatten, ging Butch zum Wagen. Er deaktivierte die Alarmanlage, doch dann hörte er jemanden über den Rasen laufen.

»Butch! Warte!«

Er warf einen Blick über die Schulter. Marissa lief auf ihn zu, und als sie anhielt, stand sie so nah vor ihm, dass er das Blut in ihren Herzkammern hören konnte.

»Bist du verletzt?«, fragte sie und suchte ihn von Kopf bis Fuß mit den Augen ab.

»Nein.«

»Ganz sicher nicht?«

»Ja.«

»War das Omega?«

»Ja.«

Sie atmete tief ein, als wollte sie nachforschen; gleichzeitig wusste sie aber, dass er nicht über den Vorfall sprechen würde. Nicht so, wie die Dinge zwischen ihnen lagen. »Bevor Omega kam, habe ich gesehen, wie du diesen Jäger getötet hast. Ist dieser ... dieser Lichtblitz das, was du ...«

»Nein.«

»Ach so.«

Sie senkte den Blick auf ihre Hände. Nein, auf den Dolch an seiner Hüfte. »Du warst unterwegs zu einem Kampf, bevor du herkamst.«

»Ja.«

»Und du hast diesen Jungen gerettet, diesen Lash, oder?«

Er blickte zum Wagen hinüber. Wusste, er war nur eine Haaresbreite davon entfernt, sich ihr an den Hals zu werfen, sie an sich zu drücken und sie anzuflehen, mit ihm nach Hause zu kommen. Wie ein totaler Volltrottel. »Hör mal, Marissa, ich muss jetzt fahren. Pass auf dich auf.«

Er ging zur Fahrerseite und stieg ein. Als sie ihm folgte, verriegelte er die Türen, damit sie nicht herein konnte, ließ den Motor aber nicht an.

Ach, Mist, selbst durch das Glas und den Stahl des Escalade konnte er sie so lebhaft spüren, als hielte er sie im Arm.

»Butch …« Sein Name klang gedämpft. »Ich möchte mich bei dir für etwas entschuldigen, was ich gesagt habe.«

Er umklammerte das Lenkrad und starrte durch die Windschutzscheibe. Dann – Waschlappen, der er war – entriegelte er die Tür und drückte sie auf. »Warum?«

»Es tut mir leid, dass ich die Sache mit deiner Schwester ins Spiel gebracht habe. Du weißt schon, in der Höhle. Das war gemein.«

»Ich … du hattest ja nicht ganz unrecht. Mein ganzes Leben lang habe ich versucht, Menschen zu retten. Und es *war* immer um Janies willen. Also mach dir mal keinen Kopf deswegen.«

Lange schwiegen sie beide, und er fühlte etwas Starkes aus ihr strömen, etwas – ach ja, sie musste sich nähren. Sie war ausgehungert nach Blut.

Und natürlich lechzte sein Körper danach, ihr jeden Tropfen seines eigenen zu schenken. Völlig klar.

Um sich selbst am Aussteigen zu hindern, legte er den Sicherheitsgurt an, dann blickte er ihr ein letztes Mal ins Gesicht. Es war straff vor Anspannung und ... Hunger. Sie wehrte sich gegen das Bedürfnis, suchte es zu verstecken, damit sie sich unterhalten konnten.

»Ich muss los«, sagte er. *Sofort.*

»Ja, ich auch.« Sie errötete und trat zurück, ihr Blick begegnete seinem flüchtig. »Also dann, bis ... irgendwann.«

Sie drehte sich um und ging rasch zum Haus zurück. Und wer stand wohl schon in der Tür, um sie zu empfangen: Rehvenge.

Rehv ... so stark ... so mächtig ... so voll und ganz in der Lage, sie zu nähren.

Marissa kam keinen Meter weiter.

Butch schoss aus dem Wagen, umschlang ihre Taille und zerrte sie zurück ins Auto. Wobei sie sich nicht gerade wehrte. Nicht einmal ansatzweise.

Er warf sie fast auf den Rücksitz und wollte gerade selbst einsteigen, als sein Blick auf Rehvenge fiel. Seine violetten Augen leuchteten, als hätte er nicht übel Lust, sich einzuschalten. Aber Butch wich seinem Blick nicht aus und zeigte mit dem Finger genau auf Rehvs Brust. Die Botschaft war unmissverständlich: Bleib, wo du bist, und du darfst deine Zähne behalten. Rehvs Lippen formten einen Fluch, doch dann neigte er den Kopf und dematerialisierte sich.

Sofort sprang Butch zu Marissa auf den Rücksitz, schlug auf den Knopf, um die Türen zu verriegeln und lag schon auf ihr, bevor das Innenlicht verlosch. Es war eng da hinten, seine Beine waren seltsam verdreht, die Schulter klemmte irgendwo, wahrscheinlich an der Lehne, egal. Ihm war das total gleichgültig, genau wie ihr. Marissa schlang die Beine um seine Hüften und öffnete ihren Mund für ihn, als er sie rabiat küsste.

Dann rollte Butch sie beide herum, so dass sie oben lag,

packte eine Haarsträhne und zog sie direkt an seinen Hals.
»Beiß zu!«, knurrte er.

Und wie sie das tat.

Er spürte einen stechenden Schmerz, als ihre Fänge seine Haut durchschnitten, und sein Körper zuckte wild unter der Penetration, wodurch die Wunde noch weiter aufriss. Oh, aber es war gut. So gut. Sie trank in tiefen Zügen, und die Befriedigung, sie zu nähren, machte ihn ganz benommen.

Er schob seine Handfläche zwischen ihre Körper und umfing die Hitze in ihrer Mitte, rieb über ihren Kern. Als sie ein wildes Stöhnen ausstieß, schob er ihr mit der anderen Hand das Oberteil hoch. Dem Himmel sei Dank, sie hob lange genug den Kopf von seinem Hals, damit er ihr die Bluse abstreifen und den BH loswerden konnte.

»Die Hose«, krächzte er. »Zieh die Hose aus.«

Während sie sich umständlich in der Enge des Wagens entkleidete, zog er den Reißverschluss an seiner Hose auf und ließ seine Erektion hervorfedern. Er wagte es nicht, seinen Schwanz anzufassen, so nah war er schon am Orgasmus.

Splitternackt bestieg sie ihn, die hellblauen Augen leuchteten, standen geradezu lichterloh in Flammen. Ein roter Streifen von seinem Blut lag auf ihren Lippen, und er stemmte sich hoch, um sie auf den Mund zu küssen. Dann legte er sich so zurück, dass sie, als sie sich auf ihn setzte, genau richtig auf seinen Körper auftraf. Er warf den Kopf in den Nacken, als sie sich vereinigten, und sie durchbohrte seinen Hals auf der anderen Seite. Seine Hüften begannen heftig zu stoßen, und sie verlagerte sich auf die Knie, um beim Trinken nicht wegzurutschen.

Der Orgasmus erschütterte ihn bis ins Mark.

Doch unmittelbar danach war er bereit, wieder loszulegen.

Was er auch tat.

24

Als Marissa alles genommen hatte, was sie brauchte, kuschelte sie sich an ihn. Er lag auf dem Rücken, den Blick an die Wagendecke gerichtet, eine Hand auf der Brust ruhend. Er atmete heftig, seine Kleider waren völlig zerknittert, das Hemd bis zum Hals hochgeschoben. Sein Geschlecht lag glitzernd und erschlafft auf seinem Bauch, und die Bisse am Hals fühlten sich wund an, obwohl Marissa sie abgeleckt hatte.

Sie hatte ihn mit einer Wildheit benutzt, von der sie nicht geahnt hatte, dass sie in ihr steckte; ihr Verlangen hatte sie beide in eine totale, primitive Raserei getrieben. Und jetzt, als alles vorbei war, machte sich ihr Körper über das her, was er ihr geschenkt hatte. Ihre Augenlider sanken herab.

So gut. Er war so gut gewesen.

»Wirst du mich wieder benutzen?« Butchs immer heisere Stimme war jetzt beinahe nicht zu verstehen.

Marissa schloss die Augen, ihre Brust schmerzte so stark, dass sie kaum Luft bekam.

»An seiner statt?«, fragte er.

Ach so. Es ging hier um ihn und seine Konkurrenz zu Rehvenge, nicht darum, sie zu nähren. Sie hätte es wissen müssen. Vorhin hatte sie den Blick gesehen, mit dem Butch Rehv bedacht hatte, bevor er zu ihr ins Auto stieg. Offenbar hegte er noch immer einen Groll.

»Vergiss es.« Butch verstaute seine Männlichkeit wieder in der Hose und machte den Reißverschluss zu. »Geht mich ja nichts an.«

Sie hatte keine Antwort für ihn, aber er schien auch keine zu erwarten. Dann gab er ihr ihre Kleider und sah nicht zu, wie sie sich wieder anzog. Sobald ihre Nacktheit verhüllt war, machte er die Autotür auf.

Kalte Luft strömte herein ... und in diesem Augenblick bemerkte sie etwas. Das Innere des Wagens roch nach Leidenschaft und Blut, üppige, berauschend verführerische Düfte. Aber da war kein Hauch von Bindungsgeruch. Nicht ein Hauch.

Sie konnte es nicht ertragen, sich noch einmal zu ihm umzudrehen, als sie wegging.

Die Sonne ging schon fast auf, als Butch schließlich in den Innenhof des Anwesens einbog. Nachdem er den Escalade zwischen Rhages dunkelvioletten GTO und Beths Audi-Kombi geparkt hatte, stapfte er zur Höhle.

Stundenlang war er durch die Stadt gefahren, über bedeutungslose Straßen, vorbei an immer gleichen Häusern, an Ampeln anhaltend, falls er es nicht vergaß. Nach Hause war er nur gekommen, weil der Tag bald anbrechen würde und es einfach richtig schien.

Er blickte nach Osten, wo man eine Andeutung von Helligkeit erahnen konnte.

Er ging zu dem Springbrunnen in der Mitte des Innenhofs, setzte sich auf den Rand des Marmorbeckens und sah zu, wie die Stahlrollläden des Haupthauses und der Höhle für den Tag heruntergeglitten. Das Leuchten am Himmel ließ ihn ein wenig blinzeln. Dann blinzelte er stärker.

Als seine Augen zu brennen begannen, dachte er an Marissa und rief sich jede Einzelheit an ihr ins Gedächtnis, von der Form ihres Gesichts über ihr Haar, ihr Lachen, den Klang ihrer Stimme bis hin zum Geruch ihrer Haut. Hier, unbeobachtet, ließ er seinen Gefühlen freien Lauf, stellte sich seiner schmerzlichen Liebe und dem verhassten Sehnen, das ihm keinen Frieden lassen wollte.

Und siehe da, sein Bindungsduft tauchte wieder auf. Vorhin in ihrer Nähe war es ihm irgendwie gelungen, ihn zurückzudrängen. Es war ihm unfair vorgekommen, sie zu kennzeichnen. Aber hier, ganz allein gab es keinen Grund sich zu verstecken.

Je mehr Kraft der Sonnenaufgang sammelte, desto heftiger schmerzten seine Wangen, als bekäme er einen Sonnenbrand. Sein Körper sandte ihm Warnsignale. Doch er zwang sich zu bleiben, denn er musste unbedingt die Sonne sehen, auch wenn seine Oberschenkel aus Fluchtinstinkt nervös zuckten, und er sie nicht mehr lange würde stillhalten können.

Scheiße ... nie wieder würde er das Tageslicht sehen. Und ohne Marissa in seinem Leben gäbe es für ihn auch keine andere Art von Sonnenschein. Niemals wieder.

Er gehörte der Dunkelheit.

Endlich hörte er auf, sich zu sperren, da er ohnehin keine Chance hatte, und sofort rasten seine Beine los über den Hof. Mit einem Hechtsprung warf er sich durch die Vorhalle der Höhle, knallte die innere Tür hinter sich zu und rang nach Atem.

Man hörte keinen Rap, aber Vs Lederjacke hing über dem Stuhl hinter den Computern. Der Bruder konnte also nicht weit sein. Wahrscheinlich war er immer noch im großen

Haus, um zusammen mit Wrath die Ereignisse der Nacht zu rekapitulieren.

Allein im Wohnzimmer überfiel Butch der vertraute Wunsch nach Alkohol mit aller Heftigkeit, und er sah keinen Grund, dem nicht nachzugeben. Also ließ er Jacke und Waffen fallen, ging in die Küche, goss sich einen x-fachen ein und nahm die Flasche gleich mit. Dann ging er zu seiner Lieblingscouch, setzte das Glas an und schluckte. Dabei fiel sein Blick auf die neueste Ausgabe der *Sports Illustrated*. Darauf war das Foto eines Baseballspielers zu sehen und neben seinem Kopf stand in gelben Blockbuchstaben ein einzelnes Wort: HELD.

Marissa hatte recht. Er hatte einen Heldenkomplex. Aber es ging dabei nicht um einen albernen Egotrip. Sondern darum, genug Leute zu retten. Denn dann würde ihm … vielleicht … vergeben.

Denn das war seine wahre Motivation: Absolution.

Wie im Fernsehen blitzten Episoden aus jüngeren Jahren vor seinem geistigen Auge auf. Nur dass dies hier mit Sicherheit kein Film war, den er freiwillig einschalten würde. Und während der irren Show wanderte sein Blick immer wieder zum Telefon. Es gab nur einen Menschen, der ihm Linderung verschaffen konnte, und er bezweifelte schwer, dass sie es täte. Aber verflucht noch mal, wenn er seine Mutter doch nur dazu bringen könnte, einmal, ein einziges Mal zu sagen, dass sie ihm vergab, dass er Janie in dieses Auto hatte steigen lassen …

Butch ließ sich auf das Ledersofa sinken und stellte den Scotch ab. Drei Stunden wartete er dort, bis die Uhr neun anzeigte. Dann nahm er den Hörer ab und wählte eine Nummer mit der Vorwahl 617. Sein Vater hob ab.

Das Gespräch war genauso schrecklich, wie Butch es sich vorgestellt hatte. Nur eines war noch schlimmer: Die Neuigkeiten von zu Hause.

Als er wieder auflegte, sah er, dass die gesamte verstrichene Zeit sich auf eine Minute und vierunddreißig Sekunden belief. Einschließlich der sechs Mal Läuten. Und das war sehr wahrscheinlich das letzte Mal, dass er mit Eddie O'Neal geredet hatte, so viel stand fest.

»Was läuft, Bulle?«

Er schreckte auf und sah Vishous vor sich stehen. Fand keinen Grund zu lügen. »Meine Mutter ist krank. Seit zwei Jahren schon, wie es aussieht. Sie hat Alzheimer, ziemlich schlimm. Natürlich kam keiner auf die Idee, mir das mitzuteilen. Und ich hätte es nie erfahren, wenn ich nicht gerade selbst angerufen hätte.«

»Scheiße ...« V kam zu ihm und setzte sich. »Möchtest du sie besuchen?«

»Nein.« Butch schüttelte den Kopf und hob sein Scotchglas hoch. »Dazu habe ich keinen Grund. Diese Leute gehen mich nichts mehr an.«

25

Am folgenden Abend schüttelte Marissa die Hand der neuen Leiterin ihres Refugiums. Die Vampirin war einfach perfekt für die Stelle. Klug. Freundlich. Sie besaß eine sanfte Stimme und hatte ein Studium des Gesundheitswesens an der New Yorker Uni absolviert – natürlich in Abendkursen.

»Wann soll ich anfangen?«, fragte sie.

»Wie wäre es mit heute Abend?«, entgegnete Marissa trocken. Als sie ein begeistertes Nicken zur Antwort bekam, lächelte sie. »Toll. Dann zeige ich dir jetzt dein Büro.«

Nachdem sie der neuen Leiterin das Zimmer im oberen Stock gezeigt hatte, kam sie wieder nach unten und loggte sich mit ihrem Laptop in Caldwells Immobilienregister ein, um nach weiteren zum Verkauf stehenden Grundstücken zu suchen.

Aber es dauerte nicht lange, bis sie überhaupt nichts mehr sehen konnte. Der Gedanke an Butch lastete wie ein ständiger Druck auf ihrer Brust, ein unsichtbarer Ballast, der ihr das Atmen erschwerte. Und wenn sie nicht durch

Arbeit abgelenkt war, wurde sie von den Erinnerungen an ihn verschlungen.

»Herrin?«

Sie hob den Kopf, vor ihr stand die *Doggen*. »Ja, Phillipa?«

»Havers hat uns einen Fall anvertraut. Die Frau und ihr Sohn werden morgen hierher gefahren, wenn der Zustand des Jungen sich stabilisiert hat. Aber die zuständige Schwester wollte uns die Krankenakte schon innerhalb der nächsten Stunde per E-Mail schicken.«

»Danke. Bereitest du bitte ein Zimmer für die beiden vor?«

»Ja, Herrin.« Die *Doggen* verneigte sich und ging.

Havers hielt also Wort.

Marissa zog die Brauen zusammen, wieder meldete sich das inzwischen kontinuierlich in ihrem Hinterkopf lauernde Gefühl, dass sie etwas vergessen hatte. Aus irgendeinem Grund hatte sie ein Bild von Havers vor Augen, das nicht weggehen wollte ... und schließlich wurde aus ihrer Ahnung eine konkrete Erinnerung.

Aus heiterem Himmel hörte sie ihre eigene Stimme, als sie mit Butch gesprochen hatte: *Ich werde nicht danebensitzen und zusehen, wie du dich selbst zerstörst.*

Gütiger. Exakt diese Worte hatte ihr Bruder zu ihr gesagt, bevor er sie aus dem Haus geworfen hatte. O du liebe Jungfrau der Schrift, sie tat Butch genau dasselbe an, was Havers ihr angetan hatte: Sie jagte ihn im edelmütigen Gewand ihrer Sorge fort. Doch wollte sie sich nicht eigentlich nur das Gefühl der Angst und des Kontrollverlusts wegen ihrer Liebe zu ihm ersparen?

Aber was war mit seiner Todessehnsucht?

Sein Kampf mit diesem *Lesser* auf dem Rasen vor dem Haus des *Leahdyre* kam ihr wieder in den Sinn: In dieser Situation war Butch vorsichtig gewesen. Bedächtig. Nicht leichtsinnig. Und seine Bewegungen waren gewandt gewesen, seine Treffer gezielt, nicht die wilden Schläge eines Berserkers.

Ach je, dachte sie. Was, wenn sie sich getäuscht hatte? Was, wenn Butch doch kämpfen konnte? Was, wenn er kämpfen *sollte*?

Aber das Böse? Was war mit Omega?

Immerhin war die Jungfrau der Schrift eingeschritten, um Butch zu beschützen. Und er war immer noch ... Butch gewesen, nachdem Omega verschwunden war. Was, wenn ...

Ein Klopfen ertönte, und sie sprang auf. »Meine Königin!«

Beth lächelte sie aus dem Türrahmen an und hob die Hand. »Hi.« Immer noch völlig mit ihren Gedanken beschäftigt, machte Marissa einen tiefen Knicks, woraufhin Beth kichernd den Kopf schüttelte.

»Werde ich dir das je austreiben können?«

»Vermutlich nicht – das ist die Bürde meiner Erziehung.« Marissa versuchte, sich zu konzentrieren. »Bist du hier, äh, um dir ein Bild zu verschaffen, was wir hier in den letzten ...«

Da tauchten Bella und Mary hinter der Königin auf.

»Wir möchten mit dir sprechen«, erklärte Beth. »Über Butch.«

Schwerfällig regte sich Butch in seinem Bett. Öffnete ein Auge. Fluchte, als er den Wecker sah. Er hatte verschlafen, vielleicht, weil er es letzte Nacht ein bisschen übertrieben hatte. Waren drei *Lesser* zu viel auf einmal? Oder vielleicht lag es am Nähren ...

O nein, nein, nein. Daran wollte er jetzt nicht denken. Das kam überhaupt nicht infrage.

Er drehte sich auf den Rücken ...

Und schnellte von der Matratze hoch. »Was zum Teufel....«

Fünf Gestalten in schwarzen Kapuzenumhängen umringten sein Bett.

Wraths Stimme ertönte erst in der alten Sprache, dann auf Englisch: »Es gibt kein Zurück von der Frage, die dir heute Nacht gestellt werden soll. Du wirst sie nur einmal vernehmen, und deine Antwort wird für den Rest deines Lebens bestehen bleiben. Bist du bereit, die Frage zu hören?«

Die Bruderschaft. Heilige Maria, Mutter Gottes.

»Ja«, hauchte Butch und griff nach seinem Kreuz.

»Dann frage ich dich jetzt, Butch O'Neal, von meinem eigenen Blut und meines Vaters Blut: Willst du dich uns anschließen?«

Verdammt, verdammt. Passierte das wirklich? Oder war es nur ein Traum?

Er betrachtete die verhüllten Gestalten, eine nach der anderen. »Ja. Ja, ich werde mich euch anschließen.«

Jemand warf ihm einen schwarzen Umhang zu. »Verhülle dich damit und zieh die Kapuze über dein Haupt. Du wirst nicht sprechen, ohne dazu aufgefordert zu werden. Du wirst die Augen zu Boden senken. Deine Hände werden in deinem Rücken verschränkt sein. Deine Tapferkeit und die Ehre unserer gemeinsamen Blutlinie wird an jeder deiner Handlungen gemessen werden.«

Butch stand auf und zog den Umhang über. Wünschte sich kurz, er könnte mal eben ins Bad ...

»Es wird dir gestattet, dich zu entleeren. Rasch.«

Als Butch wieder herauskam, achtete er darauf, den Kopf nach unten und die Hände im Rücken verschränkt zu halten.

Als eine schwere Hand auf seiner Schulter landete, wusste er sofort, dass sie von Rhage stammte. Keine andere Pranke wog so viel.

»Nun komm mit uns«, befahl Wrath.

Butch wurde aus der Höhle und direkt in den Escalade geführt. Praktischerweise war der Wagen direkt in der Vorhalle geparkt worden, als sollte niemand ahnen, was heute geschah.

Butch stieg auf den Rücksitz, der Motor wurde angelassen und viele Türen wurden zugeschlagen. Sie fuhren über den Innenhof, wie Butch vermutete, bis das Auto zu holpern begann, als steuerten sie über den Rasen hinter dem Haus auf den Wald zu. Niemand sagte ein Wort, und in der Stille überlegte er fieberhaft, was sie wohl mit ihm machen würden. Ein Zuckerschlecken würde das sicher nicht werden.

Schließlich hielt der Wagen an, und alle stiegen aus. Um nicht gegen die Regeln zu verstoßen, trat Butch beiseite, heftete den Blick zu Boden und wartete darauf, dass jemand ihn führte. Genau das geschah auch, während gleichzeitig der Escalade weggefahren wurde.

Im Gehen konnte Butch das Mondlicht auf dem Boden erkennen, doch dann wurde diese Lichtquelle abrupt unterbrochen.

Es wurde stockdunkel. Waren sie in einer Höhle? Ja, so musste es sein. Der Geruch feuchter Erde drang ihm in die Nase, und unter seinen bloßen Füßen konnte er kleine Steinchen fühlen, die sich in seine Sohlen bohrten.

Ungefähr vierzig Schritte weiter wurde er durch einen Ruck am Arm gebremst. Man hörte Flüstern, dann ging es wieder weiter, jetzt sanft bergab. Sie hielten erneut an. Noch mehr leise Geräusche ertönten, als würde ein gut geöltes Tor zurückgezogen.

Dann Wärme und Licht. Ein polierter Fußboden aus ... Marmor. Schimmernder schwarzer Marmor. Er hatte den Eindruck, sie liefen durch einen Raum mit hohen Decken, denn die wenigen Geräusche, die sie machten, hallten von oben wider. Noch ein Stopp, gefolgt von einigem Rascheln ... die Brüder legten ihre Umhänge ab, dachte er.

Eine Hand umklammerte seinen Nacken, und das tiefe Knurren von Wraths Stimme drang in sein Ohr. »Du bist unwürdig, hier einzutreten, so wie du bist. Nicke mit dem Kopf.«

Butch gehorchte.

»Sag, dass du unwürdig bist.«

»Ich bin unwürdig.«

Plötzlich stießen die Brüder einen lauten, harten Ruf in der Alten Sprache aus, als protestierten sie.

Wrath fuhr fort: »Obgleich du nicht würdig bist, wünschst du, es heute Nacht zu werden. Nicke mit dem Kopf.«

Butch tat es.

»Sag, dass du wünschst, würdig zu werden.«

»Ich wünsche, würdig zu werden.«

Wieder ein Ausruf in der Alten Sprache, dieses Mal ein Anfeuern.

Wrath sprach weiter: »Es gibt nur einen Weg, würdig zu werden, und das ist der richtige und maßvolle. Fleisch von unserem Fleisch. Nicke mit dem Kopf.«

Butch nickte.

»Sag, du wünschst, Fleisch von unserem Fleisch zu werden.«

»Ich wünsche, Fleisch von eurem Fleisch zu werden.«

Ein langsamer Singsang hob an, und Butch hatte den Eindruck, dass sich vor und hinter ihm eine Reihe gebildet hatte. Ohne Vorwarnung begannen sie, sich zu bewegen, das stete vor und zurück spiegelte sich im Takt tiefer Männerstimmen. Butch mühte sich ab, dem Rhythmus zu folgen; stieß vorn gegen einen Rücken, der dem schwachen Duft nach rotem Rauch zufolge zu Phury gehörte, wurde dann von hinten von jemandem angerempelt, der Vishous war, was er wusste, weil er es einfach wusste. Mist, er vermasselte die ganze Sache hier …

Und dann passierte es. Sein Körper fand sich in den Takt ein, und er schwang mit ihnen gemeinsam … ja, sie alle sangen und bewegten sich wie ein Mann, vor und zurück, nach rechts, nach links ... die Stimmen, nicht die Muskeln ihrer Oberschenkel, trugen ihre Füße vorwärts.

Unvermittelt gab es eine akustische Explosion, der Klang des Gesangs brach ab und formierte sich dann neu in tausend unterschiedlichen Richtungen: Sie hatten einen riesigen leeren Raum betreten.

Eine Hand auf seiner Schulter brachte ihn zum Stehen.

Der Gesang hörte auf, als wäre ein Stecker gezogen worden, eine Weile prallten die Klänge noch von den Wänden ab, dann schwebten sie davon.

Er wurde am Arm gefasst und nach vorn geführt.

Neben ihm flüsterte Vishous: »Treppe.«

Butch geriet kurz ins Taumeln, dann nahm er die Stufen. Als er eine Plattform erreichte, wurde er von V positioniert und sein Körper aufgestellt – wo auch immer er eben sein musste. Gehorsam fügte er sich in seine Haltung, er hatte das Gefühl, vor etwas Großem zu stehen. Seine Zehen berührten etwas, das offenbar eine Wand war.

In der darauffolgenden Stille lief ein Schweißtropfen von Butchs Nasenspitze und traf genau zwischen seinen Füßen auf dem glänzenden Fußboden auf.

V drückte die Schulter des Ex-Cops, wie um ihn zu beruhigen.

»Wer trägt mir diesen Mann an?«, fragte die Jungfrau der Schrift gebieterisch.

»Das bin ich – Vishous, Sohn eines Kriegers der Black Dagger, den man unter dem Namen Bloodletter kennt.«

»Wer weist diesen Mann zurück?« Schweigen. Gott sei Dank.

Jetzt nahm die Jungfrau der Schrift epische Ausmaße an, sie füllte den gesamten Raum um sie herum aus und jeden Zentimeter zwischen Butchs Ohren, bis er nichts mehr wahrnahm als den Klang der Worte, die sie sprach. »Durch das Zeugnis des Wrath, Sohn des Wrath, und folgend dem

Antrag des Vishous, Sohn des Bloodletter, befinde ich diesen Vampir vor mir, Butch O'Neal, Nachkomme des Wrath, Sohn des Wrath, als Anwärter auf die Bruderschaft der Black Dagger für würdig. Da es in meiner Macht und meinem Ermessen liegt, und da es dem Schutz der Art dienlich ist, verzichte ich in diesem Fall auf die Anforderung an die mütterliche Linie. Ihr mögt beginnen.«

Wrath ergriff das Wort. »Dreht ihn um. Enthüllt ihn.«

Die Brüder folgten den Worten Wraths, und Vishous nahm Butch den schwarzen Umhang ab. Dann legte er ihm das goldene Kreuz an der Kette auf den Rücken und ging fort.

»Erhebe deinen Blick«, befahl Wrath.

Butch stockte der Atem, als er aufsah.

Er stand in der Mitte eines schwarzen Marmorpodests mit Blick über eine unterirdische Höhle, die von Hunderten schwarzer Kerzen erleuchtet wurde. Vor ihm befand sich ein Altar aus einem riesigen Steinquader, der quer auf zwei niedrigen Stützen lag, und obenauf ... ein uralter Schädel. Jenseits davon stand vor ihm aufgereiht die Bruderschaft in all ihrer Pracht, fünf Vampire, deren Mienen ebenso feierlich wie ihre Körper stark waren.

Wrath löste sich aus der Reihe und stellte sich an den Altar. »Tritt zurück an die Wand und halte dich an den Pflöcken fest.«

Butch tat wie ihm geheißen, er spürte kühlen, glatten Stein an seinen Schultern und seinem Hintern, während seine Hände zwei stabile Griffe zu fassen bekamen.

Jetzt hob Wrath seine Hand, und sie war ... ach, du Scheiße, sie war in einen antiken Silberhandschuh gehüllt, an dessen Knöcheln Stachel angebracht waren. In der Faust, die er ballte, lag der Griff eines schwarzen Dolches.

Der König streckte den Arm aus und ritzte sich selbst ins Handgelenk, dann hielt er die Wunde über den Totenschädel, auf dessen Scheitel eine silberne Schale angebracht war. Was aus Wraths geöffneter Ader floss, wurde aufgefangen, eine schimmernde rote Lache, in der das Kerzenlicht schimmerte.

»Mein Fleisch«, sagte Wrath. Dann leckte er die Wunde, um sie zu schließen, legte die Klinge weg und ging auf Butch zu.

Butch schluckte heftig.

Wrath drückte Butch mit der Handfläche den Kopf in den Nacken und biss ihn kraftvoll in den Hals. Butchs gesamter Körper krampfte sich zusammen, und er biss die Zähne zusammen, um nicht laut aufzuschreien. Er umklammerte die Pflöcke so fest, dass seine Handgelenke zu zerbrechen drohten. Da trat Wrath zurück und wischte sich den Mund ab.

Er lächelte grimmig. »Dein Fleisch.«

Daraufhin ballte der König den Silberhandschuh zur Faust, holte weit aus und donnerte Butch einen Schlag vor die Brust. Die Stacheln versanken in seiner Haut, während mit lautem Knall Luft aus seinen Lungen entwich und das Geräusch durch die Höhle hüpfte und sprang.

Nachdem Butch wieder einigermaßen zu Atem gekommen war, trat Rhage vor und nahm den Handschuh entgegen. Der Bruder vollzog dasselbe Ritual wie Wrath: Der Schnitt ins Handgelenk, das Blut in der Schale, das Murmeln derselben zwei Worte. Nachdem er seine Wunde versiegelt hatte, stellte er sich vor Butch auf. Seine Mörderfänge bohrten sich in seinen Hals, direkt unterhalb von Wraths Biss. Dann raunte er die anderen beiden Worte. Rhages Hieb kam schnell und hart und traf genau auf dieselbe Stelle wie der von Wrath, auf die linke Brusthälfte.

Dann kam Phury dran. Gefolgt von Zsadist.

Als die beiden fertig waren, fühlte sich Butchs Hals so locker an, dass er überzeugt war, sein Kopf würde ihm gleich von den Schultern fallen und die Stufen hinunterkullern. Er war von den Schlägen auf die Brust benommen, Blut rann ihm aus der Wunde über den Bauch auf die Beine.

Schließlich war V an der Reihe.

Vishous trat auf das Podest, die Augen gesenkt. Er nahm den Silberhandschuh von Z und zog ihn über den schwarzen Lederhandschuh, den er immer trug. Dann ritzte er sich mit der schwarzen Klinge und betrachtete den Schädel, während sein Blut in die Schale tropfte und sich mit dem übrigen vereinigte.

»Mein Fleisch«, flüsterte er.

Er schien zu zögern, bevor er sich Butch zuwandte. Dann begegneten sich ihre Blicke. Der Schein des Kerzenlichts zuckte über Vs hartes Gesicht und fing sich in den diamantenen Augen. In diesem Augenblick schnürte sich Butchs Hals zu: Sein Mitbewohner sah für einen Moment so mächtig aus wie ein Gott ... und vielleicht auch so schön.

Vishous trat ganz nah an ihn heran und ließ die Hand von Butchs Schulter in seinen Nacken gleiten. »Dein Fleisch«, raunte er. Dann hielt er inne, als bäte er um etwas.

Ohne nachzudenken hob Butch das Kinn; er war sich bewusst, dass er sich darbot, bewusst, dass er ... ach, Quatsch. Mit Gewalt schob er jeden bewussten Gedanken beiseite, völlig aus dem Konzept gebracht von den Schwingungen, die von wo auch immer gerade über ihn hereingebrochen waren.

Wie in Zeitlupe sank Vishous' dunkler Kopf herab, und Butch spürte ein seidiges Streicheln, als das Bärtchen des Bruders seinen Hals berührte. Mit köstlicher Präzision drückten sich Vs Fänge an die Ader, die von Butchs Herz emporführte. Dann stachen sie langsam, unerbittlich durch die Haut. Ihre Körper verschmolzen.

Butch schloss die Augen und nahm die Empfindungen in sich auf, die Wärme ihrer Haut, so nah aneinander; Vs Haar, das weich an seiner Wange lag; den kraftvollen männlichen

Arm, der sich um seine Taille schlang. Von ganz allein ließen Butchs Hände die Pflöcke los und stützten sich auf Vs Hüften, drückten das harte Fleisch, brachten sie beide von Kopf bis Fuß zusammen. Ein Beben lief durch einen von ihnen. Oder nein ... es war mehr, als erschauderten sie beide.

Und dann war es vollbracht. Vorbei. Es würde nie wieder geschehen.

Keiner von ihnen blickte auf, als V sich löste; die Trennung war vollständig und unwiderruflich. Ein Pfad, der nicht beschritten würde. Niemals.

Vs Hand schnellte zurück und prallte dann auf Butchs Brust auf, der Stoß heftiger als der aller anderen, selbst der von Rhage. Als Butch unter der Wucht des Schlags keuchte, drehte sich V um und reihte sich wieder in die Bruderschaft ein.

Nach einer kurzen Pause trat Wrath zum Altar, nahm den Schädel und hob ihn hoch in die Luft, um ihn den Brüdern zu zeigen. »Das ist der erste von uns. Ein Hoch dem Krieger, der die Bruderschaft ins Leben rief.«

Die Brüder stießen ein Kriegsgeheul aus, das die ganze Höhle erfüllte, und Wrath wandte sich an Butch.

»Trink und schließ dich uns an.«

Butch ließ sich nicht lange bitten. Er packte den Schädel, legte den Kopf zurück und ließ sich das Blut in die Kehle rinnen. Die Brüder sangen, während er trank, lauter und lauter schallten ihre Stimmen. Er schmeckte einen jeden von ihnen. Die rohe Kraft und Erhabenheit von Wrath. Die unermessliche Stärke von Rhage. Die brennende, fürsorgliche Loyalität von Phury. Die kalte Wildheit von Zsadist. Den scharfen Verstand von Vishous.

Man nahm ihm den Schädel aus den Händen und schob ihn zurück an die Wand.

Wraths Mundwinkel hoben sich düster. »Halt dich besser fest.«

Butch konnte gerade noch die Pflöcke umfassen, als ihn eine Woge wirbelnder Energie überrollte. Er verbiss sich ein lautes Aufheulen und bekam verschwommen mit, dass die Brüder beifällig knurrten. Als das Brüllen stärker wurde, bäumte er sich von den Pflöcken auf, als hätte er sich ein Kilo Koks in die Nase gejagt. Dann brach alles über ihm zusammen, jedes Neuron in seinem Gehirn flackerte auf, jede Ader und jede Vene füllte sich. Sein Herz hämmerte, in seinem Kopf drehte sich alles, sein gesamter Körper verkrampfte sich, und er ...

Butch wachte auf dem Altar auf, nackt und auf der Seite zusammengerollt. Auf seiner Brust fühlte er ein Brennen, und als er die Hand darauflegte, war da etwas Körniges. Salz?

Als er blinzelte und sich umsah, stellte er fest, dass er vor einer schwarzen Marmorwand lag, in die augenscheinlich in der Alten Sprache Namen geritzt waren. Mein Gott, es waren Hunderte. Von dem Anblick überwältigt setzte er sich auf und kam auf die Füße. Er taumelte nach vorn, konnte gerade noch sein Gleichgewicht halten, ohne zu berühren, was – wie er instinktiv wusste – heilig war.

Die Namen mussten alle von ein und derselben Hand geschrieben worden sein, jeder einzelne, denn alle Symbole waren von der gleichen liebevollen, kostbaren Beschaffenheit.

Vishous hatte das getan. Butch wusste nicht, woher er das wusste – doch, das wusste er schon. In seinem Kopf gab es jetzt Echos, Echos der Leben seiner ... Brüder?

Ja, und all diese Vampire, deren Namen er hier las, waren seine Brüder. Irgendwie kannte er sie jetzt alle.

Mit weit aufgerissenen Augen suchte er die Spalten ab, bis ... genau, da war es, ganz unten rechts. Der allerletzte Name. War das seiner?

Er hörte Beifall und blickte über die Schulter. Die Brüder

trugen wieder ihre schwarzen Umhänge, ohne jedoch die Kapuzen über die Köpfe gezogen zu haben. Und sie strahlten, wirklich, sie alle strahlten, sogar Z.

»Das bist du«, sagte Wrath. »Du wirst ein Krieger der Black Dagger mit dem Namen *Dhestroyer* sein, Nachkomme des Wrath, Sohn des Wrath.«

»Allerdings wirst du für uns immer Butch bleiben«, quatschte Rhage dazwischen. »Und Ironman. Oder Klugscheißer. Nervensägenweltmeister. Du weißt schon, was die jeweilige Situation eben erfordert. Hauptsache es ist freundlich und kommt von Herzen.«

Alle brachen in Gelächter aus, und Butchs Umhang tauchte vor seinem Gesicht auf, gehalten von Vishous' behandschuhter Hand.

V sah ihm nicht in die Augen, als er sagte: »Hier.«

Butch nahm den Umhang, aber er wollte seinen Mitbewohner nicht verlieren. Mit stiller Eindringlichkeit sagte er: »V?« Vishous' Brauen hoben sich, aber die Augen blieben abgewandt. »Vishous? Komm schon, Mann. Irgendwann wirst du mich ansehen müssen. V ...?«

Vishous' Brust dehnte sich aus, dann wanderte sein Diamantblick langsam zu Butch. Einen Herzschlag lang lag Spannung in der Luft. Dann streckte V die Hand aus und zog das Kreuz wieder nach vorn, so dass es auf Butchs Herz zu liegen kam. »Du hast dich gut geschlagen, Bulle. Glückwunsch.«

»Danke, dass du mich vorgeschlagen hast – *Trahyner.*« Als Vs Augen kurz aufflackerten, meinte Butch: »Ja, ich hab das Wort nachgeschlagen. ›Geliebter Freund‹ passt ausgezeichnet zu dir, was mich betrifft.«

V errötete. Räusperte sich. »Erstklassig, Bulle. Erste ... Klasse.«

Als Vishous wegging, zog Butch den Umhang über und betrachtete seine Brust. Die kreisförmige Narbe über dem linken Brustmuskel war in ihn eingebrannt, ein bleibendes Zeichen, wie es auch die anderen Brüder trugen. Ein Symbol ihrer Verbundenheit.

Er strich mit der Fingerspitze über die versiegelte Narbe, und Salzkristalle rieselten auf den glänzenden Fußboden. Dann sah er zur Wand und stellte sich davor. Er ging in die Hocke, berührte die Luft über seinem Namen. Seinem neuen Namen.

Jetzt bin ich wahrlich neugeboren, dachte er. *Dhestroyer, Nachkomme des Wrath, Sohn des Wrath.*

Die Schrift verschwamm vor seinen Augen, und er blinzelte rasch, doch seine Lider waren nicht schnell genug. Als ihm die Tränen über die Wangen liefen, wischte er sie hastig mit dem Ärmel ab. Und in diesem Moment spürte er die Hände auf seinen Schultern. Die Brüder – seine Brüder – hatten ihn umringt, und er konnte sie jetzt fühlen; er konnte sie sogar fühlen, ohne sie zu berühren.

Fleisch von seinem Fleisch. Wie er Fleisch von ihrem Fleisch war.

Wrath hüstelte, trotzdem klang seine Stimme etwas heiser. »Du bist der erste Neuzugang seit fünfundsiebzig Jahren. Und du bist würdig des Blutes, das du und ich teilen, Butch von meiner Blutlinie.«

Jetzt ließ Butch den Kopf herabfallen und weinte offen – wenn auch nicht vor Glück, wie sie sicher annahmen.

Er weinte ob der Leere in sich.

Denn so wundervoll das alles auch war, ihm schien es hohl.

Ohne eine Gefährtin, die sein Leben mit ihm teilte, war er nichts als eine Leinwand, durch die Ereignisse und Umstände hindurchströmten. Er war nicht einmal leer, denn er war kein Gefäß, das auch nur pure Luft in sich auffangen konnte.

Er lebte, doch er war nicht wirklich am Leben.

26

Im Auto auf der Fahrt zurück zum Anwesen waren alle aufgedreht und bestens gelaunt: Rhage riss wie üblich Witze. Wrath lachte ihn aus. Dann schoss V zurück, und schon bald zog jeder jeden durch den Kakao. Wie Brüder das eben so machen.

Butch ließ sich tief in den Sitz sinken. Ihm war nur zu bewusst, dass diese Heimkehr – genau wie die Zeremonie davor – die Bruderschaft in Hochstimmung versetzte. Und auch wenn er selbst das nicht so empfinden konnte, freute er sich doch von Herzen für sie.

Sie parkten den Wagen vor dem großen Haus. Als Butch ausstieg, schwangen die Flügeltüren weit auf, und die Bruderschaft bildete einen Halbkreis hinter ihm. Wieder verfielen die Brüdern in ihren Singsang, woraufhin die kleine Prozession unter tosendem Applaus in die Eingangshalle einzog: Alle zwanzig *Doggen* warteten schon auf sie, und vor den Dienstboten standen die drei Frauen des Haushalts in atemberaubenden Kleidern: Beth trug die blutrote Robe, in der sie geheiratet hatte; Mary ein Kleid in Königsblau; und Bella hatte schimmerndes Silber gewählt.

In diesem Moment wünschte sich Butch so sehr, Marissa hier zu haben. Vor lauter Schmerz in der Brust konnte er die *Shellan*s seiner Brüder kaum ansehen. Gerade wollte er sich feige in Richtung Höhle verdrücken, als sich die Menge vor ihm teilte und ...

Da stand Marissa in einer leuchtend pfirsichfarbenen Robe, deren Farbe so lebendig und strahlend war wie kondensierter Sonnenschein. Der Gesang brach ab, als sie vortrat. Trotz seiner Verwirrung streckte Butch die Hände nach ihr aus.

Dann ging sie vor ihm auf die Knie, das Kleid ergoss sich in seidenen Wogen um sie herum.

Ihre Stimme war heiser vor Rührung, als sie den Kopf senkte. »Krieger, ich wünsche, dir dieses Glückspfand darzubieten.« Sie hob die Hände und darin lag eine dicke, geflochtene Strähne ihres Haars, an jedem Ende mit einer blassblauen Schleife zusammengebunden. »Es würde mich mit Stolz erfüllen, würdest du es im Kampf bei dir tragen. Es würde mich mit Stolz erfüllen, würde mein ... *Hellren* unserem Volke dienen. Falls du mich noch ... willst.«

Völlig hin und weg von ihrer Geste ging Butch in die Hocke und hob ihr bebendes Kinn an.

Er wischte ihr mit dem Daumen die Tränen ab, nahm den Zopf entgegen und hielt ihn fest an seine Brust gedrückt. »Natürlich will ich dich«, flüsterte er. »Aber was hat sich verändert?«

Sie warf einen Blick auf die drei Frauen in ihren prachtvollen Kleidern hinter sich. Dann erklärte sie mit ruhiger Stimme: »Ich habe mit einigen Freundinnen gesprochen. Oder vielmehr haben sie mit mir gesprochen.«

»Marissa ...« Mehr konnte er nicht sagen.

Da seine Stimme offenbar versagte, küsste er sie, und als

sie sich umarmten, erhob sich lauter Jubel in der riesigen Halle.

»Es tut mir so leid, dass ich so schwach war«, wisperte sie ihm ins Ohr. »Beth und Mary und Bella kamen zu mir. Ich werde mich nie ganz mit der Gefahr abfinden, in der du als Mitglied der Bruderschaft ständig schwebst. Jede Nacht werde ich Angst um dich haben.

Aber sie vertrauen darauf, dass ihre Männer vorsichtig sind, und ich ... ich glaube, dass du mich liebst. Ich glaube, du würdest mich nicht verlassen, solange du es verhindern kannst. Ich glaube, du wirst gut auf dich aufpassen und aufhören, wenn das Böse dich zu überwältigen droht. Wenn sie ihre Ängste ertragen können, dann kann ich das auch.«

Jetzt drückte er sie noch fester an sich. »Ich werde sehr vorsichtig sein, das schwöre ich. Ich *schwöre* es dir.«

Eine ganze Weile verharrten sie so auf dem Boden. Dann hob Butch den Kopf und sah Wrath an, der Beth in die Arme genommen hatte.

»Na, dann, Bruder«, sagte Butch. »Hast du zufällig ein Messer und eine Prise Salz zur Hand? Höchste Zeit, eine gewisse Vereinigung zu vollenden, wenn du verstehst, was ich meine.«

»Wir sind auf alles vorbereitet, mein Freund.«

Schon trat Fritz mit demselben Krug, der Schüssel und dem Salz vor, die auch schon bei Wrath und Beths Trauung verwendet worden waren. Und bei Rhage und Marys. Und Zsadist und Bellas.

Als Butch seiner *Shellan* in die hellblauen Augen blickte, murmelte er: »Die Dunkelheit wird nie von mir Besitz ergreifen ... wenn du bei mir bist. Das Licht meines Lebens. Das bist du, Marissa.«

27

Am folgenden Abend lächelte Marissa, als sie von ihrem Schreibtisch aufsah. Butch füllte beinahe den gesamten Türrahmen zu ihrem Büro aus, so groß war er.

Obwohl die Wunden an seinem Hals nach der Einführungszeremonie noch nicht verheilt waren, sah er gut aus. Stark. Mächtig. Und er war ihr Partner.

»Hallo«, sagte er, den abgeschlagenen Vorderzahn entblößend. Wie auch seine Fänge.

»Du bist früh dran.«

»Länger konnte ich es nicht mehr aushalten.« Er kam herein, zog die Tür zu … und als er dezent das Schloss einschnappen ließ, wurde ihr unmittelbar heiß. Er kam um den Schreibtisch herum zu ihr und schwang sie auf dem Drehstuhl zu sich herum. Dann kniete er sich auf den Boden. Als er ihre Beine spreizte, sich dicht an sie drängte und an ihrem Schlüsselbein knabberte, erfüllte sein Bindungsduft den Raum. Seufzend schlang sie ihm die Arme um die schweren Schultern und küsste die weiche Haut hinter seinem Ohr.

»Wie geht es dir, *Hellren*?«

»Jetzt besser, Frau.«

Während sie ihn umarmte, wanderte ihr Blick auf den Schreibtisch. Dort, inmitten ihrer Papiere und Ordner und Stifte, stand ein kleines weißes Figürchen. Die kunstvoll gearbeitete Marmorstatuette stellte eine Frau im Schneidersitz dar, die in der einen Hand einen Dolch mit doppelter Klinge hielt, während auf dem anderen Handgelenk eine Eule saß.

Bella hatte sie anfertigen lassen. Eine Statue für Mary, eine für Beth, eine für Marissa. Und eine hatte die Königin selbst behalten. Die Bedeutung des Dolches lag auf der Hand. Die weiße Eule bezeichnete die Verbindung zur Jungfrau der Schrift, ein Symbol der Gebete, die sie für die Unversehrtheit ihrer Kriegergefährten sprachen.

Die Bruderschaft war stark, eine Einheit, auf ewig eine mächtige Kraft in ihrer Welt. Genau wie ihre Frauen. Stark. Eine Einheit. Auf ewig eine mächtige Kraft in ihrer Welt.

So fest zusammengeschmiedet wie ihre Krieger.

Butch hob den Kopf und sah sie mit grenzenloser Anbetung an. Nun, da ihre Trauungszeremonie hinter ihnen lag, und ihr Name in seinem Rücken verewigt war, hatte sie nach Gesetz und Instinkt die Herrschaft über seinen Körper – eine Kontrolle, der er sich bereitwillig und liebevoll unterwarf. Er ließ sie über sich gebieten, und in dieser einen Sache hatte die *Glymera* recht behalten: es war wundervoll, einen Partner zu haben.

Wenn es auch das Einzige war, womit diese Spinner jemals recht gehabt hatten.

»Marissa, ich möchte dir jemanden vorstellen. In Ordnung?«

»Natürlich. Jetzt sofort?«

»Nein, morgen in der Abenddämmerung.«

»Ist gut. Wer …«

Er küsste sie. »Das wirst du schon sehen.«

Tief blickte sie ihm in die haselnussbraunen Augen und strich ihm das dicke, dunkle Haar zurück. Dann zeichnete sie seine Augenbrauen mit den Daumen nach. Ließ eine Fingerspitze über die unebene, zu oft gebrochene Nase gleiten. Tippte ihm sanft auf den abgeschlagenen Vorderzahn.

»Ein bisschen abgenutzt, was?«, meinte er. »Aber weißt du was, mit ein bisschen kosmetischer Chirurgie und moderner Zahnarztkunst könnte ich so ein Schönling werden wie Rhage.«

Wieder betrachtete Marissa die kleine Marmorfigur und dachte über ihr Leben nach. Und über das von Butch.

Dann schüttelte sie ganz langsam den Kopf und beugte sich vor, um ihn zu küssen. »Ich würde nichts an dir verändern wollen. Absolut nichts.«

Epilog

Joyce O'Neal Rafferty war in Eile und total genervt, als sie beim Pflegeheim ankam. Der kleine Sean hatte die ganze Nacht gespuckt, und sie hatte drei Stunden beim Kinderarzt warten müssen, bis er sie dazwischenschieben konnte. Dann hatte Mike eine Nachricht auf dem AB hinterlassen, dass er heute länger arbeiten musste, weswegen er keine Zeit hätte, auf dem Heimweg in den Supermarkt zu gehen.

Verdammt, sie hatten keinen Krümel Essen mehr im Kühlschrank oder in der Vorratskammer.

Mit Sean auf dem Arm raste sie den Korridor entlang, diversen Teewagen und einem Trupp Rollstühle ausweichend. Wenigstens schlief der Kleine jetzt und hatte sich seit mehreren Stunden nicht mehr übergeben. Sich um ein krankes, quengelndes Baby und gleichzeitig noch um ihre verwirrte Mutter zu kümmern, überstieg Joyces Kräfte. Besonders nach einem Tag wie diesem.

Sie klopfte an die Tür und trat sofort ein. Odell saß aufrecht im Bett und blätterte in einem Band *Reader's Digest*.

»Hallo, Mama, wie geht es dir?« Joyce ging zu dem Kunstledersessel am Fenster. Als sie sich hinsetzte, quietschte das Polster. Genau wie Sean, als er aufwachte.

»Mir geht es gut.« Odells Lächeln war freundlich. Aber ihre Augen blieben so leer wie dunkle Murmeln.

Joyce blickte schnell auf die Uhr. Zehn Minuten würde sie bleiben, danach wollte sie noch schnell beim Supermarkt vorbeifahren.

»Ich hatte gestern Abend Besuch.«

»Ach ja?« Und sie würde Vorräte für mindestens eine Woche einkaufen. »Wer war es denn?«

»Dein Bruder.«

»Teddy war hier?«

»Butch.«

Joyce erstarrte. Dann folgerte sie, dass ihre Mutter wieder einmal etwas durcheinanderwarf. »Das ist ja schön, Mama.«

»Er kam, als sonst niemand da war. Nach Einbruch der Dunkelheit. Und er hat seine Frau mitgebracht. Sie ist sehr hübsch. Er hat gesagt, sie würden in einer Kirche heiraten. Ich meine, sie sind schon Mann und Frau, aber nach ihrer Religion. Komisch – ich habe nicht rausgekriegt, was sie eigentlich ist. Vielleicht orthodox?«

Odell hatte definitiv Halluzinationen. »Das ist ja toll.«

»Er sieht jetzt aus wie sein Vater.«

»Ach, wirklich? Ich dachte, er wäre der Einzige, der nicht nach Papa schlägt.«

»*Sein* Vater. Nicht deiner.«

Joyce runzelte die Stirn. »Wie bitte?«

Ihre Mutter bekam einen träumerischen Gesichtsausdruck und blickte aus dem Fenster. »Hab ich dir je von dem Blizzard 1969 erzählt?«

»Mama, bleib doch mal bei Butch ...«

»Wir saßen alle im Krankenhaus fest, wir Schwestern und

die Ärzte. Niemand konnte rein oder raus. Zwei Tage war ich dort. Mein Gott, dein Vater war so wütend, weil er sich allein um euch Kinder kümmern musste.« Ganz plötzlich wirkte Odell um Jahre jünger und hellwach. »Es gab da einen Chirurg. Er war so ... so anders als alle anderen. Er war der Chefarzt, ein sehr wichtiger Mann. Er war ... wunderschön und anders und sehr bedeutend. Auch einschüchternd. Seine Augen sehe ich heute noch in meinen Träumen.« Ebenso plötzlich verpuffte die Begeisterung wieder, und ihre Mutter sank in sich zusammen. »Ich war schlecht. Ich war eine schlechte, schlechte Ehefrau.«

»Mama ...« Joyce schüttelte den Kopf. »Was redest du denn da?«

Jetzt liefen Odell Tränen über das faltige Gesicht. »Als ich heimkam, ging ich zur Beichte. Ich betete. Ich betete so inständig. Aber Gott hat mich für meine Sünden bestraft. Selbst die Wehen ... die Wehen waren furchtbar bei Butch. Ich bin fast gestorben, so stark habe ich geblutet. All meine anderen Geburten verliefen reibungslos. Aber nicht Butchs ...

Joyce drückte Sean so fest an sich, dass er protestierend zu zappeln begann. Sie lockerte ihren Griff wieder und versuchte, ihn zu trösten, gleichzeitig flüsterte sie: »Erzähl weiter, Mama ... sprich weiter.«

»Janies Tod war meine Strafe dafür, dass ich untreu war und das Kind eines anderen Mannes zur Welt brachte.«

Sean stieß ein Heulen aus. In Joyce Kopf schwirrte ein schrecklicher, grässlicher Verdacht herum, dass das ...

Ach, Quatsch, was dachte sie sich nur dabei? Ihre Mutter war nicht mehr ganz richtig im Kopf.

Schade nur, dass sie im Moment ganz offenbar bei klarstem Verstand war.

Odell nickte, als antwortete sie auf eine Frage, die ihr jemand gestellt hatte. »O ja, ich liebe Butch. Sogar mehr als meine ganzen anderen Kinder, weil er so etwas Besonderes ist. Das durfte ich aber nie zeigen. Ihr Vater musste schon genug ertragen, nachdem ich das getan hatte. Butch zu bevorzugen wäre eine Beleidigung für Eddie gewesen, und ich konnte nicht … ich würde meinen Ehemann niemals so beschämen. Nicht, wo er doch trotzdem bei mir blieb.«

»Papa wusste davon?« Allmählich setzten sich die Puzzleteile zusammen, und ein hässliches Bild kam zum Vorschein. Mist – es war die Wahrheit. *Natürlich wusste Papa Bescheid. Deshalb hat er Butch so gehasst.*

Jetzt wurde Odells Miene wehmütig. »Butch sah so glücklich aus mit seiner Frau. Und gütige Mutter Gottes, wie schön sie ist. Die beiden passen so gut zusammen. Sie ist genauso besonders, wie sein Vater es war. Wie Butch es ist. Sie sind alle so etwas Besonderes. Wie schade, dass sie nicht bleiben konnten. Er sagte … er sagte, er wäre gekommen, um sich zu verabschieden.«

Als Odells Augen sich mit Tränen füllten, fasste Joyce nach ihrem Arm. »Mama, wohin ist Butch gegangen?«

Ihre Mutter sah auf die Hand, die sie berührte. Dann zog sie die Augenbrauen zusammen. »Ich möchte einen Cracker. Kann ich einen Cracker haben?«

»Mama, sieh mich an. Wohin ist er gegangen?« Wobei sie nicht ganz sicher war, warum ihr das auf einmal so wichtig erschien.

Ausdruckslose Augen wandten sich ihr zu. »Mit Käse. Ich möchte einen Cracker mit Käse.«

»Mama, wir haben von Butch gesprochen, bitte, konzentrier dich.«

Meine Güte, das Ganze war ein solcher Schock – und dann auch wieder nicht. Butch war schon immer anders gewesen, oder nicht?

»Mama, wo ist Butch?«

»Butch? Danke der Nachfrage. Es geht ihm sehr gut.

Er sah so glücklich aus. Ich freue mich, dass er geheiratet hat.« Ihre Mutter blinzelte. »Wer sind Sie überhaupt? Sind Sie eine Krankenschwester? Ich war früher auch Krankenschwester ...«

Einen Moment lang wollte Joyce weiterbohren, sie zu einer Antwort drängen.

Doch als ihre Mutter weiter vor sich hin brabbelte, sah sie nur aus dem Fenster und atmete tief ein. Odells sinnfreies Gerede war plötzlich tröstlich. Ja, die ganze Sache war Unsinn. Nichts als Unsinn.

Lass es gut sein, sagte Joyce sich. Lass es einfach gut sein.

Sean hörte auf zu weinen und schmiegte sich an sie. Joyce liebkoste seinen warmen, kleinen Körper. Inmitten des monotonen Wortschwalls, der vom Bett herüberplätscherte, dachte sie daran, wie sehr sie ihren kleinen Jungen liebte. Und ihn immer lieben würde.

Sie küsste sein weiches Köpfchen. Die Familie war doch trotz allem das Wichtigste im Leben.

Das Allerwichtigste.

J. R. Wards
BLACK DAGGER
wird fortgesetzt in:

Seelenjäger

Leseprobe

Vishous war in seinem komatösen Körper hellwach, bei vollem Bewusstsein, auch wenn er in einem Käfig aus unbrauchbarem Fleisch und Knochen gefangen war. Er konnte seine Arme und Beine nicht bewegen, und seine Augenlider waren so fest geschlossen, als hätte er Gummilösung geweint. Sein Gehör schien das Einzige zu sein, was noch funktionierte: Irgendwo über ihm fand ein Gespräch statt. Eine Frau und ein Mann, deren Stimmen er nicht erkannte.

Nein, Moment mal. Eine von beiden Stimmen kannte er. Eine von beiden hatte ihn herumkommandiert. Die Frau. Aber warum?

Und warum zum Henker hatte er das zugelassen?

Er lauschte ihrer Stimme, ohne den Worten wirklich zu folgen. Ihr Tonfall war ziemlich maskulin. Direkt. Herrisch.

Wer war sie? Wer ...

Die Erkenntnis traf ihn wie eine Ohrfeige und brachte ihn wieder einigermaßen zu Sinnen. Die Ärztin. Die *menschliche* Ärztin, die ihn operiert hatte. Verflucht, er war in einem Menschenkrankenhaus. Er war in die Hände von Menschen gefallen, nachdem ... Verflucht, was war heute Nacht mit ihm passiert?

Panik durchfuhr ihn ... was ihn keinen Schritt weiterbrachte. Sein Körper war nichts als ein Stück Fleisch, und der Schlauch in seiner Kehle bedeutete sehr wahrscheinlich, dass eine Maschine seine Lunge antrieb. Ganz offensichtlich hatten sie ihn jenseits von Gut und Böse unter Betäubungsmittel gesetzt.

O mein Gott, wie kurz vor Morgengrauen war es? Er musste hier weg. Wie würde er ...

Seine Fluchtgedanken rissen abrupt ab. Um genau zu sein verdunkelten sich jegliche Denkprozesse ... weil seine Instinkte brüllend zum Leben erwachten.

Allerdings brach sich nicht der Kämpfer in ihm Bahn. Sondern die ganzen besitzergreifenden männlichen Triebe, die immer in ihm geschlummert hatten; von denen er gelesen oder gehört hatte, die er bei anderen beobachtet, von denen er sich selbst aber frei geglaubt hatte. Und der Auslöser war ein Aroma im Raum, das Aroma eines Mannes, der Sex haben will ... mit der Frau, mit Vs Ärztin.

Mein.

Das Wort flog ihn aus dem Nichts an, und im Schlepptau brachte es einen gewaltigen Drang zu töten mit. Er war so aufgebracht, dass er die Augen aufschlug.

Als er den Kopf drehte, entdeckte er eine große Frau mit kurzen blonden Haaren. Sie trug eine randlose Brille, kein Make-up und keine Ohrringe. Auf ihrem weißen Kittel stand DR. JANE WHITCOMB, CHIRURGIE in schwarzer Schreibschrift.

»Manny«, sagte sie. »Bist du von allen guten Geistern verlassen?«

V wandte seinen Blick dem dunkelhaarigen Mann zu. Er trug ebenfalls einen weißen Kittel; nur stand auf seinem Revers DR. MANUEL MANUELLO, CHEFARZT, CHIRURGIE.

»Keineswegs«, erwiderte der Mann. Seine Stimme war tief und herrisch, seine Augen klebten viel zu intensiv an Vs Ärztin. »Und ich weiß, was ich will.«

Mein, dachte V. *Nicht dein.* MEIN.

»Wir streiten uns ständig, Manny«, sagte sie.

»Ich weiß.« Jetzt lächelte der Vollidiot. »Das gefällt mir. Niemand außer dir bietet mir Paroli, Jane.«

Vs Oberlippe zog sich über seine Fänge hoch. Während er zu knurren begann, kreiste immer weiter das eine Wort durch seinen Kopf, eine Granate mit gezogenem Splint: MEIN.

Der Mann blickte nach unten und wirkte überrascht. »Sieh dir das an ... da ist jemand aufgewacht.«

Und wie, du Penner, dachte V. *Und wenn du sie anfasst, dann beiße ich dir deinen beschissenen Arm an der Schulter ab.*

Jane Whitcomb betrachtete ihren Patienten. Wider Erwarten und trotz sämtlicher Sedativa in seinem Organismus waren seine Augen geöffnet, und er blickte sie völlig ungetrübt aus seinem harten, tätowierten Gesicht heraus an.

Mein Gott ... diese Augen. Noch nie hatte sie so etwas gesehen, die Iris waren unnatürlich weiß mit einem dunkelblauen Rand. So wie er sie jetzt gerade anstarrte, hätte sie schwören können, dass sie leuchteten.

Das ist nicht richtig, dachte sie. Es war nicht richtig, wie er sie ansah. Das Herz mit den sechs Kammern in seiner Brust war nicht richtig. Diese langen Zähne in seinem Oberkiefer waren nicht richtig.

Ihre Schlussfolgerung aus seinen Anomalien war instinktiv, fühlte sich aber für sie wie ein unbestreitbarer Fakt an. Er war kein Mensch.

Aber das war doch lächerlich. Vielleicht ging ihre Fantasie mit ihr durch? Wie dem auch sei, es war ja egal, dachte sie. Sie und ihre Kollegen würden ihn während seiner Genesung nach allen Regeln der Kunst erforschen, so viel stand fest.

»Ich lass dich jetzt mit ihm allein«, sagte Manny. »Aber denk darüber nach, Jane. Denk über mich nach.«

Als sich die Tür hinter ihrem Chef schloss, schüttelte sie den Kopf und konzentrierte sich auf den Mann in dem Krankenbett. Er erwiderte ihren Blick, und irgendwie gelang es ihm, dabei bedrohlich zu wirken, obwohl er einen Schlauch im Hals hatte und seine Not-OP erst zwei Stunden her war.

Warum zum Teufel war der Kerl überhaupt bei Bewusstsein?

»Können Sie mich hören?«, fragte sie. »Nicken Sie bitte mit dem Kopf, wenn Sie mich hören.«

Seine Hand – die mit den Tätowierungen – tastete blind nach seinem Hals, dann begann er, langsam an dem Schlauch in seiner Luftröhre zu ziehen.

»O nein, der bleibt drin.« Als sie sich über ihn beugte, um ihn festzuhalten, riss er die Hand vor ihr weg und hielt sie so weit es eben ging von ihr entfernt. »So ist es gut. Sonst müsste ich Sie fixieren.«

Bei der Drohung weiteten sich entsetzt seine Augen, und sein ganzer Körper begann zu zittern. Die Lippen bewegten sich mühsam um den Schlauch in seinem Hals herum, als stieße er einen Schrei aus.

Aus irgendeinem Grund rührte sie seine Furcht. Wahrscheinlich, weil sie etwas Animalisches hatte. Er wirkte so wie ein Wolf, wenn seine Pfote in einer Falle steckte: *Hilf mir, dann töte ich dich unter Umständen nicht, wenn du mich befreist.*

Schade nur, dass das mit dem Mitgefühl so überhaupt nicht ihre Baustelle war.

Unbeholfen tätschelte sie ihm den Arm. »Ist ja gut, ist ja gut, lassen Sie es einfach drin ...«

Die Tür zu dem privaten Krankenzimmer ging auf, und Jane wurde stocksteif, als zwei Männer hereinkamen. Beide waren in schwarzes Leder gekleidet und sahen aus wie Kerle, die Waffen am Körper tragen. Einer hatte sich eine Red-Sox-Kappe tief ins Gesicht gezogen. Der andere war der wahrscheinlich größte und attraktivste blonde Mann, den sie je zu Gesicht bekommen hatte.

Janes erster Gedanke beim Anblick der beiden war, dass sie wegen ihres Patienten gekommen waren, und zwar nicht nur, um ihm Pralinen zu bringen und ihn aufzuheitern.

Ihr zweiter Gedanke war, dass sie den Sicherheitsdienst rufen musste. Schleunigst.

»Raus hier«, sagte sie. »Sofort.«

Der Vordere, der mit der Baseballkappe, ignorierte sie einfach. Er ging zum Bett und ergriff die Hand ihres Patienten. Als die Blicke der beiden Männer sich trafen, sagte der Kappentyp: »Wir bringen dich nach Hause. Jetzt gleich.«

Schluss jetzt mit dem Geplauder, dachte Jane. Sie machte einen Satz auf den Notfallknopf zu, und zwar dem, der einen Herzstillstand anzeigte und dementsprechend die halbe Besatzung ins Zimmer rufen würde.

Sie schaffte es nicht.

Der Kumpel des Kappentyps, der schöne Blonde, bewegte sich so schnell, dass sie ihm nicht mit den Augen folgen konnte. Im einen Moment stand er noch an der Tür; im nächsten umschlang er sie von hinten und hob sie hoch. Als sie zu brüllen anfing, legte er ihr die Hand auf den Mund und bändigte sie mit einer Leichtigkeit, als wäre sie nur ein Kind.

In der Zwischenzeit befreite der Kappentyp den Patienten von allen Schläuchen, Kathetern, Drähten und Monitoren.

Jane rastete völlig aus. Als sämtliche Warnsignale der Maschinen loslegten, holte sie mit dem Fuß aus und trat ihrem Gegner vors Schienbein. Der blonde Koloss grunzte, quetschte ihr dann aber einfach den Brustkorb zusammen, bis sie so beschäftigt mit Luftholen war, dass sie die Fußballtricks vorübergehend einstellte.

Wenigstens würde der Lärm die anderen …

Das schrille Piepen verstummte, obwohl niemand die Apparate angefasst hatte. Und sie hatte die furchtbare Ahnung, dass niemand kommen würde.

Jane wehrte sich noch heftiger, bis ihr die Tränen in die Augen traten.

»Ganz locker bleiben«, raunte ihr der Blonde ins Ohr. »Wir sind in einer Minute wieder verschwunden. Entspann dich einfach.«

Nichts dergleichen würde sie, verflucht noch mal. Die wollten ihren Patienten umbringen …

Der Patient machte einen selbstständigen, tiefen Atemzug. Und noch einen. Und noch einen.

Dann hefteten sich die unheimlichen Diamantaugen wieder auf sie, und sie wurde reglos, als hätte er sie durch seinen bloßen Willen dazu gebracht.

Einen Augenblick lang herrschte Schweigen. Und dann sprach ihr Patient mit rauer Stimme vier Worte, die alles veränderten … ihr Leben, ihr Schicksal:

»Sie. Kommt. Mit. Mir.«

Lesen Sie weiter in:
J. R. Ward: SEELENJÄGER

Entdecken Sie die magische Welt von ...

... J. R. WARD

FALLEN ANGELS

Sieben Schlachten um sieben Seelen. Die gefallenen Engel kämpfen um das Schicksal der Welt. Und ein Unentschieden ist nicht möglich ...

Erster Band: **Die Ankunft**
Seit Anbeginn der Zeit herrscht Krieg zwischen den Mächten des Lichts und der Finsternis. Nun wurde Jim Heron, ein gefallener Engel, dafür auserwählt, den Kampf ein für alle Mal zu entscheiden. Sein Auftrag: Er soll die Seelen von sieben Menschen erlösen. Sein Problem: Ein weiblicher Dämon macht ihm dabei die Hölle heiß ...

Zweiter Band: **Der Dämon**
Im ewigen Kampf zwischen den Mächten des Himmels und der Hölle steht eine neue Seele auf dem Spiel: Der gefallene Engel Jim Heron soll Ex-Elitesoldat Isaac Rothe vor einem heimtückischen Dämon retten, doch eine sexy Rechtsanwältin kommt ihm dabei in die Quere ...

Dritter Band: **Der Rebell**
Im Kampf zwischen Licht und Dunkelheit steht Ex-Engel Jim Heron vor der größten Herausforderung seines Lebens: Die Seele von Detective Thomas DelVecchio droht der Verdammnis anheimzufallen, und Jim ist der Einzige der ihm jetzt noch helfen kann. Dass die superheiße Polizistin Sophia Reilly ein Auge auf seinen Schützling geworfen hat, macht Jims Aufgabe nicht gerade einfacher …

Sie sind eine der geheimnisvollsten Bruderschaften, die je gegründet wurde: die Gemeinschaft der BLACK DAGGER. Und sie schweben in tödlicher Gefahr: Denn die BLACK DAGGER sind die letzten Vampire auf Erden, und nach jahrhundertelanger Jagd sind ihnen ihre Feinde gefährlich nahe gekommen. Doch Wrath, der ruhelose, attraktive Anführer der BLACK DAGGER, weiß sich mit allen Mitteln zu wehren …

Erster Band: **Nachtjagd**
Wrath, der Anführer der BLACK DAGGER, verliebt sich in die Halbvampirin Elisabeth und begreift erst durch sie seine Verantwortung als König der Vampire.

Zweiter Band: **Blutopfer**
Bei seinem Rachefeldzug gegen die finsteren Vampirjäger der *Lesser* muss Wrath sich seinem Zorn und seiner Leidenschaft für Elisabeth stellen – die nicht nur für ihn zur Gefahr werden könnte.

Dritter Band: **Ewige Liebe**
Der Vampirkrieger Rhage ist unter den BLACK DAGGER für seinen ungezügelten Hunger bekannt: Er ist der wildeste Kämpfer – und der leidenschaftlichste Liebhaber. In beidem wird er herausgefordert …

Vierter Band: **Bruderkrieg**
Als Rhage Mary kennenlernt, weiß er sofort, dass sie die eine Frau für ihn ist. Nichts kann ihn aufhalten – doch Mary ist ein Mensch. Und sie ist todkrank …

Fünfter Band: **Mondspur**
Zsadist, der wohl mysteriöseste und gefährlichste Krieger der BLACK DAGGER, muss die schöne Vampirin Bella retten, die in die Hände der *Lesser* geraten ist.

Sechster Band: **Dunkles Erwachen**
Zsadists Rachedurst kennt keine Grenzen mehr. In seinem Zorn verfällt er zusehends dem Wahnsinn. Bella, die schöne Aristokratin, ist nun seine einzige Rettung.

Siebter Band: **Menschenkind**
Der Mensch und Ex-Cop Butch hat ausgerechnet an die Vampiraristokratin Marissa sein Herz verloren. Für sie – und aufgrund einer dunklen Prophezeiung – setzt er alles daran, selbst zum Vampir zu werden.

Achter Band: **Vampirherz**
Als Butch, der Mensch, sich im Kampf für einen Vampir opfert, bleibt er zunächst tot liegen. Die Bruderschaft der BLACK DAGGER bittet Marissa um Hilfe. Doch ist ihre Liebe stark genug, um Butch zurückzuholen?

Neunter Band: **Seelenjäger**
In diesem Band wird die Geschichte des Vampirkriegers Vishous erzählt. Seine Vergangenheit hat ihn zu der atemberaubend schönen Ärztin Jane geführt. Nur ist sie ein Mensch, und ihre gemeinsame Zukunft birgt ungeahnte Gefahren ...

Zehnter Band: **Todesfluch**
Vishous musste Jane gehen lassen und ihr Gedächtnis löschen. Doch bevor er seine Hochzeit mit der Auserwählten Cormia vollziehen kann, wird Jane von den *Lessern* ins Visier genommen und Vishous vor eine schwere Entscheidung gestellt ...

Elfter Band: **Blutlinien**
Vampirkrieger Phury hat es nach Jahrhunderten des Zölibats auf sich genommen, der Primal der Vampire zu werden. Hin- und hergerissen zwischen Pflicht und der Leidenschaft zu Bella, der Frau seines Zwillingsbruders, bringt er sich in immer größere Gefahr ...

Zwölfter Band: **Vampirträume**
Während Phury noch zögert, seine Rolle als Primal zu erfüllen, lebt sich Cormia im Anwesen der Bruderschaft immer besser ein. Doch die Beziehung der beiden ist von Zweifeln und Missverständnissen geprägt, und Phury glaubt kaum daran, seiner Aufgabe gewachsen zu sein.

Sonderband: **Die Bruderschaft der BLACK DAGGER**
In zahllosen Interviews, Diskussionsbeiträgen und Hintergrundinformationen gewährt J. R. Ward ihren Lesern einen einzigartigen Blick hinter die Kulissen ihrer Mystery-Erfolgsserie. Eine exklusive BLACK DAGGER-Kurzgeschichte rundet diesen einzigartigen Materialienband ab.

Dreizehnter Band: **Racheengel**
Der *Symphath* Rehvenge lernt in Havers Klinik die Krankenschwester und Vampirin Ehlena kennen und fühlt sich sofort zu ihr hingezogen. Doch er verheimlicht ihr seine Vergangenheit und seine Geschäfte, und Ehlena gerät dadurch in große Gefahr …

Vierzehnter Band: **Blinder König**
Die Beziehung zwischen Rehvenge und Ehlena wird jäh zerstört, denn Rehvs Geheimnis steht kurz vor der Enthüllung, was seine Todfeinde auf den Plan ruft – und die Tapferkeit Ehlenas auf die Probe stellt, da von ihr verlangt wird, ihn und seinesgleichen auszuliefern …

Fünfzehnter Band: **Vampirseele**
Der junge Vampir John Matthews ist in Leidenschaft zu der mysteriösen Xhex entbrannt, doch diese verbirgt ein Geheimnis, das die Bruderschaft der BLACK DAGGER in tödliche Gefahr bringt …

Sechzehnter Band: **Mondschwur**
Xhex wendet sich von John ab, um ihn zu schützen. Doch als der Kampf gegen das Böse ihr alles abfordert, erkennt sie, dass man dem Schicksal der Liebe nicht entkommen kann …

Siebzehnter Band: **Vampirschwur**
Jahrhundertelang war die ebenso schöne wie unerschrockene Vampirin Payne auf der Anderen Seite gefangen. Als sie mit ihrer Bestimmung bricht und ins Diesseits kommt, verliebt sich sich in den Arzt Dr. Manuel Manello – doch der ist ein Mensch …

Achtzehnter Band: **Nachtseele**
Schweren Herzens hat sich Payne von Manuel getrennt, um ihn zu schützen. Doch dann gerät Payne im Kampf gegen die Vampirjäger in tödliche Gefahr. Manuel ist der Einzige, der ihr jetzt noch helfen kann …

Neunzehnter Band: **Liebesmond**
Seit dem Tod seiner geliebten *Shellan* Wellsie ist der mächtige Krieger Thor nur noch ein Schatten seiner selbst – und ausgerechnet jetzt braucht ihn die Bruderschaft am dringendsten, denn ein mächtiger Feind hat es auf den Thron ihres Königs abgesehen. Doch als die schöne No'One auftaucht schöpft Thor neue Hoffnung ...

Zwanzigster Band: **Schattentraum**
Die Beziehung zu No'One hat Thor neue Lebensfreude geschenkt, und doch kann er Wellsie nicht vergessen. Und während die Bruderschaft in den Straßen Caldwells ihre härteste Schlacht schlägt, ist Thors Herz entzweigerissen: Wem gehört seine Liebe – Wellsie oder No'One?

Einzelbände

Novelle: **Vampirsohn**
Seit Jahrzehnten wird der Vampir Michael im Keller seines Hauses gefangen gehalten. Bis ihm die schöne Anwältin Claire gezwungenermaßen einige Tage Gesellschaft leistet und in ihm eine bis dahin unbekannte Leidenschaft entfacht ...

Mystery

Düster! Erotisch! Unwiderstehlich!

Diese Ladies haben keine Angst im Dunkeln: Die Mystery-Starautorinnen des Heyne Verlags schicken ihre Heldinnen und Helden ohne zu zögern in die finstere Welt des Zwielichts. Denn dort erwarten sie die gefährlichen, romantischen Verstrickungen der Nacht...

978-3-453-53282-3

J. R. Ward
Mondspur
978-3-453-56511-1

Patricia Briggs
Bann des Blutes
978-3-453-52400-2

978-3-453-53309-7

Christine Feehan
Jägerin der Dunkelheit
978-3-453-53309-7

Kim Harrison
Blutspiel
978-3-453-43304-5

Leseproben unter: **www.heyne.de**

HEYNE ‹

Patricia Briggs

Die *New York Times*-Bestsellersaga um Mercy Thompson

»Werwölfe sind verdammt gut darin, ihre wahre Natur vor den Menschen zu verbergen. Doch ich bin kein Mensch. Ich kenne sie, und wenn ich sie treffe, dann erkennen sie mich auch!«
Mercy Thompson

»Magisch und dunkel – Patricia Briggs' Mercy-Thompson-Romane sind einfach großartig!« *Kim Harrison*, Autorin von *Blutspur*

978-3-453-52373-9

Band 1: Ruf des Mondes
978-3-453-52373-9

Band 2: Bann des Blutes
978-3-453-52400-2

Band 3: Spur der Nacht
978-3-453-52478-1

Band 4: Zeit der Jäger
978-3-453-52580-1

Band 5: Zeichen des Silbers
978-3-453-52752-2

Band 6: Siegel der Nacht
978-3-453-52831-4

Leseproben unter: **www.heyne.de**

Kim Newman

Die Vampire

Vergesst, was immer ihr über Dracula und seine düstere Sippschaft zu wissen glaubt – dies ist die wahre Geschichte! Eine Geschichte, die damit beginnt, dass der Vampirjäger Abraham Van Helsing versagt: Es gelingt ihm nicht, Graf Dracula in Transsylvanien zu töten. Was verheerende Folgen hat: Der Fürst der Vampire wird zum Prinzgemahl Queen Victorias und versetzt mit seinen blutsaugenden Gesellen das London der Jahrhundertwende in Angst und Schrecken ...

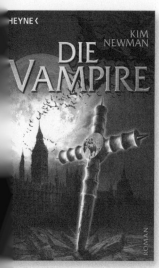

»Ein Höhepunkt in der Geschichte der Horrorliteratur! Newman hat etwas ganz und gar Eigenes geschaffen.«
Publishers Weekly

eprobe unter: **www.heyne.de**

HEYNE ‹

Kim Harrison

Spannend und sexy – die Mystery-Erfolgsserie um die mutige Vampirjägerin Rachel Morgan

»Atemlos spannend und mit genau der richtigen Portion Humor. Kim Harrison sollte man auf keinen Fall verpassen!« *Jim Butcher*

978-3-453-43223-9

Band 1: Blutspur
978-3-453-43223-9

Band 2: Blutspiel
978-3-453-43304-5

Band 3: Blutjagd
978-3-453-53279-3

Band 4: Blutpakt
978-3-453-53290-8

Band 5: Blutlied
978-3-453-52472-9

Band 6: Blutnacht
978-3-453-52616-7

Band 7: Blutkind
978-3-453-53352-3

Band 8: Bluteid
978-3-453-52750-8

Band 9: Blutdämon
978-3-453-52848-2

Band 10: Blutsbande
978-3-453-52951-9

Leseprobe unter: **www.heyne.de**

HEYNE

Kit Whitfield

Wolfsspur

Stellen Sie sich eine Welt vor, in der über neunzig Prozent der Bevölkerung Werwölfe sind. Und stellen Sie sich vor, Sie sind einer der wenigen »echten« Menschen. Und dann stellen Sie sich vor, dass einer Ihrer Freunde ermordet wird – von einem Werwolf – und Sie werden beauftragt, diesen Mord aufzuklären…

»Von Zeit zu Zeit begegnet einem ein Buch, das den Leser gänzlich gefangen nimmt und mit aller Kraft in eine andere Welt entführt. *Wolfsspur* ist dieses Buch!« *Publishing News*

978-3-453-52727-0

seprobe unter: **www.heyne.de**

HEYNE ‹